承平與世變

——初唐及晚唐五代敘事文體中
所映現文人對生命之省思

黃東陽 著

臺灣學生書局 印行

承平與世變
——初唐及晚唐五代敘事文體中所映現文人對生命之省思

目　次

導論／考察唐代治亂更迭之際敘事文類對於生命省思的意義

一、唐代敘事文學中史部的發展階段與文體特徵

　　敘事乃中國發軔極早的文體，在中國文明發展之初便已萌生，在文獻的記錄上，可上推史官對於史冊的撰述。史官忠於職守據實而書，於春秋時已有像齊國太史「崔杼弑其君」的直筆不隱、董狐獲孔子「書法不隱」、「古之良史」的讚譽，表徵史家不畏強權甚至死亡威脅的志節，事皆見《左傳》，[1]據此反映中華文化對於史傳系統的重視，亦交代了撰述的體例及目的，需具體、簡要的交代事件之始末，並就此清楚交代當中的教訓，俾利於作為統治者與士大夫在施政上的借鏡。史傳此一先秦已然發軔的文類，在撰述上多以政治人物之人事作為記錄對象，由撰述者自行斷定事件始末和其間因果，依照當時的道德規範，對其中的

---

[1] 本文分見《左傳》之〈襄公二十五年〉史官書「崔杼弑其君」被崔杼所殺，史官弟嗣書復被殺，另一弟又書崔杼才罷手，南史氏聞之執簡而往，聞已書方罷，此事成了史官及史書撰史的典範之一，另〈宣公二年〉晉靈公不君為趙穿所弑，史官據「子（趙盾）為正卿，亡不越竟，反不討賊，非子而為」而書「趙盾弑其君」，而獲孔子的讚譽，引據〔春秋〕（傳）左丘明撰，楊伯峻注：《春秋左氏傳》（臺北：洪葉出版社，2007年），頁1099，頁662-663。

人物予以評判，就此而言，已建構起含括人物、情節和主旨在內的敘事結構，其中更包括了撰史者自身對於當事者面臨場景時的想像，也並非真正的按實而書。然而在入漢後，因著司馬遷、班固的史學家，前後相續建立起紀傳體的體例和歷史哲學的系統，對官方歷史傳統的建立有著重大成就，而作為解釋政治、文化發展的權威，[2]亦道出漢代已然以個人一生的成就作為建構歷史的方法，使得正史傾向於依階級將人予以分類後，記錄和評述個人生命境遇的過程，著墨於和外在環境尤其在政治上的應對方式，使得人應對外在環境改變時的想法和作為，成了當時最重要之敘事體史傳所關注的議題。

　　時入六朝，史傳一體衍生出更繁複的類別，在國家編纂正式官方紀錄的史書外，尚見立意各異的史編：補敘、抄撮漢代史聞的雜史，將撰史所需的史料依主題分別彙編成冊，中原在割裂各國分治，亦編有自己的專史，另地方人士的個別傳記，依身份編寫成若高士、名士、高僧等行誼，皆以史體編纂而成，甚而神仙、鬼魂、妖魅等異類示現今視為志怪的記錄，也視為雜傳而廁身史部，至於收錄政要或名人軼事的志人小說的小說家，長久以來皆視為史家支流。以上皆道出在此時對於撰寫、編纂史書，與輯錄逸聞之風氣的興盛，亦道出當世道極度變動下，文人更熱衷於史書的編寫，意圖記錄和省思自己在這變動的環境中，找到自處的方法和遵循的原則，在此時建立起此文體的特徵和主要功能。

2　文中所陳漢代司馬遷及班固的史學地位，乃據伍安祖（On-cho Ng）、王晴佳著，孫衛國、秦麗譯：《世鑒：中國傳統史學》（北京：中國人民大學出版社，2013 年），頁 81。

　　這些大致歸於史部以敘事為主的文體，在進入唐代後同樣皆歸在史部之下，文人同樣的因著不同的情境尤其社會遽烈變化時，除了檢覈過往類似事件或原則的記錄，作為應對環境變化的參考，亦會以自我在面對、處置困境時，記錄和詮釋其中的意義。於是，文人多在身處的時代中，透過敘事以記敘、闡釋自身所觀察到的環境變化，因而，本書則就世代的遽變作為觀察的主線，分就由亂而治（由非常而常）的唐初、及由治而亂（由常而非常）的五代作為範圍，就二個不同世變的環境下，選擇、探索具有轉變意義之概念和主題的敘事之作，檢視在相對的變化之下，文人理解自我生命的思辯面向與方法，以及所關懷的人生議題和價值，更由兩方的對照下，以梳理出有唐一代文人在應對外在變化的關鍵時期，於組構文化肌理時所思索的面向和基礎。

二、聚焦唐初五代之敘事文類的研究動機與意義

　　有唐一代，正是敘事文學發展至枝繁葉茂的鼎盛時期，亦說明這些敘事之作，乃探索當時思維方式和文化內涵的重要文本，在作品中，作者透過不同的敘事策略和手法，記錄和表現自我所關懷議題的描繪和詮釋，以不同的面向兼記「社會的實況」、「個人的判斷」，以貼合當時的思辯邏輯與道德標準，重塑自己所欲表述的核心理念。且大唐帝國不只是此時期世界貿易與文化匯集的中樞，更是中國文化主要脈絡建構的時期，也因此，本書主要透過分析初唐及晚唐五代敘事文學的文本，分別觀察由亂而治天下初平之時，作為唐代亦是後來中國最重要宗教信仰的佛教，在信徒及高僧不同身份中所賦與的定義與內涵，用以理解佛教在中國生根茁壯的核心原由；另外由治而亂中原割裂的五代，

文人在面對世變下重新理解環境和自我主要的思考路徑；在這天下合／離、治／亂相對的社會現實中，在敘事文學裡爬梳出文人依循自身的理念和想法，安置自我身心的法式。當社會經歷大亂而走向穩定時，作為唐代主要安定人生信仰的佛教，必須發揮宗教撫慰人心的力量，而社會崩亂失去秩序時，晚唐五代文人則依循個人的知識與經驗，以不同視角思索世界由亂而治的可能線索，與安頓自我生命的合宜方式，循此，故本書分為上下編，分論初唐天下承平，佛教信徒於教義詮釋和宣傳信仰時，因應此時局變化的方法，而當晚唐五代中原已然分崩離析，文人在面對亂局下解釋外在的變化以求自我身心的安頓，則回歸傳統信仰予以詮釋。論述之議題和步驟分述如次：

上編　承平：初唐時佛教敘事文體中對聖俗觀念之建構。

佛教於漢末傳入而在六朝極速發展及流布，與其間戰爭頻仍，而佛教因著持守方便，佛義中亦有持念得避災禍有關的功用，其中就以專言持念避災的《觀世音經》流傳最廣、持奉最眾，甚而形成觀世音信仰，就此，佛教已然成了中土最廣布的信仰。時入唐代世局逐漸穩定爭戰已息，意味著原先宣揚信奉可獲保障血氣生命的宣教大環境已經不存，卻未影響佛教的廣傳，反映出佛教在教義之詮釋和宣教之策略上必有所改變，才能維繫既有廣大的信仰版圖。因此，本書在文本的選擇上，則分由信徒、高僧二條路徑加以觀察：就前者言，敘事文類中最能突顯民眾信仰的實況，為出於信徒之手的佛教靈驗記，透過抽繹其中於生命現場的宣教重點與議題，還原當時信徒的活動及心理；至於後者，則有賴僧人之敘事著作如僧傳的編寫、靈驗的纂輯，分別就僧人和俗眾的生命歷程裡，去表述佛教義理在人生中的意義，藉

著二種不同著作的身份，可整理出在世俗中佛教闡釋的重點，在詮釋面向的轉變裡，尋繹出文人思考的基礎，故分別從二個面向加以探討。

其一、就信徒的立場言，以初唐影響最深遠的唐臨《冥報記》為探討的線索。唐臨為唐初奉佛至虔且大力宣揚佛教的文人，晚年撰成的《冥報記》雖歸於靈驗記之一種，這部影響當時極鉅的作品，成書後便受到佛教界的重視而被引，就內容言亦具自身的特色，在時空的範圍上，此書除了自身外舉凡信佛的家族成員、親友同僚和佛家弟子等，輯錄親身的親歷和聽聞，讓這些宗教神秘的經驗更易於查證真訛，更道出靈驗錄可發揮見證自我信仰、詮釋合宜生活的功能；在生命意義的詮釋上，也得以交代此時期佛教信徒踐履信仰軌則時，於生活中安置核心文化儒家生命見解的方法，透過《冥報記》的文本，可以呈現當時社會上佛教徒宗教生活的實況，以及理解佛教的方式。

其二、就僧人的身份言，自以續寫僧傳且為高僧首位編寫靈驗記的律師釋道宣最為重要，故以最能表現出佛法不同於世俗法的「感通」，作為探論所撰的僧傳及靈驗記的主要線索。首先，作為第一部續寫僧傳的《續高僧傳》中，道宣將原本篇名「神異」改為「感通」，作為在俗世中佛法示現時為人所驚異外在現象的發生原理，故就〈感通篇〉中依照「感通」所分判具生命高下的不同身份，嘗試理解道宣所分別出社會裡人類型的準則，以及俗人及僧人間性質的差異，與僧人所應有的任務；至於佛教靈驗記體系的《集神州三寶感通錄》，亦拈「感通」作為神異發生的原因，在探討上則用此書所好探討的寺塔為命題，就空間分析道宣所以為信徒所盛稱的各種靈驗，在佛教中的意義，分別由人

物、空間兩種視角，作為分析的方式。

分由書名中所揭示的主旨，已道出佛教徒偏向在此世中有著「冥報」的回饋，重視入世的利益，高僧則傾向於宗教信仰裡獲得生命提升「感通」的方法，著重跳脫輪迴得以到達彼岸，在合觀信徒與高僧的佛教詮釋下，對於初唐時佛教衍繹、發展教義的重心，宣傳信仰的方法，及在有唐一代何以盛行不衰的原由有更完整的觀察與理解。

　　下編　世變：晚唐五代筆記譜系之文體定位和思維特徵。

晚唐的軍閥割據，架空中央政府的權力，在黃巢亂後唐代至終敗亡，進入了群雄爭競的亂世。此時的文人雖仍時見以佛道等宗教義理以慰藉心靈，事實上，乃多回歸傳統的思維和信仰，透過筆記小說，表述自我對於人生和外在環境變化的探索，此類記錄，多見於晚唐五代湧現的各式筆記中。這些敘事之體，在形式上追蹤著六朝筆記小說的敘寫手法，以稽實的口吻和筆調作為方法，記錄下自己對於外在人為世局、自然環境，以及內在自我定位、人生歷程的觀察和解釋；就內容言，傾向以文人自我利益及對社會義務的立場，在安身立命外也思索使世界回復常軌的可能，不再只是回歸如六朝時，信賴佛教所宣稱凡敬奉三寶、持念經文便得身體的安全，誠為此時志怪一體的主要特徵。循此思路，可分由三個面向來分論：首先是對敘事文體的重新定義，其次乃對於人生即定命的再次詮釋，最後則回歸儒家信念，由天道變化的立場回顧五代亂世的歷史定位。就此三項分述探討的文本與角度。

　　首先，就敘事文體的考察言。晚唐五代紛亂的世代下文人仍好撰寫著和六朝相類的各式筆記小說，其中又以收錄各類當時各

類變異的傳聞為大宗，此類和史書之五行志以及志怪相類的敘
事，同樣反映出各書作者對於外在環境變化的詮釋，以及在此之
下自處的方式，故以晚唐五代少人引述若《金華子》、《野人閑
話》及王仁裕所撰多種筆記之作為文本，用以探討此時文人對志
怪一體的看法，及所關懷的議題；另外，此時出現第一部辨分詩
歌與敘事間關係的《本事詩》，分就詩歌創作之因即事件的發
生，以及事件自身情感發生所表現出詩歌的內容予以探討，透過
此書所詮釋敘事注解詩歌，詩歌表徵敘事的看法，更能夠深入理
解大唐帝國崩解時文人對敘事一體在創作甚而文學的定位。

　　其次，就人生定命的詮釋言。在這世代中關懷著自我的境
遇，乃定命的重新解構，主要關注於撰於此時特拈人對己命當有
「感」的《感定命錄》。「定命」作為唐人小說中習見的命題，
於中唐時更出現以「定命」為題的專書，記錄又反覆證成定命的
存在與性質，晚唐編寫的風氣更盛，自交代著帝國將盡時群眾的
共同焦慮。然入分裂的晚唐五代，則出現《感定命錄》突顯個人
「感」的地位，主動觀察、感知、明白攸關個人處境的人生歷
程，循此，用以考察此書中所映現的命運觀點，以反映此時文人
思考自身處境方法之一斑。

　　最後，就天道變化的方式言。鑑於筆記小說兼容內容不經和
近於史體的文體特質，能直接呈現文人真實的心理活動，本章以
孫光憲在歷經五代後記下其間掌故的《北夢瑣言》作為文本，探
究他所以為形成政治及社會失序世代裡背後所運作的力量，亦即
對道的探索，得以掌握他對於五代亂世的觀察及理解。

三、調整研究視角與整合文本以開發研究之方向

在文本選擇及研究方法之擬定上，主要就所探討之世代所決定，故就唐初而言，當世代剛經歷世代的紛亂後，故選擇唐代安定人心最重要的佛教信仰，作為探討的主題，並分別由最能體現民間信仰實況的佛教靈驗記，以及表現佛教界對於僧人自身及俗世生活觀點的僧傳作為文本，故分別採用了初唐最具代表性的《冥報記》和道宣的《續高僧傳》、《集神州三寶感通錄》為研究對象；至於五代統一的大唐帝國已然崩解，宗教未能全然應付人們對於環境所帶來人生不安定性及危懼感，大量筆記小說的出現，自寄託著文人心中更深層的想法，所以則選擇各類筆記，並以編於五代完書於宋初的《北夢瑣言》作為研議範圍。惟二類文本有著文獻存佚、撰述性質上的差別，研究的方式及角度亦需就此擬定的方法。

首先，初唐所選擇探討的三種文本多為完帙，道宣所撰二種著作《續高僧傳》、《集神州三寶感通錄》收於《大藏經》中，即使《續高僧傳》部份篇目是否出於道宣之手如〈感通篇〉便存在著爭議，但仍對應所續梁《高僧傳》和本書之體製，信為原書所有，大致而言，文本皆甚完整；至於唐臨《冥報記》在中土雖已亡失但日本不僅有藏本亦甚廣傳，今人亦能得見近於是書的全貌。三部佛教敘事之著作由於皆以近完帙傳世，撰寫的目的即便各異，但唐臨的著作不只於信徒間流傳，更為道宣所注意並引錄甚至亦親自撰有靈驗記，代表他接受也認同靈驗記在佛教中的價值和意義，鑑於此，本書方擬就兼用頗能代表宗教界高僧的著作，以及表現世俗中信徒信奉實況的撰述，透過當時高僧與信徒

兩方面的一手資料，探討當時佛教在社會傳遞的方式、教義宣揚的核心，以及佛教高僧對自我在今生的俗世裡，所當擔負的宗教責任。

其次，五代之筆記或因動亂完帙不多，或僅見於《太平廣記》等類書引用，不易對這時期之文本作較全面性的探討。因而本編主要透過文獻整理及考證，藉此分別出文本的差別並予以觀察。首先，就僅存殘本或甚可得佚文卻無輯本之筆記，如《金華子》、《野人閑話》、《王氏見聞錄》、《玉堂閑話》等，就其中志怪之作進行文體及主題的考察，另外試圖就目前傳世尚稱完整的孟啟《本事詩》之「本事之詩」、「詩之本詩」之闡釋，辨分在五代時自覺得欲辨證本事（敘事體）、詩（文學創作之詩歌）間的文體關係，深入理解當時人對於敘事體的見解；依此為基礎，進而全面探討今無任何輯本、亦未見任何專論的《感定命錄》，作為理解此時人們對於自我命運的觀察和解讀，最後則以近完書傳世、歷時五代成於宋初的《北夢瑣言》，這部成於歷經亂世而回顧過往的作品，可更完整地表述作者對於天道變化的詮釋。

總之，在充份掌握所欲探討世代的文獻下，更能夠不拘於既有的研究框架：在唐初欲探索此時「現實社會」場域裡的佛教信仰，便可選擇在本質上具有差別的僧傳及靈驗記，由聖俗的不同視角組構出近於當時的宗教實況，而生成有別於傳統的研究視角和方法；至於五代欲更貼合文人考察他們的心事時，便須尋繹筆記小說裡所提供的線索，唯需處理文獻亡失大半的研究限制，並依照存佚情形及所能運用文本的加以分論，方能開發、解決既存的學術問題。

上 編

承平：初唐時佛教敘事文體中對聖俗觀念之建構

第一章　信徒之生命見證
——《冥報記》生命見解中的佛儒融攝

　　佛教靈驗記之「靈驗」又有用應驗、感應或感通等不同用
詞，詞彙的選用反映編輯者所關注、理解的主題有別，唯皆是收
錄信徒在信仰佛教的生命歷程裡，所經歷及觀看與佛教有關的神
秘經驗，[1]這些多出於信徒之手的宗教著作，自具有鞏固信仰及
宣揚宗教的功能，故佛教自傳入中國後在持奉者漸興下就應運而
生，在魏晉時便有以專書的形式流傳，成了志怪之一系與佛教文
學之一脈。唐代佛教徒承繼六朝靈驗記撰述的傳統及體例，除了
輯錄自前人著作及相關舊聞中有關佛教應驗的故事，亦收集當時
新聞及個人信仰的神秘經驗。這些經過具佛教徒身份編者的揀擇
後所收錄他人的信仰見證，映現著在教徒的信仰視野裡，佛法如
何在現實人生中改變眾人的生命，也排列出具等差根性之眾生，
對佛理有著深淺不一的發現、領受及體悟。[2]於是，佛教靈驗記

---

[1]　對靈驗記之定義和說明，主要據劉亞丁撰：《佛教靈驗研究——以晉
　　唐為中心》（成都：巴蜀書社，2006 年），頁 5。

[2]　目錄雖多將靈驗記列於小說門類下，實有個人信仰記錄之意義，鄭阿財
　　便直接指出「運用情節」、「個人經驗」的特質，而云：「佛教徒也每
　　每運用曲折動人的小說情節與筆法，描寫個人的宗教體驗，藉動人之神
　　異故事以宣揚佛教之靈驗，期能誘導世人信奉受持。」即基於個人真實

自聚焦在信奉佛教的命題上，唯多透過無法情測的神秘經驗，於敘事裡以佛理點撥事件中的人物對人生態度、生活習慣改變的原由，至終令當事人以及含括旁觀者、讀者在內的眾人對於生命有所啟示。於是，對非信徒而言，靈驗記中的故事不免視為志怪奇聞，但對當事者、編者及信徒而言，則看待成信仰佛教後改變自我的真實見證。因此，佛教靈驗的敘事制式而殊乏文學的趣味，卻是信徒於信仰佛教之後，方才獲得觀看及發現佛法傳入中土後如何救贖、變化有情眾生生命的個別實證，在其中再次省思自我的生命，與合宜的看待外在既有社會的規範，找到安身立命的關鍵。

　　就文體的本質言，唐代佛教靈驗記雖亦基於發揮闡說教法的功能，以及記錄信仰實況的初衷而撰述，但陳述之主題卻有了轉折，在宣教的意圖下，必須回應外在現實上的需求：就生活環境而言，入唐後政經的安定，佛教得以卸下回應人們面對生命急難的責任，轉向於在日常中實踐，含括了在現象界展現神奇力量幫助群眾，[3]因而需進而解釋何以／為何必須皈依佛門的原由，提供人生目標的答案以回覆生命的扣問，在此世代的靈驗記，不再是反覆申說信仰佛教便得以跳脫血氣生命威脅的實質功用，而是

的宗教經驗，並在宣教的意圖下再次詮釋此歷程。不可諱言，自有「造作」真實的敘寫在其中，卻仍屬真實的感受經歷。文引鄭阿財撰：〈敦煌佛教靈應故事綜論〉，收於氏著《鄭阿財敦煌佛教文獻與文學研究》（上海：上海古籍出版社，2011 年），頁 388。

3　隋唐佛教的特徵，在於教義轉向於日常的實踐，將佛理落實於此世的生活之中。詳論可參陸威儀（Mark Edward Lewis）著，張曉東等譯：《世界性的帝國：唐朝》（北京：中信出版社，2016 年，收於卜正民（Timothy Brook）編：《哈佛中國史》），頁 202。

在這些信仰佛教的見證裡看到此生的意義；另就教義內容來說，
雖稱經歷六朝時儒佛間的諍辯及交攝，但隨著佛教教徒的增加和
佛寺的廣布，影響著社會經濟及結構，則對嚴守儒家倫常的儒生
而言誠為警訊，自以《春秋》中的華夷之辨攻訐來自印度的佛
教，因而佛教徒自需思索並回應與儒家具衝突的義理，於靈驗記
中加以記錄教徒持守教義及與之頡頏的過程，至於初唐時高祖、
太宗皆有反佛傾向，[4]佛教徒自不會輕忽此政治上的重大威脅。
而這主題之變化與傾向，佛教靈驗記實提供了考察唐代佛教傳播
及與儒家融合的文本。入唐後唐臨《冥報記》乃靈驗記中最重要
亦最具開創性的代表作，可由撰成後便廣被信徒、高僧鈔引的情
形便見其地位之一斑，就此書的特色言，一方面切實地回應人們
對於佛教信仰的心靈需求與來自社會質疑的聲浪，另一方面則以
個人體驗、親見、親聞作為輯錄的大宗，反映著自我體悟見證、
驗證他人見證、回饋社會明白見證等具層遞性的編寫心理，表現
當時佛教徒在信仰歷程裡必須表述、探討進而記錄「信仰見證」[5]

---

[4] 斯坦利（Stanley Weinstein）撰，張煜譯：《唐代佛教》（上海：上海
古籍出版社，2010 年），頁 4。

[5] 鄭阿財於探討敦煌佛教靈驗記時，便拈出具有宗教性見證的特色，而何
淑宜在研究明末居士劉錫玄的宗教經驗一文中，指出此時期的佛教靈驗
記多側重見證的闡釋外，亦留意在六朝及唐五代便已存在此傳統。就
「見證」的特質言，當以唐臨《冥報記》以親身經歷及所知見、並可覆
查的例證作為撰述主體最為明顯，而為本文觀察的主線。關於佛教靈驗
記的見證特質，可參鄭阿財撰：《見證與宣傳──敦煌佛教靈驗記研
究》（臺北：新文豐出版公司，2004 年）中之序文、何淑宜撰：〈時
代危機與個人抉擇──以晚明士紳劉錫玄的宗教經驗為例〉，《新史
學》，23：2（2012 年），頁 68。

的宗教原因：力行菩薩悲願，在救拔自我生命外尚顧念其他眾生，以及對抗惡人攻訐，以維護佛法的流播。鑒於此，本文以此書輯錄信仰見證中作為考察文本，梳理出初唐時佛教徒抉發自我修養的看法、及佛教業報在人間運作的方式，並對不同根性的個人所啟發生命智慧的內容，如何在佛儒間文化、制度及規範上的對立裡，尋得能在經驗世界中驗證佛法的途徑，藉此研議，可提供初唐佛教教義之後開展傾向不同詮釋面向，對於佛教靈驗記之文體、文本性質，亦能有更確切的掌握及定義。

壹、演繹心安：
知鑒輪迴／天道關涉下之修養論述

作者唐臨（600-659 年）新舊《唐書》有傳，京兆長安人，與兄皎俱有令名。後武德時玄武門變因近隱太子貶出為萬泉丞，於任內縱縣內輕囚十數人歸家耕種，與之約令歸，囚等皆感恩貸至時畢集詣獄，臨因是知名，後屢遷官職。高宗即位後任大理卿，治獄為高宗所賞外，任御史大夫時，奏請嚴治華州刺史蕭齡貪贓事，高宗亦採納流放嶺外，尋遷刑部尚書等權要之位，唯顯慶四年（659 年），本傳僅言坐事為潮州刺史，臨與長孫無忌善當受其被武氏一黨構諂事所牽連，卒於官，年六十。臨信佛甚虔，而性儉薄寡慾，寬於待物。[6]家族中已知兄唐皎、外祖父高頒及舅高道盛、高弘德皆奉佛，又與寺僧及朝廷中信佛同僚間相

---

6 文主要據〔五代〕劉昫撰：《舊唐書》卷八十五（臺北：鼎文書局，1987 年），頁 1127-1128。

善，會相聚共講所知見之佛教靈驗，於永徽四年（653 年）唐臨
已暮年時，始「輯錄所聞，集為此記，仍具陳所受及聞見由緣」
撰成《冥報記》，[7]反映了收於此書的例證，實經歷信佛者的共
同認定屬於實錄外，在敘事上亦經採取佛教因果觀點重新綴合個
別事件並加以詮釋，在佛教徒的眼光中皆合理能信服。對信仰的
絕對倚賴，卻未料過四年唐臨身遭貶謫至潮州，二年後便死於蠻
荒。此不合於信徒期待的人生發展，或然在唐臨政治失意下，卻
成就了《冥報記》成書後得大行於世，裨益於佛教的傳播的聖
業，仍然應合了唐臨在書中所寄託的生命職志及價值。

　　此書撰成未久便受到與唐臨同時之高僧釋道宣所注目，在所
撰《集神州三寶感通錄》便錄下書名並節抄內容，[8]亦熱心於佛

7　據書中的出處說明，得知唐臨等佛教徒亦會聚會談論信佛事。唯據方詩
　　銘輯校原日本之古鈔本《冥報記》，其中〈後魏崔浩〉據史書，不過
　　〈隋京兆獄卒〉、〈隋河南人婦〉、〈隋洛陽人〉及〈唐竇軌〉四則無
　　出處，代表交代見聞出處為常例，而非通例，餘者皆唐臨所親採。但岑
　　仲勉據唐臨〈自序〉「具陳所受及聞見由緣」故斷上引五則皆非臨書，
　　恐推求太過。（岑仲勉：〈唐唐臨《冥報記》之復原〉，《中央研究院
　　歷史語言研究所集刊》，第 17 本（1948 年 1 月），頁 177-194）又
　　〈隋蕭璟〉後僅述「朝野嘆其遘瘔，家人奉而行之」，然事在貞觀十一
　　年，況唐臨頗採蕭璟弟蕭瑀《金剛般若經靈驗記》，故臨當知聞其事，
　　是則仍歸於臨所聞錄。至於是書成書時間，李劍國據《法苑珠林》引成
　　書於永徽中、及《冥報記》裡〈唐釋僧徹〉下僧徹永徽二年正月終後，
　　有唐臨自注至今三載語，知書成於永徽四年，即本文所據。參李劍國
　　撰：《唐五代志怪傳奇敘錄（增訂本）》（北京：中華書局，2017
　　年），頁 146。

8　〔唐〕釋道宣：《集神州三寶感通錄》（臺北：新文豐出版公司，1983
　　年影印《大正新脩大藏經》本第 52 冊），頁 426。

教事業之郎餘令以《冥報拾遺》接續之，迄釋道世編佛教類書
《法苑珠林》更加著錄，並云：「《冥報記》二卷　右皇朝永徽
年內吏部尚書唐臨撰」[9]，在初唐佛教界之影響已見一斑，而釋
慧詳《弘贊法華傳》、僧詳《法華傳記》抄引，皆證唐時佛教界
對此書的重視；不過國家藏書及非佛教中人亦留意此書而有收
藏，若《舊唐書‧經籍志》之雜傳類、《新唐書‧藝文志》雜傳
類、小說家類皆著錄二卷本，《直齋書錄解題》與《新唐書》同
收於小說家類，謂：「《冥報記》二卷　唐吏部尚書京兆唐臨本
德撰」[10]，則視之雜傳、小說。是書歷來頗受注目，但由晁公武
《郡齋讀書志》、尤袤《遂書堂書目》皆未收看來，南宋已少
見，入元後失傳於中國，但卻藏身東瀛。《日本國見在書目錄》
著錄為《冥報計》，十卷，卷帙已不同，日本古鈔本今有高山寺
本、三緣山寺本、知恩院本、前田家本等，皆作上中下三卷，蓋
出同源，迄此，除十卷當為誤記外，《冥報記》有二卷、三卷之
異。另外，《法苑珠林》、《太平廣記》引《冥報記》又多溢出
今三卷本，致使今人多以為日本鈔本蓋經日本僧人改動，而非原
書。

　　按《冥報記》最早為道宣《集神州三寶感通錄》引錄多收於
卷下〈瑞經錄〉，〈李思一〉若亦算入共收十一則，[11]《感通

9　〔唐〕道世撰，周叔迦、蘇晉仁校注：《法苑珠林校注》（北京：中華
　　書局，2003 年），頁 2885。

10　〔宋〕陳振孫撰：《直齋書錄解題》（臺北：臺灣商務印書館，1978
　　年），頁 307。

11　是則見於前田家本之卷中，李劍國輯目輯入佚文，唯邵穎濤輯《冥報拾
　　遺》於〈李思一〉後注云：「李思一曾兩次入冥，貞觀二十年入冥事並

錄》成書於麟德元年（664 年），時唐臨方卒後四年，道宣所見
或為較早的版本，故所錄事跡皆在今日本古鈔本之前二卷外，前
四則〈釋僧徹〉、〈河東尼〉、〈釋道遜（縣）〉、〈釋智苑〉
次序與今鈔本同，餘者僅次序略有差異而已，[12]至於《法苑珠
林》成於總章元年（668 年），據唐臨引他人著作如蕭瑀《金剛
般若經靈驗記》便見於輯自如《法苑珠林》等類書中，便少見於
古鈔本，代表《冥報記》後有增補，增添採自他書的靈驗，故若
傳入日本的版本屬道宣系統，卻已重新釐分為上中下三卷本，乃
較早期的版本，不宜以殘本視之。今有方詩銘據高山寺本為底
本，校以其他古鈔本、類書及佛教傳記、靈驗，並輯有佚文，共
計 68 則已近完備，李劍國重新輯目，據前田家本所補〈李思
一〉、〈周善通〉及據《法苑珠林》卷七九引〈趙文昌〉乃方詩
銘輯校本所無，增補後共得 71 則，當近唐臨之定本。[13]

　　《冥報記》雖非出於高僧之手且內容亦無涉及深刻的佛理，
卻得以在信徒／僧團、官僚／庶民、中土、域外不同身份、階
級、文化中產生共鳴，當和撰述以訴諸於情感及體認有關，[14]於

不載于高山寺、知恩院本《冥報記》⋯⋯考《集驗記》卷上知事出蕭瑀
《金剛般若經靈驗記》，則此篇誤記為《冥報記》矣。」此說略去前田
家本收錄、《法苑珠林》記敘，以及唐臨亦頗引蕭瑀《靈驗記》之事
實，此則自屬《冥報記》無疑。另《冥報拾遺》尚有〈徹禪師〉一則與
《冥報記》重出，雖較簡略。文見邵穎濤撰：《唐小說集輯校三種》
（北京：人民出版社，2017 年），頁 233。
12　〔唐〕釋道宣撰：《集神州三寶感通錄》，頁 426。
13　李劍國撰：《唐五代志怪傳奇敘錄（增訂本）》，頁 163。
14　小南一郎撰：〈唐臨的佛教信仰和他的《冥報記》〉，收於劉楚華主
　　編：《唐代文學與宗教》（北京：中華書局，2004 年），頁 59。

是除信徒鈔錄外高僧以引為例證，日本遣唐使亦攜回東洋。釋道宣在《集神州三寶感通錄》中所指陳，此類靈驗多存於傳記、志怪之作，卻與聖道相契，收錄「故佛僧隨機識見之緣出沒，法為除惱滅結之候常臨」等佛僧於人間教化眾人的事跡，況「經不云乎，為信者施，疑則不說」，而「斯等尚為士俗常傳，況慧拔重空道，超群有心，量所指窮數極微」[15]，合於唐臨在〈自序〉中將人分上智、中品及下愚三類之說，尤以中品「未能自達，隨緣動見，遂見生疑」乃宣講以啟迷的主要對象，[16]在少涉深義下，於俗眾中宣講也收弘揚佛法、警悟其心之效，皆反映此作在人間說法，必涉生命議題的特質，以達成宣教、弘法的目的。

　　是書既記敘佛法在人間存在的事證，並強調關涉個人性命，因此必須回歸佛教對生命認知來闡說：精靈不滅及輪迴，依此再推至當如何自處的議題。上述的二者乃佛教信仰中對生命論述的基礎，以為主體意識不會隨著必然衰敗的軀體而物故，而是在業的傲力下於輪迴的生命機制中流轉，只能在成佛後方可超拔在輪迴之外而到達彼岸。這與中土以神形以釋生命，且在形體回歸自然後精神亦可能消散的生命理解大相逕庭，故佛教傳入中土後，佛教信徒多在形神本質的詮釋上多所著墨，與主張神滅論或傳統信仰的文士相互爭辯。在佛教理論中，眾生在輪迴中流傳自毋須置辯，卻必須向不信者說解及證明此預設為真理，與交代中土人們所熟知人生軌則即天道間的關係，就此，《冥報記》需著眼在說明人應如何在此生找到行為軌則的方法，去指導這些對佛法瞢

15　〔唐〕釋道宣撰：《集神州三寶感通錄》，頁426。

16　〔唐〕唐臨撰，方詩銘輯校：《冥報記》（北京：中華書局，1992年），頁1。以下引《冥報記》僅注頁碼，不復出注。

懂不明的聽者，在理解生命後掌握生活的要則，組構出此世當如何生活／來世可期相互輔證的理論依據。就此而言，如何觀看、理解我與外在環境的關係和應對的方法，以察覺生命的本質乃首要論述的題目。

一、以心體佛：便得安然應對社會規範

《冥報記》既標舉證明並詮釋在冥冥中所發生報應的真實與原則，便有依循具道德意識的規範以評騭個人行為的必要，唯唐臨撰此書本存有宣揚佛教的意圖，會以佛教教義作為準則不免與傳統文化之道德論存在隔閡。就此，唐臨雖於自序中詮釋「冥報」之原理時提及主張「無報之說」者的錯謬，毋論是主張事皆自然，無關因果，或人死身滅，識則無存，以及善惡有報多為無驗等，多立足在儒家崇而遠鬼神、和重視會功用故注意現實意義的基礎上，卻復引儒家典籍裡的報應事例及傳統文化的三命之說，以證主無報的看法實有違聖人之言，最後方用佛教三世作為報應不易逐一檢知的補充解釋，頗有視儒家「已知其然，卻未知所以然」之意味。反映《冥報記》以不悖逆儒家主張演述冥報過程作為原則，再增以佛理使之理論更趨完整；至於論述範圍自以人得以經驗的環境為主，在其中嘗試會合佛儒的道德理論，亦即重此世的體悟和經歷。

（一）察驗仁心，便見佛性

不可諱言，佛儒對生命的認知存在差異，即對「此生」各有不同的看法：佛教苦心尋求佛理的啟悟，寄託來世續以精進甚而獲得解脫，故有出世傾向；然儒家定睛在此生，透過盡一己義務以實踐在人世中的自我價值，在其中得與天道及所蘊含的道德觀

相合，以社會價值觀為準則，則具強烈的入世特質。此具相對性的處世理念，在《冥報記》中未見針鋒相對的辯諍，而是將儒家主張融入在佛教所認知的現實世界裡，循著〈自序〉中所揭示眾生皆有識、有識方有行的原則加以闡釋。在〈陳嚴恭〉一則裡用主人翁嚴恭連綴起四則個別的佛教靈驗，具體呈現佛儒雖未相悖、唯佛理方是真理的佛教徒思維：

> 揚州嚴恭者，本泉州人，家富於財而無兄弟，父母愛恭，言無所違。陳太建初，恭年弱冠，請於父母，願得錢五萬，往揚州市物，父母從之。恭乘船載錢而下，去揚州數十里，江中逢一船載黿，將詣市賣之。恭問知其故，念黿當死，請贖之，……黿主喜，取錢付黿而去。恭盡以黿放江中，空船詣揚州。其黿主別恭，行十餘里，船沒而死。是日，恭父母在家，昏時，有烏衣客五十人，詣門寄宿，并送錢五萬付恭父……，恭父受之，記是本錢，而皆水濕。……後月餘日，恭還，父母大喜。……父母說客形狀及附錢月日，乃贖黿之日。於是知五十客，皆所贖黿也。（一）

> 父子驚歎，因共往揚州起精舍，專寫《法花經》。遂徙家揚州，家轉富，大起房廊為寫經之室，莊嚴清淨，供給豐厚，書生常數十人。揚州道俗，共相崇敬，號曰「嚴法花」。嘗有知親從貸經錢一萬，恭不獲已，與之。貸者受錢，以船載飯，中路船傾，所貸之錢落水，而船人不溺。是日恭入錢庫，見有一萬濕錢，如新出水，恭甚怪之。後

見前貸錢人，乃知濕錢是所貸者。（二）

又有商人至宮湖，於神廟所祭酒食并上物，其夜，夢神送物還之，謂曰：「倩君為我持此奉『嚴法花』，以供經用也。」旦而所上神物皆在其前，於是商人嘆異，送達恭處，而倍加厚施。其後，恭至市買經紙，適遇少錢，忽見一人，持錢三千授恭曰：「助君買紙。」言畢不見，而錢在其前。怪異如此非一。（三）

隋開皇末，恭死，子孫傳其業。隋季盜賊至江都者，皆相與約「勿入嚴法花」里，里人賴之獲全，其家至今寫經不已。（四）（頁14-15）[17]

首段說明嚴恭之出身而未言已信佛，卻在弱冠於外經商時，見人賣黿便「念黿當死」而贖之，其仁慈之心生於自然，屬乎儒家所稱許的以仁待物，卻由此發生佛教徒詮釋下的異事、且超過傳統知識所能交代的範疇，事件的發展發生了轉折：黿先沒商人船使之溺斃並取走贖金作為報復，再化為人身至嚴恭家將贖金返還其父母，就此除證明佛家所謂輪迴流轉下具含識之眾生皆平等，交代中土視生命即此生乃謬見，尚依此推斷復仇、化人身、知人間事皆出於黿之作為，知佛法相較於儒家更為奧妙得以詮釋萬事，此外，儒家主張雖未能解釋異事的始末，但內具仁心，於外則泛愛眾物的修養論述，與佛教慈心應物相合，也支持佛教戒

---

[17]　以上僅係為節引，各段標識乃本文作者所增補。

殺的戒律；次段則循此思路，指出具仁心即佛性之外顯，嚴恭方
能在經歷異事後便感悟此乃佛法之現世靈驗，專寫《法華經》以
廣佛法，之後再次發生親友借貸寫經之資後，借款又自行返還嚴
恭處之異事，推見抄經事業不容侵擾，嚴恭對佛法有了更深層的
啟悟；在人事之異外，後則續以湖神返還商人供品並託夢告知欲
用以供奉嚴恭抄經，道出不僅人當敬奉佛經，神靈亦如此；最末
則記入隋時當地盜賊橫行然亦敬佛法事業，相約勿入嚴恭抄經所
在處的新聞，更驗佛法移人之速、之遠。此則建構出完整的人生
歷程與人世原則：始於個人之佛性唯儒家稱之為仁心，得以踐履
人倫，善待萬物，在觀看、體驗佛教之靈驗後而獲啟悟，開始了
領受佛理的人生；於是明白了毋論是人間或神靈之事，皆在屢次
示顯的靈驗中證明佛法的真實及神聖，甚而代表下根難知佛理的
盜賊亦知敬畏，益顯佛法之不可思議。另如〈唐韋仲珪〉亦屬天
性孝悌，（頁 21-22）而性近佛的一例。

　　仁慈對待生命，本會產生安心、愉悅的心理反應，此具普遍
性的身心狀態在儒家則定義為仁心或名諸性善，然在佛教徒的眼
光中此穩定的心理感受，來自於信仰。因而在六朝時欲融會儒
釋，便有如北齊顏之推謂「儒家君子，尚離庖廚，見其生不忍其
死，聞其聲不食其肉。高柴、折像，未知內教，皆能不殺，此乃
仁者自然用心」[18]，視仁心乃佛性的示現，此自非唐臨創見，但
《冥報記》更與初唐的現實生活結合，以釋眾人接受佛法何以具
個別的差異，乃出於夙昔之因緣，於是含括好殺生在內的遠佛

---

[18]　〔北齊〕顏之推撰，王利器集解：《顏氏家訓集解》（北京：中華書
局，1993 年），頁 399。

者，乃循既成性情而為，這也是書中凡記敘殺害他物者多交代其「性」其「行」的關係，如好畋獵者〈隋王將軍〉「性好田獵，所煞無數」、〈隋李寬〉及〈隋姜略〉等皆性好田獵，而殺人者〈隋京兆獄卒〉裡酷暴諸囚，以為戲樂、〈唐竇軌〉「性好煞戮」，甚而食用雞卵〈周武帝〉好食雞卵、〈隋冀州小兒〉盜鄰家雞卵燒食之，皆循嗜食之性而不改；（頁 47、52-53、55、69、49、53）相對的好佛者多出於天生品格。此意謂著唐臨之徒認定真理即佛法，儒家之天道與倫理乃在踐履真理時必然且屬階段性的過程。依書中思維，此詮釋並非佛教徒在會通儒釋二教，而是在儒家的主張中「發現」儒家自行體悟到的佛法，於是書中多見簡易地交代有人殘忍對人、對物後皆得報應，就是存有在此文化中的讀者皆認可不忍人之心，必否定得報者之惡行的預設。

（二）體佛應物，則得心安

　　仁心既出於佛性，故依照「當遵循佛理」的敘事原則來說，人間法中凡有不忍人之心者，則需順從此心，反之必生報應，道出處世的準則。此原則可由未依人世規範的〈唐戴冑〉一例中便可略見業報之發生始末，其云：

> 戶部尚書武昌公戴冑，素與舒州別駕沈裕善。冑以貞觀七年薨，至八年八月，裕在州，夢其身行於京師義寧里西南街，忽見冑著故弊衣，顏容甚悴，見裕悲喜，裕問曰：「公生平修福，今者何為？」答曰：「吾生時誤奏煞一人，吾死後他人煞一羊祭我。由此二事，辨答辛苦，不可具言，然亦勢了矣。」因謂裕曰：「吾平生與君善，竟不能進君官位，深恨于懷。君今自得五品，文書已過天曹，

相助欣慶，故以相報。」言畢而寤。向人說之，冀夢有
徵。其年冬，裕入京參選，為有銅罰，不得官。又向人說
所夢無驗。九年春，裕將歸江南，行至徐州，忽奉詔書，
授裕五品，為婺州治中。*臨兄為吏部侍郎聞之，召裕問云然。*
（頁 32）

　　沈裕夢中見已亡故的同儕戴冑並問以生時修有何福，戴冑則
以「誤奏煞一人」及「死後他人煞一羊祭我」兼屬因己而殞二命
以回應，已陳人與牲畜在生命價值上並無差別即眾生平等的思
維，且二事分別指涉公領域之循法、和私領域之戒殺，道出人仍
當循人間法，其意義同於當守佛教戒律，是獲知真理的佛教徒應
守的軌則；此則末亦藉戴冑之口告知人間仕途皆由天定的訊息，
再次說明個人任官皆在上天安排中自需循理而為，此外尚附以來
自冥界的預言得驗、及此事乃由作者兄長親聞以證事件為真，在
在強調生活中皆有佛理，眾人皆當依從，故於〈後魏崔浩〉裡，
則兼述政權及道教當有的態度：

　　後魏司徒崔浩，博學有才略，事太武，言行計從，國人以
　　為模楷。浩師事道士寇謙之，左不信佛，謂虛誕為百姓所
　　費。見其妻讀經，奪而投於井中。從太武至長安，入寺，
　　見有弓矢刀盾。帝怒，誅寺僧。浩因進說，盡煞沙門，焚
　　經像，勅留臺下四方，依長安行事。寇謙之與浩爭，不聽
　　煞，謙之謂浩曰：「卿從今受戮，滅門戶矣！」後四年，
　　浩果無罪而族誅。將刑，載於露車，官使十人，在車上更
　　尿其口，行數里，不堪困苦，號叫求哀，竟備五刑。自古

戮辱，未之前有。帝亦枉誅太子，又尋為閹人宗愛所煞。
時人以為毀佛法之報驗。見《後魏書》及《十六國春秋》。
（頁48）

　　在唐臨之前，北魏太武帝乃首位針對佛教進行宗教迫害的帝
王，政治力凌駕在佛教之上，佛教徒本痛心此事並稱之為法難，
當思索、詮釋此事件在信仰裡的意義，這也是在近二百年後唐臨
不按《冥報記》編輯常例抄引史書的主要原因。是則可先由造惡
善者來觀察，崔浩博學有才略乃經世之才，因師事道士寇謙之信
仰道教而排佛，公然詆毀佛教、阻止妻子讀佛經，更藉故勸太武
帝盡殺沙門、焚經像促成太武法難，因個人信仰便恃自己政治勢
力翦除其他宗教，形容出心性偏執、難容他人見解故剛愎自用的
權臣，亦無身為道徒當有的品格外，更和信仰（毀佛的宗教惡
行）和世俗（濫殺的世俗罪行）的外在規範和行為相對，深諳道
法的崔浩業師寇謙之亦知此事不可為極力勸阻，在未果下循理道
出崔浩將「受戮滅門」的預言。崔浩受盡屈辱苦痛而死，其家亦
滅，太武帝亦枉誅太子為閹人所殺，自可歸於毀佛之報應。崔
浩、太武帝仇視佛教又位居高位，既不近佛自無仁心，循惡念而
行以致犯下毀佛大罪，即便掌握大權卻仍不得安，受報理所當
然。其中尚扭轉世俗所以為的政治和佛教間的權力關係，佛法必
凌駕於世上大權之上，當依世上權勢卻不依佛法則本末倒置，乃
是則主要的訴求；但相對而言，事件中僅一言帶過無辜被戮的眾
沙門，卻未能像包括本書在內發生持經、禮佛的靈驗免去災禍，
似又相應於俗眾人世無報的質疑，由此，則需循是則的主張再予
理解，在佛法至上、業報必然下，沙門既有出家的因緣，本意味

著已然修福，且當知此生似寄，此生之了結乃另段佛法更精進生命旅程的起始，既非惡果，受之亦安然。

故當依佛法而行，得以心安，且得外應於無常的環境，即使面臨危及性命毋論來自人禍若戰爭、政爭之屬，抑或天災像雷擊、船難等的突發事件，在知持經下得脫此禍，甚而明白死後將生往善地，便能安然面對而無懼。唐臨道出外在制度及規範皆生於真理，唯佛教朗現全幅的內容，若能知此，個人在外當遵照中土之禮法，內則依循佛教軌則，如此便得安己心而應乎外，而這體悟，皆繫之依佛法以體驗生活，方可明白生命非止此世，乃流轉在輪迴中：靈驗之發生，本在於揭示、拓展個人受限在此世的視野，而非僅是應對外在困境，以求保全此世之性命。在安於此世下，便能觀看自我生命之來處，及為未來之歸處而戮力。

二、知見此生：足以期待於流轉之生命

雖然《冥報記》肯定眾生界的存在及所形成規範的意義，提出在不違仁心下當循其法則而行事的看法，就目的言自非以實踐社會責任以成就生命的價值，乃是從中發現佛理而可心安並鑒分生命的本質。故這些因信仰佛教經歷的神祕經驗的見證，自然有著證明在踐履佛門戒律時，也多能夠獲知靈魂不滅而在六道間流轉的事實，一個不存在於常人生活的經驗。這不可能出現在儒家文獻及思維經歷及說法，則是唐臨所欲傳達重要的信仰內容。

(一) 知此生乃一世之寄

《冥報記》對三世觀念的提出，除賴個人在短暫死亡、入夢等情境下，於冥間聽聞已故親友、或冥府官方的陳述透靈前世、來世的訊息，在還陽後告知他人外並兼帶回可在陽世檢覆的物件

或預言，後檢之果然，證明其說非假。不過入冥故事多以表述冥報之實有為主題，三世則是從對話中用以推見，代表唐臨當時對冥府的職能尚未對輪迴有著墨。對三世的驗證，此書偏向於在人間直接說明，或與用他界證明三世的實有，未若在現實中得以覆驗的聞錄來得使人信服有關。

其中，當以未具「宿命通」卻在當下憶起前生事的例證最具代表，〈隋崔彥武〉中身任刺史的崔彥武道出己身憶起前世的經歷，其記云：

> 隋開皇中，魏州刺史博陵崔彥武，因行部至一邑，愕然驚喜，謂從者曰：「吾昔嘗在此邑中為人婦，今知家處。」迴馬入脩巷，屈曲至一家，叩門命主人。主人年老，走出拜謁。彥武入家，先升其堂，視東壁上，去地六七尺有高隆處，謂主人曰：「吾昔所讀《法花經》，並金釵五隻，藏此壁中高處是也。《經》第七弓尾後紙，火燒失文字。吾至今每誦此經至第七弓尾，恆忘失不能記。」因令左右鑿壁，果得經函；開第七弓尾及金釵，並如其言。主人涕泣曰：「亡妻存日，常讀此經，釵亦是亡妻之物。妻因產死，遂失所在。不望使君乃示其處。」彥武亦云：「庭前槐樹，吾欲產時，自解頭髮，置此樹穴中。」試令人探，果得髮。於是主人悲喜，彥武留衣物，厚給主人而去。崔尚書敦禮說云然。往年見盧文勵亦同，但言齊州刺史，不得姓名，不如崔具，仍依崔錄。（頁 17）

此則出於位居高位者，更顯所記的可信。文中的崔彥武在偶

過前世居所，觸物竟憶起前世事，後依記憶檢前世事如合符契，由此在現實空間中連結兩世，證明輪迴屬真，扣合當下並作具體的情感描述，有別於六朝專言轉世而略當事人言行表現的敘寫，帶有濃厚的說教意味，[19]因此，方可在此事中推陳二義，一為性別、身體不具有真正意義，具血氣的當下雖仍需循世事軌則，卻當明白此身乃因緣的聚合，不過是個人主要意識在無限時空下單一、短暫所寄的軀體；二是生命流傳於六道的真相，因而此世毋需執著，當精進佛理，就如同崔彥武具有悟前世的知能，當和文中所交代常誦讀《法華經》有關，畢竟書中不乏誦讀佛經增長智慧，以致得知自我過去、未來事的事例。另外尚有已輪迴為動物，如〈唐長安市里〉、〈隋洛陽人〉、〈唐韋慶植〉等短暫的以前世人身的樣貌現身，向人訴說前生事，檢之果如其言，（頁58-59、60-61、73-74）皆在證明隔世有報，及輪迴實有。

（二）寄來世於解脫之途

　　依此推說，鎮日諷誦佛經的出家人，自然對生命有更深刻的體認和發現。〈唐釋慧如〉是精苦修行沙門，便具有往返地獄、陽世的經歷，帶回來自冥界亦是生命過程的官方消息，而記云：

19　王國良分《冥祥記》之故事主題其一即「投胎轉世」，在所列七則裡當事人多概說、或所言非今生檢證前生事，僅〈王練〉故事較具規模而已，已可略見此時輪迴故事的敘事特色；孫遜則直指六朝轉世故事小說較貧乏，當亦指此。引文分參王國良撰：《冥祥記研究》（臺北：文史哲出版社，1999 年），頁 29、孫遜：〈釋道「轉世」「謫世」觀念和古代小說結構〉，收於黃子平主編：《中國小說與宗教》（北京：中華書局，1998 年），頁 180。

京城真寂寺沙門慧如，少精勤苦行，師事信行。信行亡後，奉遵其法。隋大業中，因坐禪脩定，遂七日不動……，既而慧如開目，涕泣交流，僧眾怪問之，答曰：「火燒腳痛！待視瘡畢乃說。」眾逾怪問，慧如曰：「被閻羅王請，行道七日滿。」王問：「須見先亡知識不？」如答曰：「欲見二人。」王即遣喚一人。唯見龜來，舐慧如足，目中淚出而去。更一人者，云：「罪重不可喚。」令就見之，使者引慧如至獄門，門閉甚固。使者喚守者，有人應聲，使者語慧如：「師急避道，莫當門立。」如始避而門開，大火從門流出，如鍛鐵者，一星迸著如腳，如拂之。舉目視門，門已閉訖，竟不得相見。王施絹卅匹，固辭不許，云：「已遣送後房。」眾僧爭往後房視之，則絹在牀矣！其腳燒瘡大如錢，百餘日乃癒。武德初卒。真寂寺，即今化度寺是也。此寺，臨外祖齊公所立，常所遊觀，每聞舅氏說云爾。（頁 5-6）

　　慧如精勤苦行，坐禪修定七日乃受閻羅王請至地獄行道，還陽尚攜閻羅王所贈絹三十匹回歸人間，在檢見此絹後可證明他所帶回地獄訊息屬實。慧如在地獄實地觀看舊識死後之歸趣，一位輪迴為畜牲，一位在地獄受苦，表呈二類的生命及身份：一是未解、未尋求佛法的異教徒，在此故事中乃被觀看的對象，有沈淪進入畜生道，更有視佛教為雠寇至終墜入地獄受難忍之苦痛，他們都是執著於生時的生命狀態，孜孜於血氣的維繫反而獲取惡報，喪失真正的生命；二是精勤修佛的法師，因著熟悉蘊藏生命奧秘的佛經，即令掌管生人性命的閻羅王亦甚禮敬，在地獄活動

的時間裡乃屬觀看的身份，藉由實地的訪察則自生深刻的自省，返陽後便更精進於佛法。其中道出具等差的生命範型，其差別自出於能否投入含括天道在內的佛法修持。

《冥報記》關注並確切描述死亡狀態及過程，在於闡揚佛教對我們生命的真切影響，向眾人作出人若疏遠佛法，死便落入更不堪處境的示警，至於近於佛理除了可規避罪罰，更可能往生至樂之地。〈隋寶室寺〉裡便記下崇佛可滅罪並往生西方的例證：

> 隋鄜州寶室寺沙門法藏，戒行精淳，為性質直。至隋開皇十三年，於洛交縣韋川城造寺一所，佛殿精妙，……兼造一切經，已寫八百卷。……至武德二年閏二月，內身患二十餘日，乃見一人，身著青衣好服，在高閣上，手把經卷告法藏云：「汝立身已來，雖大造功德，悉皆精妙，唯有少分互用三寶物，得罪無量。我今把者即是《金剛般若》，汝能自造一卷，令汝所用三寶之物得罪悉滅。」藏師於時應聲，即答言造。……既能覺悟，弟子更無餘物，唯有三衣瓶鉢偏袒衹支等，皆悉捨付大德及諸弟子，並造《般若》，得一百卷。未經三五日，臨欲捨命，具見阿彌陀佛來迎。由經威力，得生西方，不入三塗。《珠林》卷一八引《冥報記》（頁82）

這位造寺、抄經大有功德的高僧僅略用供奉三寶之物養身便獲大罪，反映佛教三寶之神聖不可侵犯，也留抄《金剛般若經》以補過的機會；由是在贖罪並捨身外之所有物後，卒時有阿彌陀來迎，完整交代自生迄死的模範人生。

於是《冥報記》表述的不只是將輪迴的生命觀與傳統的天道論予以結合，俾利宣揚當盡儒家禮法視同在履行佛法，在世俗的佛教徒在未能出家的現實下，仍能盡人倫之義務，並致力佛法的尋求，並信服已得捨下世俗的法師，而得心安；至於可在今世便可出家的沙門來說，則需明白、理解在家修佛信眾的處境，並以自身引導他人，歸於真理。唯毋論在家抑或出家的信徒或法師，得以安心於此世的主要依據，仍在於信仰的歷程中觀看、聽聞、甚而體驗前世及來生的各種消息與經驗，真切的明白信仰對生命的解讀為真，在獲得實據下更得以落實於此世之心安，而循佛教的規範而行事。

貳、驗諸外在：
辨分業報／德行結構下之人生解讀

《冥報記》記錄佛法對個人生命實質影響的個案，皆因著神秘經歷的發生，證明佛法在人世的真實運作及展現其原則，令當事人在其中或幡然而寤、或得到報應，對人生有了啟悟。為了突顯佛法與個人間的密切關係，敘事中需要提供當事人含括出身、性格等的個人訊息，以及決定事件發展走向的外在條件，俾利讀者掌握佛法的運行原理，且對人生的理解，亦依循唐代當時對人生的觀察方式：視個人在各時間點所遇到的人事皆屬單一的事件，事件前後連綴而成就了人生。這些會對個人將造成利益增損的事件，或有冥冥力量或原理主導或運行，成為唐人極欲探知的奧秘，而漸成定命說。唐臨編寫此書時受此集體的意識影響，唯認定書中所陳言的「業報」，乃後來「必定」發生事件的原因，

故在觀看及理解人生時，當先知悉業報的運作原理，乃唐臨首當
詮理的重心。

一、知解妄念：不明生命究竟則生虛妄之見識

　　唐臨亦循唐人對人生的解讀方法，同樣探尋影響個人壽夭禍
福的關鍵，唯在《冥報記》則歸於自作自受的業報。此主張不免
和既有的定命觀發生衝突：唐代命定說以為個人境遇之種種及結
果，皆由上天所決定不得改變，而業報必然歸於自力救贖，意謂
著人於生時的善惡言行決定未來的處境。唐臨在理解此議題上，
則未對兩者間的差異加以著墨，而是強調需先知曉生命之福禍壽
夭皆繫於對佛理的認識，知此便不需留意傳統的定命說法，這或
許亦是全書僅三則提到定命的主要原因。故由〈唐岑文本〉中言
及的定命，則成了理解佛經的重要提示，而云：

> 中書令岑文本，江陵人，少信佛，常念誦《法花經・普門
> 品》。嘗乘船於吳江，中流船壞，船人盡死。文本沒在水
> 中，聞有人言，但念佛，必不死也。如是三言之。既而隨
> 波涌出，已著北岸，遂免。後於江陵設齋，僧徒集其家，
> 有一客僧獨後去，謂文本曰：「天下方亂，君幸不與其
> 災，終逢太平，致富貴也。」言畢趨出。既而文本自食椀
> 中得舍利二枚。後果如其言。文本自向臨說云爾。（頁 82）

　　此則乃唐臨聽自同僚岑文本所自說，詮釋得更貼合當事人對
自我人生之設想，其中敘明二項危及血氣性命的災禍：前為水
難，於急難中竟有人教授岑文本以持念〈觀世音普門品〉而免

難，二為兵禍，乃高僧告以天下方亂，但文本仍可免預其災並得
富貴，留下舍利而去之後也如其言。在此則作者親聞的佛教見證
中，文本雖持念佛經，未必知曉與己生命的關係，方才需要有神
佛的提點需持念經文，在免禍後自能明白念佛的意義在於有益於
生命，但卻非指血氣的性命；故由得明萬事的高僧告知即便天下
大亂文本仍可兼有福壽，卻又贈高僧死後方有的「舍利」，則進
一步提示文本身體之救護和養生之福壽，皆未若生時修佛、更待
來世可留下舍利的精進，生命便不能僅定睛在此世的身體，在此
陳述中更削弱了定命的力量甚至可視為謬說。

　　若能知此，便能重新認識、轉化危及身體事件的意義：得以
更深刻的理解佛法奧妙與真正生命，亦間接地發現改變個人境遇
唯有佛法，而與定命無干。故同為唐臨親聞〈唐豆盧氏〉一則
中，豆盧氏將死仍如常地持念《金剛般若經》不輟，在無火處則
發生自有火燭光亮如晝的神異外，將死而獲知冥界訊息的豆盧氏
弟芮公，也帶來官方「吾姊以誦經之福，當壽百歲，好處生」的
福報，（頁 42-43）道出真正和自我生命有關唯有佛法，而無其
他，若知此，方得以正確地觀看、體察自身的處境，且在知曉佛
法運作的真實存在後，更不會誤認此生即屬全幅的生命，執著在
年壽的延續及身形的保養。

　　因此，佛法方是決定、瞭解自我生命及人生唯一的關鍵，因
而關注身體安危、福祿得失世人所熱衷的目標自是捨本逐末，至
於相信定命之說亦非正途。唐臨相信亦強調唯有仰賴佛法，才能
獲得一切個人境遇發生的解答，明於此，就能觀照及理解人生中
境遇的意義。〈梁武帝〉一則裡，看似定命故事的敘寫，實則表
述報應之運行，而記云：

> 梁武帝微時，識一寒士，及即位，遊於苑中，見此寒士牽
> 舟，帝問之，尚貧賤如故，勅曰：「明日可上謁，吾當與
> 汝縣令。」此入奉勅而往，會故不得見。頻往，遇有事，
> 終不得通，自怪之，以問沙門寶誌。……寶誌迎謂曰：
> 「君為不得縣令來問耶？終不得矣，但受虛恩耳。過去帝
> 為齋主，君書其疏，許施錢五百，而竟不與。是故今日但
> 蒙許官，終不得也。」此人聞之絕去，帝亦更不求之。江
> 東道俗至今傳之。（頁 13）

　　梁武帝許諾寒士給予縣令官位卻未果，頗有個人祿位天定且
不得更易的定命意味，幸由法師道出因緣，方知並非既有的定命
觀：寒士夙昔許帝施錢而未果，故今得到帝許以官職而未竟的回
報，在知始末後寒士絕去不再求取。用兩人間許諾／違背和錢財
／官位對應關係以釋因果，對自許有識之士或不信佛法之徒而
言，仍嫌簡易太過而理據不足，卻是已明佛法者所能探知的奧
秘，即書中引釋信行所以為佛說經「務於濟度，或隨根性，指人
示道；或逐時宜，因事判法」（頁 3）的原理，即使手握人間絕
對威權的帝王，仍然受業報所影響未能依照個人意志行使行政權
力，於是在寒士知終不得官乃出於自作自受的業報後，便不再執
著於追求失之交臂的官位。進一步言，法師既道出事皆出於業報
的真相，且在對照無限的流轉生命下，關切此世之生命短長皆屬
「不明」，追求擁有俗世所有形上、形下的聲名財祿，則可歸於
「有執」，於是，當事人甚而讀者在經歷或觀看此過程後，便不
會誤識生命的本質，以致畏懼任何威脅血氣的境遇，或相對地競
逐屬於此生及世俗的福份。

二、止息妄念：崇敬佛法就能獲得生命之智慧

在明白生命的究竟後，方知常俗所稱之人生多僅指此世，在只能掌握此生言行與後來境遇關係的資訊下，就難怪出現善惡無報的妄說；佛教徒正因著對生命有更完整的認識與俗眾有別，得以自在地應對變化萬端的外在環境。只是《冥報記》所集佛教靈驗乃完整地記敘下佛教視域裡的俗世景況，含括了根基有別的高僧以迄惡人，在唐臨有意識的鋪陳、詮釋故事下，表陳出事件中人物所面的生命疑問與面對方式，因此，在這對生命體悟有差別的眾生光譜裡，讀者可依自身對佛理體悟的深淺，於此書中找到得以明白、觀照自我當下處境及人生的例證。大致來說，依當事人／讀者之根性及所面之境遇，可略由兩方面以陳。其一乃為數最夥屬於不闇佛法的常人、愚人，其二則是已對佛法有所體悟的居士、高僧，所陳的境遇及意涵皆有差別：

（一）中下之根，可由護衛性命悟得佛法關涉自我之生命

傳統文化及信仰皆重視個人的社會實踐與家族繁盛，在實踐生命目標裡尚寄託著自我在死後獲得血食的期待，會視人世為真並重視個人具體的成就，以福澤家族及子嗣。而這思維即便是信奉佛教的家庭卻也必然在教育中傳遞，故要求「入世」、視「此世即此生」等重此血氣生命等主張，「死生亦大」的喟嘆，皆是中華文化的共通思維，對不信或未知佛法者來說，更屬當因循的常理，至於信奉未深或皈依卻未明其理的佛教信徒而言，也不易更改、割捨對此生的執著。

對於此，《冥報記》中多見信佛、禮佛及誦經得以解難消災的例證，便是佛法示現之一類，尤其對難捨生命的對象言，尤具

意義。〈唐盧文勵〉一則，更屬唐臨所採的一手資料，可作為代表，其記云：

> 監察御史范陽盧文勵，初為雲陽尉，奉使荊州道覆囚；至江南，遇病甚篤，腹脹如石，飲食不下，醫藥不瘳。文勵自謂必死，無生望，乃專心念觀世音菩薩。經數日，恍惚如睡，忽見一沙門來，自言是觀世音菩薩，語文勵曰：「汝能專念，故來救，今當為汝去腹中病。」因手執一木把用抒其腹，腹中出穢物三升餘，極臭惡，曰：「差矣。」既而驚寤，身腹坦然。即食能起，而痼疾皆愈，至今甚強實，與臨同為御史，自說云爾。（頁 25）[20]

　　盧文勵至江南得疾然藥石罔效，在自知將死而持念觀世音，歷數次求助無方至求告佛法的心路歷程，反映的是常人留戀生時種種並排斥死亡、以及對死後茫然無知等普遍的疑懼心理，自不及對佛法有深解的佛教信徒，可坦然面對的生命高度；觀世音的現身，表現著菩薩對生命苦病的體諒，更用此作為引導、回應並撫慰持念其聖號的受苦者，對生命可能逝去的當下心生的疑懼。觀世音所給予實際的醫療果效不只是處置了當下的困境，更向眾生示現凡與生命有關而人力難治的問題，佛教皆已提供解決、看待的方法。故又若〈東魏鄴下人〉有人受困礦穴，或〈唐蘇長〉侍

20　此則文末已交代乃與同唐臨同為御史時，盧文勵所親說外，尚提供三則佛教靈驗，即前所引卷中之〈崔彥武〉，又卷下〈般安仁〉、〈趙大七女〉，足見盧文勵不只是與唐臨為同僚更為同修，得見此則之詮釋和觀點，最接近當事人的觀感。

妾遇船沈將溺,(頁 11、35-36)皆為偶遇危及性命的災禍,其敘事理路和宗教目的皆無差異。另面臨人為故意的災禍時,亦同樣可以仰賴佛法,扭轉情勢,或仰仗法力,護佑自我之外的他人。

〈唐李大安〉一則乃屬殺人未遂的案件,因著佛力的介入而轉危為安,並改變了聽聞者的信仰,而記云:

> 隴西李大安,工部尚書大亮之兄也。武德年中,大亮為越州總管,大安自從京往省之。大亮遣奴婢數人從兄飯。……其奴有謀煞大安者,候其睡熟,奴以小劍刺大安項,洞之,刃著於床,奴因不拔而逃。大安驚覺,呼奴,其不叛奴婢至,欲拔刃,大安曰:「拔刀便死,可先取紙筆作書。」奴仍告主人訴縣官。大安作書畢,縣官亦至,因為拔刃,洗瘡加藥,大安遂絕。忽如夢者,……大安仍見庭前有池水,清淺可愛。池西岸上,有金佛像,可高五寸,須臾漸大,而化為僧,被綠袈裟,甚新淨,謂大安曰:「被傷耶?我今為汝將痛去,汝當平復,還家念仏修善也。」因以手摩大安項瘡而去。大安誌其形狀,見僧背有紅繒補袈裟,可方寸許,甚分明。既而大安覺,遂蘇,而瘡亦不復痛,能起坐食。……有一婢在旁聞說,因言:「大安之初行也,安妻使婢詣像工,為安造佛像。像成,以綠綵畫衣,有一點朱汙背上,當遣像工去之,不肯,今仍在,形狀如即君所說。」大安因與妻及家人共起觀像,乃所見者也。其背朱點,宛然補處。於是歎異,遂崇信佛法。大安妻夏侯氏。即朗州刺史絢之妹,先為臨說。後大安兄子道裕為大理卿,亦說云爾。(頁 33-34)

　　李大安為家奴所刺以致瀕死而入冥，家中供奉的佛像除保全其肉身外，也隨之入冥界救護其生魂，且告知當復生並囑以還陽後理應念佛，此則已道出佛法除具有保全血肉之軀的功效外，尚有維護靈魂不致墮落的大能，具有因根性說法的意味；對旁觀或知道此事者而言，亦可從中得知依賴佛法，便能全然護祐生命的訊息及奧秘。另外〈北齊冀州人〉亦記信佛而得救的靈驗，卻是信佛之父誤以為其子死於戰爭中而起浮圖為子追福，佛便親自救回回實未戰死但為敵方奴役的親兒，（頁 12-13）「代為救護」的例證，同樣發揮了鄉邑「競為篤信」、之後猶傳其事的宗教果效，其義與前引並無差別。

　　因此，個人對於佛法所揭示的生命奧秘雖未能明白，然而當發生救護性命的靈驗時仍具有啟發個人慧根的功用，在事例中得以理解佛法對自己的意義在於維繫生命，並旁通至自己較難檢證的死後景況，對於人生中將遭遇到人事就便明白都當倚仗佛法。由此來看，在得此真知後自會視任何的處境，皆是對自我佛性的啟發，消解了人生多難、死生亦大的心理畏懼。至於已對佛法有所深解的信徒甚而高僧，則能有更深刻的佛教體悟，於《冥報記》裡也以實例加以表述。

（二）上根之器，在體悟生命之外尚需負擔宣揚佛法之責

　　《冥報記》雖收錄不少信佛而避災躲難的實例，亦不乏高僧在圓寂前坦然接受、面對死亡，展示出一位對生命全然了悟下超然於生死之上的楷模。這些高僧夙日敬佛、禮佛示範著得悟出家不務俗事的品格和作為，目的皆在於精進佛理，求取真正超越俗人所忌言的人之大限。〈唐釋道縣〉正是誠心修佛而有成的高僧，而記云：

蒲州仁壽寺僧釋道縣，少聰慧好學，為州里所崇敬。講
《涅槃》八十餘遍，號為精熟。貞觀二年，崔義直任虞卿
縣令，人請縣講經。初發題，悲泣，謂眾人曰：「去聖遙
遠，微言隱絕，庸愚所傳，不足師範，但以信心歸向，自
當識悟。今之講說，止於〈師子〉，時日既促，願各在
心。」既而講至〈師子〉，一旦無疾而卒。道俗驚慟，義
直身自徒跣，送之南山之陰。時十一月，土地冰凍，下屍
於地，地即生花，如蓮而小，頭及手足，各有一花。義直
奇之，令人夜守，守者疲睡，有人盜折其花，明旦視之，
周身並有花出，總五百餘莖，經七日乃萎乾。義直及道俗皆
說云爾。（頁 33-34）

　　高僧釋道縣自小聰慧得讀懂佛經，在精讀《涅槃經》頗有領
悟，發現今傳本經文疏解義理不足習法，欲重講經文預知年壽不
與將止於〈師子〉章，已道出道縣具「深解佛理」、「預知年壽」
的智慧及神通，後果於講〈師子〉無疾而卒。道縣並未珍視年
壽，故在預知卒年時僅慨嘆著講經的時日有限，故勤於講經，此
乃對佛理有深解下方能淡然地面對人生脩短，就此雖已能感動旁
人，卻不易使凡俗知其異下繼以深究其理的動力，由是當道縣死
後周身有似蓮而小的奇花而生，遍地生蓮的奇景改變了習常視死
亡為不祥的禁忌，成了道縣體悟生命究竟的證明，以及「義直及
道俗皆說」廣傳此事的原因，教育了執著於此世壽命的眾人。類
似以身說法者又如〈隋釋信行〉中信行講法佛空中來摩頂授記，
死前未久寺僧能目見「多人持香花幡蓋從西來」引信行至西方，
〈隋寶室寺〉之法藏卒時「具見阿陀佛來迎」，並附以因佛經之

力而生西方的注解，（頁 3-4、82）扭轉人見喪亡時不免悲戚以
對的氛圍，趨向欣羨將往生西方的超脫，而生景仰、效法之心。

　　體悟佛法以應外物，乃高僧自處之道，唯在自力救贖外尚負
有引導眾生歸佛的職責。於〈唐釋僧徹〉中便展演身為生命導師
的釋僧徹救人生命的法式：

> 絳州大德沙門釋僧徹，少而精練，於孤山西阿造立堂宇，
> 多樹林木，頗得山居形勝。僧徹嘗出行，山間土穴中，見
> 一癩病人，瘡痍臭穢，從徹乞食。徹愍之，呼出與歸，於
> 精舍旁為造土穴，給衣食，教令誦《法花經》。此人不識
> 文字，性又頑鄙，徹句句授之，殊費功力，然終不懈倦。
> 此人誦經向半，便夢有人教之，自後稍聰寤，至得五六
> 旬，漸覺瘡愈。比誦一部畢，鬚眉平復，肥體如常，而能
> 為療疾。臨嘗患腫，僧徹遣此人禁咒有驗，自說云
> 然。……僧徹專以勸善為務，而自脩禪業；遠近崇敬如父
> 焉。永徽二年正月，忽囑累徒眾，自言將死，既而端坐繩
> 床，閉目不動。其時天氣晴朗，雨花如雪，香而不消。方
> 二里許，樹葉上皆有白色，如輕粉者，三日乃復常色，而
> 僧徹已終。至今三歲，獨坐如故，亦不臭壞，唯目淚下
> 云。徹弟子實秦等及州人並說云爾。（頁 6）

　　此故事記錄二則不同生命層次的個人見證：一是高僧釋僧
徹，記下完整的生平事歷精練佛法而修禪，並勸善教化眾人，壽
盡自知將死而端坐待之；二是頑鄙無知之患癩病人，困於有病之
身及貧窮環境，經僧徹教誦《法華經》後病癒並開聰慧，尚得治

病之能。在唐臨亦有參與的見證裡，先是交代已在佛經裡體悟到生命奧秘的高僧，不僅用以面對自身必然面對人最大恐懼的人生大限，其次再將此奧秘授予對佛法一無所知又已深受貧病之苦的生命，令這位必須接受他人接濟的底層賤民，得到足以處置困境的能力甚至轉變成施予者，救助同樣為病所困的受苦眾生，更具體地說明身為法師不僅需自力救贖，尚擔負起以佛法救護他人渡過現實困境、接受佛法至終亦得自救的責任，毋論是直接受惠的患癩病人，或是間接得到幫助的唐臨。如此看來，文末附記僧徹離世時了二里許皆雨花如雪，香而不消達三日的祥瑞，及遺體三年不壞的特異，皆在回應此高僧的修為，也因為如此，事方廣傳於秦州、唐臨尚親炙事例中病得瘳並具治病大能的人物，實可視為已然離世的僧徹，持續成就救人於苦海中的悲願。

三、知行業報：可悟見佛法已然容攝傳統之規範

《冥報記》舉事例訓勉眾人在現實世界中當依佛法來做為，不僅是生活中當遵循的軌則，更是面對外在人事及內在自我疑難唯一正確的方法，唐臨在說解「必然」外更需說明「何以然」的原理，即業報的具體內容。是書既為了證明與解釋佛法確實在人世運作的原則，則需提供定奪是非的標準，以及處置佛教規範和傳統文化間的扞格，釐清「冥報」運行的規範與準則。就佛法當遵循的具體內容言，《冥報記》反映了當時佛教徒認為冥界迄陽世具有相連貫、有關的行政體系，所以在執行職務的方式及善惡評斷上，亦有共同的標準：

（一）世上規範乃佛法之衍伸，需依佛法而為

唐臨書中強調生前種種的善惡行為，將作為死後結算與獎懲

的依據,唯善惡評斷的標準,則繫於個人接受、力行佛教教誨的信仰立場,而非依照世間的道德評斷。依唐臨所描繪冥界的行政主管單位,在規模、運作及職務上與人間差異不大,但權限則不限於冥間可達陽世,冥府的管轄及工作範圍兼及幽冥與人世。據於此,人間的官府、及其運作和職權,是冥界之主所允許存在,於是和冥府的組織相類,至於官府按照法律處理民刑事的制度,其中所運用的方式和標準,就存在著合於佛法的原則,這也是何以《冥報記》中存在著冥吏協助人間官府完成獎懲敘事的原因,此貫串陰陽兩界的行政工作及原理即「冥報」。

　　為窺探冥界種種,在表述方式上不免利用「冥界遊行」的敘事,讓代表官方的冥界府君及官吏,直接說解冥府運作的原則與佛教的立場,指點人們在人間應如何觀看與發現冥報發生、原則與意義的方法。在〈唐眭仁蒨〉裡眭仁蒨入冥界後,向在地方州牧任職的成景提出人們對於死後世界的疑惑,成景在釋疑時又兼言及死後的空間樣態和職務結構,其云:

> 蒨問曰:「道家章醮,為有益不?」景曰:「道者,天帝總統六道,是謂天曹。閻羅王者如人天子;太山府君如尚書令錄,五道神如諸尚書,若我輩國如大州郡。每人間事,道上章請福,天曹受之,下閻羅王云,某月日得某甲訴云云,宜盡理,勿令枉濫。閻羅敬受而奉行之,如人之奉詔也。無理不可求免,有枉必當得申,問為無益也。」蒨又問:「仏家修福何如?」景曰:「仏是大聖,無文書行下,其脩福天神敬奉,多得寬宥。若福厚者,雖有惡道,文簿不得追攝。此非吾所識,亦莫知其所以然。」

（頁 28）

　　閻羅王乃冥界最高的統治者，管理著包括傳統文化裡五道神在內的泰山府君，另將居於天庭的天帝視為此行政體系的權力核心，負責監督、管轄閻羅王的施政，天帝也是道教信仰的主要崇敬對象，就此已合理的安置傳統信仰在佛教當中；不過佛及佛法相於道教則居於超然的地位，佛主動的介入或持念佛經，皆可直接更易原有的判決，信佛持經之福德遠勝世間一切善行。此敘寫的立場，同樣亦以不違反傳統既有的信仰為原則，容納了人鬼信仰、道教，且仿傚了唐初的政治系統，而這正是唐臨或者說是民間佛教信徒所接受的冥界樣態。[21]依此檢覈《冥報記》其他有關冥界遊行的敘寫，皆得合理地詮說：就行政的運作言，〈隋孫寶〉裡孫寶入冥後，便可代亡母向冥界申訴冥官行政疏失，經重新計算生時罪福後獲得重新安置，另就佛法的權威性言，若〈唐李山龍〉中李山龍平日誦《法華經》，入冥後閻羅王禮敬並請以講經，凡當時於冥中囚犯聽聞經者皆獲免外，在大獄受苦之惡人皆因其念「南无佛」而得免刑一日，又〈北齊仕人梁〉、〈唐張公謹〉裡為惡罪大者，皆由寫佛經、造浮圖買池放生等為死者追福，（頁 23、43-45、51、64-65）毋論罪責之大小，倚仗佛力皆有可介入而無例外，皆在證成佛力之不可思議及絕對神聖性，確

---

[21]　內山知也將是則與王琰《冥祥記》中同為冥界遊行的〈趙泰〉相較後，發現王琰所描述的地獄較忠於佛典，唐臨的〈睦仁蒨〉則仿傚唐王朝政治體制，其說頗能反映六朝迄唐初民間對佛教地獄樣態的轉變。引參內山知也撰，益西拉姆等譯：《隋唐小說研究》（上海：復旦大學出版社，2010 年），頁 71。

如未修佛的地方冥官成景所言「莫知其所以然」。將現實生活的經驗投映至佛教冥界的組構，可視為佛法在不同空間的體現，故具有相似性及一貫性，存於民間佛教靈驗的記錄，甚至產生具中土特色的佛教偽經。[22]

　　《冥報記》敘寫冥界種種活動的目的，其一在於證明冥府真實的存在，負責觀察世人之善惡言行並使業報得以發生，其二則在闡釋業報運作的原理即佛法，就個人而言需崇敬並依佛法而行，由此便是服膺至高的道德規範。其中道德觀與儒家的分歧，是書則試圖攝中華文化裡重要的道德條目於佛法中，尤其重視、肯定孝道的實踐，作為冥報的重要事例。故得盡孝道者，本性亦好佛法，如在〈唐韋仲珪〉中天性孝悌的韋仲珪，父卒守孝三年不外於墓前誦《法華經》，不僅虎夜來聽法，且有墓生光色異常之芝草、鳥銜雙鯉而來等祥瑞以應，（頁 21-22）合於天人相感之說，自然也可列於至孝得善應的佛教靈驗，孝與佛性具有正相關。至於不孝者，便屬疏離佛法、乃習佛者的負面教材。在〈隋河南人婦〉一例中，可見證《冥報記》「再次」詮釋儒家道德故事的方式，其記云：

　　　　隋大業中，河南人婦養姑不孝。姑兩目盲，婦切蚯蚓為羹以食，姑怪其味，竊藏一臠，留以示兒。兒還見之，欲送婦詣縣，未及，而雷震失其婦。俄從空落，身衣如故，而

22　陳登武考《十王經圖》之俗世面，引《冥報記》入冥故事中判官制度、審案組織與初唐時相同，證明冥界乃世俗官府的投影，本文即據此，參陳登武撰：《從人間世到幽冥界：唐代的法制、社會與國家》（北京：北京大學出版社，2007 年），頁 268。

易其頭為白狗頭，言語不異。問其故，答云：「以不孝
姑，為天神所罰。」夫以送官。時乞食於市，後不知所
在。（頁56）

　　養姑不孝，受上天雷震而死的懲罰，屬於中華文化習見的報
應思維和方式，不過在這則中乃天神以雷將不孝婦攝至天上、改
變形體換為白狗頭復擲還於地，向眾人展示不孝將受現世之報，
此略與傳統報應有異的敘寫更合於中土民眾對業報的想像，又在
《冥報記》已將道教及傳統信仰統攝在佛教下，理解成屬於佛教
業報的例證。對孝道的重視，書中亦分由〈唐張法義〉裡言法義
之惡行時列出「貞觀十一年，法義父使刈禾，法義反顧，張目私
罵，不孝，合杖八十」一事，另〈唐謝夕敞妻〉多有功德的許
氏，亦因「娘子曾以不淨盆盛食與親，須受此罪」的懲治，（頁
75、95）將孝列入冥間的重要考覈項次，在於說明唐臨所輯錄事
例裡的佛教規律，乃將儒家重要的德目予以納入，由此已減少佛
教信徒在日常生活中，發生和傳統文化間衝突的次數，尤其和生
命有關如安葬等大事上，[23]實際地削弱反佛者的批評聲浪。

（二）業報乃佛法在世之展現，需知體察之方

　　佛教畢竟來自印度，和中土文化尤其主流的儒家思維有所牴

---

[23]　盧建榮指出唐代的喪葬仍以家族式「同居」的土葬形式為主流，佛教信
　　徒除了遺願不與先人同葬，尚有以焚化身體的新式葬法，並言：「這在
　　空間上根本遠離中國這個地理空間，同時也斷絕了凡俗塵世的種種人倫
　　關係。」況安葬關涉祭祀、孝道，皆反映著佛教在文化生活上與傳統間
　　的衝擊。引見盧建榮撰：《北魏唐宋死亡文化史》（臺北：麥田出版
　　社，2006年），頁298。

悟，況經書裡既存具民族本位意涵的「華夷之辨」，更可作為抵制佛教的口實。但《冥報記》對此質疑與批評採取不迴避的態度，而用回歸常理、舉出實證來因應，在事例中扮演主導詮釋的身份，以導引讀者辨別、察覺其中的是非對錯。〈唐董雄〉裡便舉出儒釋不同立場的二人共同面對生命的危難，二人也分別依循原本的信仰來面對，但在故事中二位主人翁不僅驗證原來信仰與自我生命的關係，更在彼此觀看持守相異理念的對方下，發現佛儒對己生命的真正意義：

> 河東董雄，少誠信仏道，蔬食數十年。貞觀中，為大理丞。十四年春，坐為連李仙童事，繫御史臺。……禁者十數人，大理丞李敬玄、司直王忻，並連此事，與雄同屋閉禁，皆被鏁牢固。雄專念《法華經・普門品》，數日，得三千遍。夜中，獨坐誦經，鏁忽自解落地，雄驚告忻、玄。……玄等異之。雄恐罪責，告守者請鏁開。是監察御史張敬一宿直，命吏關鏁。吏以火燭之，見其鉤鏁不開，而自然相離，甚怪異，因開鏁之，用紙封纏其鎖，書署封上。吏去，雄復坐誦經，至五更，鎖又解落，而有聲如人開者。雄懼，又告忻、玄，玄等謂，欲曉，不宜請吏。既明，共視之，鉤鏁各離在地，而鏁猶合，其封署處全固不動，鉤甚完密，無可開理。玄自少長不信佛法，見妻讀經，常謂曰：「何乃為胡神所媚而讀此耶？」及見雄此事，乃深歎寤曰：「吾乃今知，佛之大聖，無有倫匹，誠不可思議也。」時忻、玄亦誦八菩薩名，滿三萬遍，盡日，鏁自解落，視之，鏁狀比雄不為異也。玄於是信服慚

悔。

既而三子俱雪，玄乃寫《法華經》，書八菩薩像，歸供
養。……。（頁 36-37）

　　敘事以董雄、李敬玄作為佛儒不同主張的對照主線，御史張
敬之、同在獄中的王忻及獄卒為見證者，道出在世間的為人準
則：大理丞董雄信佛茹素，李敬玄則素不信佛，尚用華夷之異判
佛乃胡神不足信曾阻止妻持經，但兩人皆因被李仙童事牽連而入
獄將死，在生命困境中有了交集。然董雄以持念具解厄之功的
《法華經‧普門品》，二次示範持經令鎖自落的靈驗，令李敬玄
獲得了啟悟：在儒釋論述的比對下，明白唯佛是依的至理。其中
並未就「華夷之辨」加以駁正，而是用僅佛經得應於生命之需來
解說，得體驗其事，方是此則辨分儒佛意義的方法。

　　因此，對於毀佛者亦同樣用對應至生命作為敘事主軸，來表
述攻訐佛教的錯謬及將獲得的業報，〈唐傳奕〉便屬此例，信仰
道教之醇儒傳奕若恪守儒家禮法和道教教義，仍足稱許，只是傳
奕卻以排佛為務，[24]況他且為誘使太宗發動政變而奪大位的重要
關鍵，與近隱太子的作者唐臨不僅政治立場不同尚因此被貶，故
對傳奕的評價自然更惡，直接判入地獄接受苦報，在佛教徒的見
解裡便理所當然，（頁 91）[25]這些具判斷儒佛是非的敘事，多不

─────────────

[24]　傳奕與太宗之政治與宗教關係，參礪波護撰，韓昇等譯：《隋唐佛教文
　　化》（上海：上海古籍出版社，2004 年），頁 25-26。

[25]　《隋唐嘉話》記有傳奕視胡僧能以咒語使人生死乃邪術，並以身試法下
　　胡僧自倒不復蘇、傳奕病中請子以羚羊角破婆羅僧以金剛石所替代的佛
　　齒，以證佛齒不可破屬謠言，（見〔唐〕劉餗撰：《隋唐嘉話》（北

涉具體道德或義理的辨證，而是聚焦在排佛者外顯若輕佻、侮辱的作為，以及與己生命間的具體關係。畢竟，唐臨於書中不曾挑戰儒家核心的五倫和忠義道德題目，而以「亦合佛法」作為主要的說法。不過，當《冥報記》具體舉出持守儒家信念，卻無法作為應對生命疑懼的倚靠、以及攻擊佛教者性多惡而多行為多有失序等例證時，讀者自會從中獲取業報運作原理以及仰仗佛法為至理的訊息，並將這些訊息作為檢覈自我及外在事物的依據，乃靈驗記敘寫的策略及目的，另外，也反映了如唐臨等中土的佛教徒，對儒家的定位與佛法的認識，乃採取既不否定儒家，亦不容質疑佛理的立場。

參、結論

　　唐臨在對佛法已有深刻體悟的晚年，將夙昔與信佛親友、同僚甚而沙門共同探討所聽聞的信佛個案集結而成《冥報記》，此書是以作者親自聽聞及驗證作為主要的收錄範圍和標準，開創了以作者身處之時空作為中心、並提供檢覈途徑的佛教靈驗記之新

京：中華書局，1997 年），頁 21。）毋論二事之真訛，傅奕乃反佛之領袖可見；唯傅奕地獄受苦事學者或以唐臨造謠以視，如程毅中便以為《冥報記》自言多有根據，然「例如說一貫不信佛教的傅奕死後被打入泥犁地獄，就是造謠誣衊」，並引是則言傅奕暴死於貞觀十四年秋，與兩《唐書》記死於貞觀十三年不合為證。然唐臨既「言之有據」，循傅奕排佛著稱，上引退胡僧二事自可能出於好事者之手，而敵視傅奕造作此事並於佛教徒間流傳亦合常情，程毅中斷稱唐臨必憑空捏造，或可再斟酌。文參程毅中撰：《唐代小說史》（北京：人民文學出版社，2003年），頁 45-46。

例。透過自我去見證佛教在人世運作、對性命改變的方式及原則，唐臨相信就此便足以辨證外在不同信仰主張的真訛，尤其不再拘執、受限儒家所宣揚流的轉原理與人生目標，得以皈依佛教，不再迷惑於人生的津路而安置個人的身心。據此，這部鳩集信仰實錄的《冥報記》，反映著初唐佛教信徒在生命中踐履自身信仰之過程中，已開始思考在生活中如何回應及重置儒家生命的見解。在表述上，已知《冥報記》試圖從內在體悟和外在驗證來說明：

其一、就修養層次言，信佛方能具備理解生命意義的本心：唐臨體驗並察覺佛法與自我生命間的聯結關係，也在所收錄他人靈驗經歷的敘事中加以演述，在理解認識佛法的次序上，首先，需詮釋、證明人性中確然存在著佛性。藉由書中所建立個人在觀看他人處境的敘事結構裡，已證明了大凡人在看到其他含識身陷危難時，於同理心的引導下不忍之心油然而生，此心理則是佛教強調的慈悲，而此動念，乃知佛、習佛之肇始；並進一步可發現萬物變化之原則，以及生命流轉之機制。循此，人依憑佛性便能體悟真理、照鑒萬事，辨別中土所稱之天道、以及由此建構道德和社會之規範，不過是佛法的部份內容，然而就信徒而言，自然應予遵守。其次，在獲知生命輪轉的真相下，方能在人世持守佛理，以祈在此世有限的血氣生命結束後得以提昇修為，累世持續向成佛之路前行。因而真正的佛教徒視此世乃生命流轉之過程，自需放下常人所重之人倫情感、財貨權位，建立融攝儒家道德在內卻傾向離世的修養論，毋論是內在道德修養和外在行止要求，較諸儒生、非信徒都來得更不易遵行，表現出更高道德層次的生活樣態與生命楷模。

　　其二、就理解能力言，信佛便可獲得觀看業報運作的方法：唐臨迫切地意圖教育眾人在生活中察見佛法的運作，故拈出與人生、人際裡與利益最攸關的「業報」原理，在提供觀看方法下，人們就能夠不被世俗所建構的人倫軌範所左右、圈限，在此生便能獲知佛法提供了生命解脫的法門，發現並瞭解此世事物運作的準則。在《冥報記》中先說明未能知曉業報的存在和運作，乃出於個人依據傳統文化所形成的成見，故誤認血氣之身體即為生命，未能明白人皆在輪迴中流轉，能知此便不會有執於當下的生存，而是尋找解脫之方，在仰仗佛法下，就可止息妄想，觀看生命的真相；唐臨更在書中簡易地區隔出具等差的生命品類，分別說明所負有的信仰任務：中下之根可循著自身好生惡死的本能而體悟佛理，至於上根之器對佛法多有深解，便負起傳揚佛法之任務，在此之下，人得以依自我對佛法領悟之差異，找到認識真正生命的路徑，並依此重新觀看、認識我們身處的世界，就能理解在儒家能使人心安之道德論述來自於佛性，卻未能朗現全幅的佛法，更證人應依從佛教而行事，便足以應對、處置萬事。

　　於是，唐臨由自我見證佛法之存在為始、繼以在同為佛徒之家人師友的聚會中，驗證、探討、收集他們個人及所親聞信佛的靈驗編成《冥報記》，此撰述的角度和方式，更貼合了中國重視實效、不得悖離人倫的文化精神，亦投映出漢傳佛教在民間的發展特色，無怪書成後為重要的佛教鼓吹，為高僧所重且入佛藏。

第二章　高僧之空間詮解
──《集神州三寶感通錄》之
「神聖空間」之文化與宗教論述

　　佛教自漢末傳入中土，在佛典的傳譯與信仰的流布後，自與傳統思維及信念產生扞格，造成六朝時儒釋道間對思想和信仰的辯諍與會通外，洎南朝起佛教信徒尚在佛典的翻譯和詮解外撰有宗教之靈驗記，或可稱應驗記、感應錄、報應傳等名稱，暢言佛教在實際生活中的真實表現及意義。就目的而言當可鞏固自我的信仰，且依此立場得抵禦教外人士的質疑與攻伐。[1]就形式來說，靈驗記乃以具因果關係且首尾具足的單一事件為記錄對象，在當下的語境中交代其中人物對佛教的體認，惟此生活的記錄，含括了以作者自身的親身體驗，以及由此體驗去檢視他人的經歷並獲得教訓，成了以表述佛教經驗生活中具真實意義作為主線，

---

[1]　魯迅將南朝始興的佛靈驗記視作「釋氏輔教之書」，而謂：「大抵記經像之顯效，明應驗之實有，以震世俗，使生敬信之心，顧後世則或視為小說。」得見此體的旨趣。在身份上，謝敷、傅亮、劉義慶、張演、陸杲、顏之推等亦皆有佛教徒身份。詳參魯迅：《中國小說史略》（臺北：里仁書局，1994 年，《魯迅小說史論文集：中國小說史略及其他》），頁 45、王國良：《魏晉南北朝志怪小說研究》（臺北：文史哲出版社，1984 年），頁 43-46。

個別事件依此主線表述個別的命意。另就內容而言，撰述含括兩項命題：其一為異，一個與人世所知解的理則有別的變化，其二為信仰，作為「異」何以發生的根源與詮釋。由之，此意謂著靈驗記在初肇時，便已環結起自我和信仰中的實際體驗與關係，在此預設下，佛教已非外來的新思維或者視作未曾識見的域外神明而已，乃是一種可在生活中去安頓、證明自我生命後，得以依循的法式。對於佛教義理及應許的理解，亦採用傳統信仰的思考方法：個人自侷限在有限的時空下活動，必須仰賴長時間所積累的知識和與外在直接的察知，認識外在環境與自我；在客觀的環境下，便用已獲取的知識以知解物理、宇宙的存在和法則，依照此思索模式，認識自己生命的本質即生死的意涵。因而當自我生命面對著六朝政治及社會紛亂的世代時，所冀求的宗教意義和功能，就會聚焦、尋繹在如何、可能逃離當下危急身體（生命）困境裡的應許，[2]忽略或不易思索佛教所主張以精靈不滅的前提下，至少積累著來世知解佛理的智慧，甚至此生便可脫離生命流轉的輪迴機制中。[3]因此六朝佛教靈驗記多在記錄持奉者獲得避

---

[2]　南朝的「佛教輔教之書」，多在集中詮釋信奉佛教得以解災避厄，得到生命的平安，不信者仍在困境中不得脫離，甚至受到懲罰，可參李劍國：《唐前志怪小說史》（北京：人民文學出版社，2011 年），頁579-600。

[3]　唐代佛教靈驗的經效，已由《觀世音經》轉而為持念《金剛經》；《金剛經》闡說高度抽象的佛義與《觀世音經》專言救濟人世災禍不同，成了能以概括處置人生疑難的經文，其中已多記有脫離地獄、往生淨土及延年的靈驗看來，足見群眾對於佛理解的重心，已由解災避厄，趨向於人死後的歸趨。詳論可參劉亞丁：《佛教靈驗記研究──以晉唐為中心》（成都：巴蜀書社，2006 年），頁233-251。

難、解禍等入世復具功利色彩的效益，少有在體悟與較量同樣可
寄寓生命價值的儒道思維後，方作出宗教的選擇。易言之，在這
些被佛教徒視作實錄的靈驗故事中，表述著入唐以後佛教信徒的
皈依過程，以及在諸教並陳下，體認、決定、信仰的生命歷程，
可作為探究當時佛教信徒皈依佛教的生命歷程與心理狀態之文
本。但就本質言，皆可視作佛教信仰的生命記錄；更因著記敘的
對象在生命的境界上仍存區隔：靈驗記以收錄尚在認識、學習佛
法的信徒為主，而僧傳則限於得以體悟、知鑒佛法的僧人為宗，
並分別以同情的瞭解和崇敬的立場去記敘人物，體現更完整信奉
佛教的生命樣態，也代表兩種文體間已具有相互注解、補證的意
義及功能。因此，佛教靈驗記中關於「異」的書寫，便可以借鑑
僧傳裡較完整的生命記敘，釐清「靈驗」主題歷久不衰的核心原
因；尤其入唐後已殊乏亂世中多面臨死亡威脅的共同困境，代表
六朝佛教應驗錄最為大宗的信佛可「免災避禍」的主題，已缺少
了生成的社會背景與意識，意謂著當時靈驗記必須依據著生命記
錄的基礎，來調整收錄的內容。

　　隋唐間靈驗記題材的轉折，雖仍不乏記錄屬於信徒關注避險
求生及世俗需求的神秘經驗，亦收有神僧於日常中示現神通及詮
釋義理，對佛理已有深解的高僧而言，本可視作眾生體現佛理的
路徑而有注解佛經之功，在隋時智者大師《觀音義疏》便引《觀
世音應驗記》疏解經文，[4]入唐後更有南山律宗之祖釋道宣
（596-667）編著《集神州三寶感通錄》（以下簡稱《感通錄》），

4　參〔隋〕智顗：《觀音義疏》（臺北：新文豐出版公司，1983 年《大
　　正新修大藏經》第 34 冊），頁 923-929。

乃現存最早且由高僧撰述的靈驗記，同樣的輯錄六朝迄唐初的「實錄」而與其他佛教靈驗相互交涉，也於其中自寄寓著「靈驗」發生的原因、過程、結果以及對生命的啟示。這部由高僧所甄別的著作，自不同於一般佛教信徒輯錄的視角與準則，足能反映當時佛教界對於側重佛教在人世示現專著的觀感和定義，及對靈驗記的省思。由此書之探討，則可觀察與辨別此一文體的性質，以及透過和借鏡他人靈驗的經驗，能於自我的日常中觀看、發現與理解佛理的存在。此書分上中下三卷，卷上記以舍利佛塔，並繫於各地、各州之下，卷中則以佛像為主且不少乃阿育王當時所造，亦以所在處作為標目，卷下除〈瑞經錄〉、〈神僧感通錄〉外，尚有一小部份亦記各地聖寺，皆表現出道宣頗著意記錄佛教神聖空間的傾向。本章以此作為論述主線，試圖詮釋道宣對神聖空間的建構方法及援用理論，就此以分析此書對於此空間的宗教定義及作用，作為理解高僧撰寫靈驗記的初衷，以及與信徒所編撰作品的區隔，對於唐代佛教靈驗記之文體性質有更準確的掌握。

壹、擘畫歷史：
重構佛教空間神聖性在中土之記錄

入唐後釋道宣撰《續高僧傳》，以接續慧皎的宗教事業，佛教專屬的正史傳統迄此成形，然而在此之外，道宣又留意多出於信徒之手的雜傳一支，拈出此系重視神異的書寫，以信仰的視角用「感通」一詞加以定義，收錄多流傳在民間的佛教異聞成《集神州三寶感通錄》一書，成了首位從事佛教靈驗錄編著的高僧。

就文體言，《感通錄》在唐初被視為史家之一脈，乃屬真實可信
的記錄，就目的言，道宣則沿續撰史的理念和方式，向眾人證明
亦屬於世上唯一真理佛法展現的「感通」，在佛教傳入之前後已
然在中土發生。就此來說，則需先釐清道宣編寫《感通錄》所取
法史著的文體特質，繼以考察在是書中的空間概念裡，串接起歷
史／現今以及天竺／中土的方法和觀念。

一、道宣編撰是書手法與其宗教之目的

　　道宣《感通錄》為靈驗記之專著，與志怪皆歸史部。據書中
卷下所錄〈神僧感通錄〉裡自陳「余所討尋前後傳記備列如前，
至於事條不可具歷，故總出之」，之後所列採用的書目得見：計
有《宣驗記》、《幽明錄》、《冥祥傳》、《僧史》、《三寶
記》、《高僧傳》、《名僧傳》、《續高僧傳》、《徵應傳》、
《搜神錄》、《旌異記》、《冥報記》、《內典博要》、《法寶
聯璧》及《述異記》等共計十五種作品，[5]除書名及作者與今所
見略有出入不論外，已見道宣乃將僧傳及今日被視為志怪的作品
同廁，其中包括了六朝及唐代宣教的靈驗記，意味著道宣自身亦
重視這些作品，《感通錄》也是承繼起六朝以來的佛教靈驗記的
體系，承認內容屬實可歸於史部。至於道宣所引靈驗記大凡不列
於他認定的佛教著作中，可從上引《宣驗記》、《冥祥傳》、
《徵應傳》、《旌異記》、《冥報記》等六種佛教靈驗記，僅侯
白《旌異記》收於道宣所編《大唐內典錄》中，其餘皆未收錄得

5　〔唐〕釋道宣撰：《集神州三寶感通錄》（臺北：新文豐出版公司，
　　1983 年《大正新脩大藏經》第 52 冊），頁 431。

見。據敘錄所稱「《旌異記》二十卷　右一部。相州秀才儒林郎
侯君，素奉隋文勅撰。素名白，神思卓詭博綜玄儒，常居宰伯之
右。以問幽極之略。故著茲傳用悟士俗」[6]，確為非僧人之侯白
所著，但此書乃崇佛最力的隋文帝敕撰，因此收錄亦合情理，事
實上《大唐內典錄》亦錄有撰於隋時的王邵《靈異志》，道宣或
視僧人所撰、或合於佛教義理之靈驗錄為佛教著作，至於此書的
功能，可由此則下此書具啟悟士俗的說明得見，道宣重視靈驗記
所具有宣教的功能，故《內典錄》最末卷便附記〈歷代眾經應感
興敬錄第十〉。道宣雖重經像之靈驗，仍不以專書以錄，當與靈
驗記多出於信眾之手有關。對《感通錄》之探討，有助於釐清入
唐以後靈驗記與佛教發展關係，以及佛教僧人如何看待與詮釋此
文體。

　　道宣將出於信徒編寫的靈驗記歸於實錄，卻又不以為屬於佛
教著作，可由《感通錄》之書名中所揭示透過佛之三寶，個人便
得以「感通」佛及佛理的主張中得見原由。道宣重視感通之能，
可於撰成於貞觀十九年（645 年）《續高僧傳》中已設〈感通
篇〉得見端倪，高僧們多藉感通以突破人受限於有限時空下身體
感知的範圍，在此篇中所附的論曰中，自陳「信由業命之淳薄，
故感報果之休咎耳。豈以恒人之耳目，而遠籌於三世之道哉？」
[7]其後麟德元年（664 年）編撰《廣弘明集》、《感通錄》時，

6　〔唐〕釋道宣撰：《大唐內典錄》（臺北：新文豐出版公司，1983 年
　　《大正新脩大藏經》第 55 冊），頁 115。
7　〔唐〕釋道宣撰，郭紹林點校：《續高僧傳》（北京：中華書局，2014
　　年），頁 1004。

亦申說並辨正聖俗的感通詮釋。[8]諸如《廣弘明集》中便引釋道
安〈二教論〉云：「聖道虛寂圓應無方，無方之應逗彼群品。器
量有淺深，感通有厚薄」[9]，感通之厚薄與個人對佛理所得之深
淺有關，而此亦於《感通錄》中得以呈現，故於〈序〉文中即
稱：「夫三寶利見其來久矣，但以信毀相競，故有感應之緣。自
漢泊唐年餘六百，靈相肹嚮群錄可尋，而神化無方待機而扣。光
瑞出沒，開信於一時；景像垂容，陳迹於萬代。或見於既往，或
顯於將來，昭彰於道俗，生信於迷悟，故撮舉其要。」[10]又云
「初明舍利表塔，次列靈像垂降，後引聖寺、瑞經、神僧」[11]在
道宣定義佛之三寶下，個人藉此得以依照自己對佛理的根基而得
感通，或在旁觀看、或親身體驗皆可獲悉佛教的信仰訊息後，得
以明白生命的究竟。道宣在此書中已然限定靈驗題材的範圍、詮
理出獲得靈驗經驗的方式，聚焦在是書所得以給予讀者所能獲得
的啟悟：佛教的生命論述與在世示現的主要途徑。在道宣的論述
主張中，反映出他對於其他靈驗記的觀感：必須扣於三寶以合於
聖教之論，並於生命中實踐，而這觀感亦成了之後僧傳中的重要

---

[8]　感通一詞乃逕用中國原有的詞彙，而賦與宗教之新意。或因此道宣重視
　　此一存在於文化中的概念，又需辨證與傳統文化中的定義差異，於《廣
　　弘明集》中有所申說。關於佛教挪用、延展「感通」詞義的歷史脈絡，
　　參李豐楙：〈感動、感應與感通、冥通：經、文創典與聖人、文人的譯
　　寫〉，《長庚人文社會學報》，第 1 卷第 2 期，2008 年。

[9]　〔唐〕釋道宣撰：《廣弘明集》（臺北：新文豐出版公司，1983 年
　　《大正新脩大藏經》第 52 冊），頁 896。

[10]　〔唐〕釋道宣撰：《集神州三寶感通錄》，頁 404。

[11]　〔唐〕釋道宣撰：《集神州三寶感通錄》，頁 404。

主題。[12]而在神聖空間上，亦回應了這核心的議題。

　　所謂「神聖空間」，亦可名為聖地，概念由伊利亞德所提出，因神聖的示現，令特定範圍內的空間，成了與神聖對象溝通、互動的場域，和此場域外的空間具本質上的差異和世俗相對，[13]此擬設的空間觀念，在《感通錄》有充份的詮釋，書中以極大的篇幅、且清楚地描述和佛教相關尤其舍佛塔的區域，有著外顯客觀可視的祥瑞，在範圍中也能有主觀信仰上的感應，界定出一塊和世俗相地的區域，道宣更以為眾生皆應來此禮敬，神聖性不言可喻。此神聖空間主要藉由舍利寶塔作為記錄的主線，道宣也依照時間先後有倫序的建立起完整的詮釋脈絡。

二、環結阿育王建塔與中國的文化關係

　　釋道宣在書中反覆表述禮佛空間的佛塔，乃信徒最易經歷靈驗之處，說明此空間具有導引個人親近佛、體驗佛法的特殊性質。關乎此，道宣以為此空間的特質來自於佛的應許，可作為後世禮佛的所在，建立起足以和佛、佛法相親之所在，具體地突破時空上的限圍，讓後世各處欲認識佛陀所傳揚真理的眾生，有了更明確的地點、方式得以近佛、禮佛。在詮釋的方式上，道宣先

12　詳參梁麗玲：〈歷代僧傳「感通夢」的書寫與特色〉，《臺大佛學研究》，30 期，2015 年 12 月。

13　此指伊利亞德對「神聖空間」的論述，參伊利亞德（Mircea Eliade）著、晏可佳、姚蓓琴譯：《神聖的存在：比較宗教的範型》（桂林：廣西師範大學出版社，2008 年）中第十章〈聖地：神廟、宮殿與「世界中心」〉、楊素娥譯：《聖與俗──宗教的本質》（臺北：桂冠圖書公司，2006 年）第一章〈神聖空間的建構世界的神聖性〉。

由佛經及中土歷史的記錄裡，演述、證成建塔禮佛乃出於佛的意
志及應許，並將這原發生在他域印度的記錄，與中國的歷史加以
環結；其次，則將佛教傳入中國後有關的記錄以為注腳，用來證
明前述佛塔的神聖根源及信仰功能。因此，《感通錄》便先拈出
佛經中亦記載首位建塔弘法的阿育王作為敘寫的起點及楷模，作
為營構神聖空間、以及感通靈驗發生的理論依據。

（一）連結佛經／中國傳統文化之脈絡

　　道宣編撰佛教著作皆嚴謹以待而契合佛理，其中之敘事亦嚴
格遵守先引述佛經、後演證的論述次序，故在詮釋建塔的淵源
時，也必須回到佛經中尋繹關乎佛陀與佛塔間的關係、且有衍生
出建塔後而有感通的事例，以作為信仰的神聖根源。故於卷首便
云：

> 初明舍利表塔。昔如來行乞，有童子戲於路側，以沙土為
> 米麵，逆請以土麵奉。佛因為受之，命侍者以為土漿，塗
> 佛住房，足遍南面。記曰：「此童子者，吾滅度後一百
> 年，王閻浮提空中地下四十里內，所有鬼神並皆臣屬，開
> 前八塔所獲舍利，於一日夜役諸鬼神造八萬四千塔，廣如
> 眾經。故不備載。」此土即洲之東境，故塔現不足以疑。
> 舍利，西梵天言，此云骨身也。恐濫凡夫之骨，故依本名
> 而別之。[14]

　　《感通錄》首拈「舍利表塔」，本意謂著在感通的信仰經驗

14　〔唐〕釋道宣撰：《集神州三寶感通錄》，頁 404。

裡具首要的地位及意義，至於其原因能由這列於首例的例證中，尋繹出源自於佛的啟示和應許，以及感通的原型和原理。首先就時間言，是則記錄的是佛在世傳法的時代，在全書裡不僅時代最早，亦是佛教中人普遍傳誦、承認的傳說；其次就內容言，記錄下佛之言行，而與佛經多出於佛說具有相同的根源，使此則所記、及其衍生出之事例有著神聖的依據，亦說明佛與童子之互動即感通最初的模式，以及成為理解之後信徒透過佛骨和佛感通原理的進路。於是，此則的感通結構，一是已體悟真理的佛，透過行乞的方式啟發信徒的佛心，故佛方接受童子奉上不能食用的土麵，命侍者塗之自身的居所，來接受、認可童子（信徒）所自發敬佛的初衷；二是代表仍待啟發信徒的童子，在發心下奉以土麵供佛，在得見佛接納人所以為不合宜的供養，得保有這被啟發的佛心，佛行乞欲之目的，在於使信徒於供奉的過程裡獲知生命的智慧，而非表象上乞食／需求、給食／分享的關係，屬於直接在信徒尋下獲得佛的回應，此即感通的原型；唯記敘中佛更進一步授記、預見童子因這所存有的善念將在己身滅度的百年後，轉世成為統治世間人和鬼神的王者，並以佛骨分建佛塔八萬四千塔以宣揚佛教，說明更奠定下後世未能親見佛在世說法的信徒，得以透過「佛骨」的立塔處，能與佛有著生命連結，而這位與佛前世結下的因緣，後世得以成就宣教事業的人物即阿育王，就此由傳說進入印度的正史記錄。是則中說明興建阿育王佛塔乃出於佛祖的應許，其次才是佛塔與弘揚佛法間歷史上所呈現的脈絡及關聯：簡述在佛教發源地印度的建塔和佛法事業，後則敘及同時的中國如何感知佛法、以及佛法傳入中國後，當佛法廣傳建塔禮佛自亦隨之而興盛，佛塔代表著個人體悟佛法重要的媒介與流傳的

標識，佛法／建塔之興衰，本來便具有正向的關係。

　　就道宣言對印度歷史本難嫻熟，所以對這接近用神話解釋阿
育王建塔事，僅能略知佛陀悟道、阿育王宣教時代皆甚悠遠而
已，在連結中國歷史時難以精確，故多以自身所處時代找尋育王
建塔的遺跡，尚引述傳記與方志及傳說，證明、補充中土亦能尋
繹到阿育王當時建塔天下的線索。道宣已試圖引方志的內容，將
阿育王在印度建塔一事與中國加以連結，並在疏解裡提出個人的
見解，而云：

> 《地誌》云：「阿育王造八萬四千塔，此（鄮塔）其一
> 也。宋會稽內史孟顗修理之。山有石坎，方可三尺。水味
> 清淳，冬溫夏涼。」《輿地誌》云：「阿育王釋迦弟子，
> 能役鬼神。一日夜，於天下造佛骨寶塔八萬四千，皆從地
> 出。」案晉沙門竺慧遠云：「東方兩塔，一在於此，一在
> 彭城。」今秣陵長干又是其一，則有三矣。今以經驗億家
> 一塔，計此東夏理多不疑。且見揚越即有二塔，廣袤九
> 域，故有之焉。[15]

　　《地誌》即《會稽地志》，於陳隋間由夏侯曾所編成，[16]道
宣承繼書中認定鄮塔即阿育王所造八四千塔之一的看法，復引

15　〔唐〕釋道宣撰：《集神州三寶感通錄》，頁405。

16　此書年代據魯迅考證云：「《隋書・經籍志》及新舊《唐志》皆不載。
　　曾先事迹，亦無可考見。唐時撰述已引其書，而語涉梁武，當是陳隋間
　　人。」今從之。文分見〔六朝〕夏侯曾先：《會稽地志》（北京：人民
　　文學出版社，1999年《魯迅輯錄古籍叢編》本），頁325、320。

《輿地誌》所錄阿育王建塔傳說，作為中國境內亦能尋得育王建塔、佛骨的文獻證明，後案語晉慧遠指出彭城另有一座，加上自身所知長干處亦見合計三塔，由遺跡能知育王建塔事廣被天下的舊說乃真實的歷史無可置疑，遑論揚越處尚有二塔。在前人撰成的地志中，披尋育王建塔在歷史中存在的證明，尚依循史書撰寫的精神實地考察文物，諸如道宣在言及魏州臨菑黃塔之由來便推至育王之時，後演述沿革也只能多引古老傳語，唯迄近世時則得以參照史錄及金石文獻，於其中辨證佛塔復立的年代，論述得以反映道宣仍用傳統的論證為法，而云：

> 古老傳云：「昔周文王於此遊獵，見有沙門執錫持鉢山頭立住，喚下不來，王遣往捉，將至不見。遠看仍在時，乃勅掘所立處，深三丈，獲鉢及杖而已。王重之，為起甎塔一十三級，左近村墟常聞鐘聲。」……龍朔三年掘得古銘云：「周保定年塔崩，塔初成時南望見渭。」又云：「置塔經四百餘年崩。」討周保定至開元年得二十年，開皇至今龍朔初得八十一年，又計銘記「四百年後始崩」，則塔是後漢時所造。後周無諡文者，前周大遠，未知古老所傳周文是何帝？但知塔甎巨萬，終非下俗所立耳。[17]

是則分述二事：首先引古老說，謂傳後周文王宇文泰（507-556 年）遇沙門立於山頭，捉之不見而掘所立處獲鉢及錫杖，王有所感而建塔十三級，此為道宣對於此塔最後引述無實證的「古

---

17 〔唐〕釋道宣撰：《集神州三寶感通錄》，頁 409。

老傳云」，由於所述年代尚近，道宣在未知為宇文覺追諡宇文泰
為文帝下，最後據個人所知見提出後周並無諡號為文者的質疑，
已看出道宣依照證據而述的態度；其次道宣則以銘文作為考證塔
年代的依據，鋪排出此塔在唐前的歷史，自北周武帝保定（561-
565）迄隋代開國時（581）則 20 年，到龍朔（661-663）又得
81 年共計百年，復依照銘文可回推四百年則於漢桓帝在位時
（146-168）即後漢時所造，詳考此塔興衰及，「裹實而書」的
史家精神，反映在道宣記錄佛塔淵源的敘寫基調。

　　道宣將已育王建塔事納於中土歷史記錄的脈絡裡，目的當在
於建立此佛教大事與中華文化間的關聯。就此，此書將建塔事比
況中土聖王興起會伴隨祥瑞發生的史書筆法，可反映道宣亦欲將
建塔宣教納入中國的史書及文化脈絡與定位。於陳介扶風岐山南
古塔時，道宣除了先援此書體例交代其地理位置，但之後有意地
提及孔子盛稱「郁郁乎文」的周朝始興之地岐山並加以鋪敘，已
說明道宣的撰寫企圖：於是則中交代佛教於印度的宣教盛事、與
中國聖王興起的祥瑞徵兆之相似、相關性。據此書所敘，乃焦聚
在鳳鳴之瑞和之後敘及佛塔名號來源的聯結上，其原文記敘如
下：

> 西北二十餘里有鳳泉，泉在岐山之陽極高顯。即周文時，
> 鷟鷟鳴於岐山斯地是也，飲此泉水，故號鳳泉；又南飛至
> 終南之陰，故渭南山下亦有鳳泉；又西南飛越山至于河
> 池，今所謂鳳州古河池郡是也。不可窮鳳之始末，且論置
> 塔之根原。……今平原上塔，俗諺為阿育王寺，鄉曰柳

泉，取其北山之舊號耳；周魏以前，寺名育王。[18]

　　檢文中所述的歷史，周王朝興起的周文王活動於西元前十一世紀，不只早於此書所界定出佛在世、阿育王建塔的西元前五世至六世紀前、並且年代相去甚遠，道宣嫻於典籍自能辨分周文王時代早於佛陀，故道宣於此則的表述自與佛對中國既有歷史的影響無關，而是先引述建寺處即為代表周興的岐山、後詳述代表祥瑞鳳凰曾駐足鳴叫的範圍，比況和喻示南古塔之建造和所代表佛教之興起，和建立中國禮法的周王朝皆有相同的神聖使命。唯其原理，也可用佛在世說法前佛理已存，在中國未知佛法前而以天命來命名，佛法傳入後則能知則為佛法呈現的一部份，理與建塔事相同，則為證明。故於回溯既有歷史及文化中，便得察知中土所稱之祥瑞標識出具神聖的場域，此至理中外自然皆同，亦無分古今，故歷史中得以知見，當下亦能檢證，然此說乃首見於道宣。在藏經中最早提到周朝興起處岐山，乃道宣的《廣弘明集》、《集神州三寶感通錄》，就所記的內容言，乃分別交代岐山先有鳳凰到來符應文王的興起，亦是阿育王廣建舍利塔主要區域且在此處多見瑞像，間接認定周的興起和舍利塔在此處有關，建構佛教在中土的文化歷史和淵源；略晚著成之釋法琳《辯正論》、道世《法苑珠林》皆引及，皆用道宣的記錄或觀感，代表道宣新的嘗試在當時佛教界已受關注，二位高僧亦接受而收容於著作裡。

18　〔唐〕釋道宣撰：《集神州三寶感通錄》，頁406。

（二）建立建塔／中土佛教靈驗之關係

　　道宣已就佛塔的流行、分布，建立起具時序先後和傳播版圖
的佛教歷史，往前比對了上古的中國記錄，亦續記後來的佛教事
業，有著以佛陀為核心向印度各地擴展，並流播至中土的表述基
礎。於是，阿育王建塔成了神聖空間建立的敘寫核心，反映在全
書的立論與結構裡，這也是僅三卷的《感通錄》引阿育王建塔及
因而衍生之文物多達約 36 處的主因。就分布言，主要出現在卷
上作為說解卷首所標識舍利建塔可獲靈驗的注腳、以及卷中佛像
顯聖中和阿育王造塔時所塑佛像相關者，卷下收錄神僧靈驗和建
塔關係較遠，但最後一則仍然再提及卷上劉薩何傳記中有關阿育
王建塔一事，足以反映道宣對建塔及所代表信仰空間的重視。道
宣對後來中土舍利建塔的記錄，於表述上頗扣合與阿育王間的直
接關係，而記云：

> 《會稽記》云：「東晉丞相王導云：『初過江時，有道人
> 神彩不凡，言從海來相造，昔與育王共遊鄮縣下真舍利，
> 起塔鎮之，育王與諸真人，捧塔飛行，虛空入海，諸弟子
> 攀引，一時俱墮化為烏石。』」石猶人形，其塔在鐵圍山
> 也。太守褚府君云：「海行者述：『島上有聚烏石作道人
> 形，頗有衣服。』褚令鑿取將視之，石文悉如袈裟之
> 狀。」[19]

---

[19]　〔唐〕釋道宣撰：《集神州三寶感通錄》，頁 405。

是則引錄晉人孔曄所編《會稽記》，[20]記下見於史書並具話語權威的晉時名臣王導，在過江時有神彩不凡的道人拜訪，自言在參與阿育王於鄮縣造佛舍利塔時，當育王與諸真人捧塔入海而諸弟子攀引皆化為烏石，此聽似荒誕之奇事，除該塔當時仍存外，當地太守亦在親聞有人見此遺跡下遣人檢覈而知為真，成了已可稽考的事實，就此，提供了阿育王曾在中國建立佛塔的證明，且交代建塔時便有神異。建塔時既會伴隨神異，於中土所發現其他佛塔亦然，據道宣的看法，不僅於育王建塔之時，即令當下亦可在建佛塔的所在處感知其特異。此書所記作者自身亦預其中的佛教盛事：高宗於顯慶五年三月重開原名育王寺之地宮，迎佛骨入皇宮供養，便得以說明其觀點。在此事成就之先，高宗事實上是提出先見瑞像的要求，在倡議者僧人智琮於臂上安炭燒香後，果然塔內三像各各放出瑞光，告以高宗後才勅令造阿育王像及修補塔，其後仍屢見瑞像，又勅取舍利入內供養。高宗的要求，來自於推動此事僧人智琮的說詞：

> 顯慶四年九月，內山僧智琮、弘靜見追入內，語及育王塔事，年歲久遠，須假弘護。上曰：「豈非童子施土之育王耶？若近有之，則八萬四千之一塔矣！」琮曰：「未詳虛實。古老傳云：『名育王寺，言不應虛。』又傳云：『三十年一度出。』前貞觀初，已曾出現，大有感應，今期已

20　引文見〔晉〕孔曄：《會稽記》（北京：人民文學出版社，1999 年《魯迅輯錄古籍叢編》本），頁 325。

滿，請更出之。」[21]

　　敘事中的智琮，顯然有意提示高宗曾留心育王造塔的話題，再引述古老傳語說明此塔即當時育王所造，並提供二項證據來論證：一是此塔舍利三十年一度出的舊說，並對照貞觀時太宗曾修此塔後如今將屆三十年，高宗應當敕修佛塔應合預言；二是在貞觀修塔時便見祥瑞再證此事的真實性且合天意，以說服高宗當循太宗舊例，也因這看法道出建舍利塔得見瑞像，修塔亦然，稱此為「感應」也有著突顯人當敬佛的企圖。但由高宗角度言，他竟側重在「復見感應」上，將感應／修塔加以環結——感應足以支持修塔的正當性，也是依循智琮育王建塔之瑞像無分古今的說法而來。於道宣的詮釋中，建佛骨之舍利塔／瑞像間具正相關，事實上亦認可智琮、高宗的說法和要求。不只是阿育王建塔處可據瑞像、感應驗證此傳說為真，也證明在預於修塔、於建塔處觀看的個人也能感受佛法，此外，尚認定育王建塔時所鑄佛像，亦具有與佛骨相類似的特質。如此書所收陶侃與育王建塔間的關係，便是佛像，而有如此的記敘：

　　東晉廬山文殊師利菩薩像者。昔有晉名臣陶侃字士衡，建旗南海，有漁人每夕見海濱光，因以白侃。侃遣尋之，俄見一金像陵波而趣船側，檢其銘勒，乃阿育王所造文殊師利菩薩像也。昔傳云：育王既統此州，學鬼王制獄，怨酷尤甚。文殊現處鑊中，火熾，水清生青蓮花，王心感悟，

21　〔唐〕釋道宣撰：《集神州三寶感通錄》，頁 406。

即日毀獄，造八萬四千塔，建立形像其數亦爾，此其一
也。初侃（即侃字）未能深信因果，既見此嘉瑞，遂大尊
重，乃送武昌寒溪寺。後遷荊州，故遣迎之。[22]

　　陶侃因漁人而獲佛像始末已見《高僧傳》之〈釋慧遠傳〉
中，敘述略有不同外，其中慧皎記放光的是阿育王像，而非道宣
所稱是文殊師利菩薩。[23]其間差異或因道宣並非僅據《高僧傳》
亦參佐其他資料，另外，文後引錄育王造塔的因緣之一，出於文
殊師利菩薩曾向育王示現，王於感悟後除廢酷獄更向佛造塔，並
造有文殊菩薩像，漁人得獲育王造佛塔時所塑之佛像，除佛陀外
也應是文殊菩薩，阿育王所造佛像的合理性，乃道宣考論的重要
考量，因這差異影響著此事代表的意義，佛像亦代表著與佛骨相
類的神聖地位。此事記陶侃於耳聞佛像神異、親見方知即育王所
造佛像後便能深信佛法，後遷荊州復遣人迎之，關鍵所在即為育
王所造佛像。此敘寫尚延展了原著墨在因舍利建塔的神異，亦視
其中所塑之佛像亦具神聖得以藉此感應於佛，成了陶侃轉變自身
信仰的關鍵。

　　道宣將《感通錄》定位成雜史之屬除輔翼《續高僧傳》的正
傳內容，更在於收錄眾人最為重視佛教於現實世界裡的功能，為
此，在敘寫上除了先定義感應之範型即阿育王前世受佛授記而造
舍利塔，且依照文人最信賴的史體體例編寫全書，在說明造塔一
事與中土已有的天道觀相應外，更循歷史的敘寫脈絡和考證方

22　〔唐〕釋道宣撰：《集神州三寶感通錄》，頁 417。
23　〔梁〕釋慧皎撰，湯用彤校注：《高僧傳》（北京：中華書局，1992
　　年），頁 213-214。

式，據前人記錄與耆老傳說交代當時阿育王於中國各地所造佛塔
的淵源與現況，更適時加入佛教感應的論述作為佐證，具體地將
育王造塔的傳說建構在中國的歷史與文化脈絡中。

貳、目見知聖：
客觀描述具文化象徵之環境及現象

　　道宣於《感通錄》中將育王建塔的傳說納入中國的歷史與文
化裡，可使眾人在認知裡接受佛教文化及其主張本存在於中國，
在此之下，得以更深刻的詮說佛教場域及於其中活動，對於個人
生命的意義，這也是書中頗墨在描繪信仰空間的原因：使進入佛
教空間尤其供養佛骨的佛塔的眾人，得知所在處所具備的神聖特
質。道宣在描述上，則多依佛塔多建於山中的現況描繪，於著墨
其超凡之處時，連結起此地文化脈絡和真實空間裡的資訊，使讀
者能夠掌握此地的信仰意義。首先，佛教寺院本多建築在山中，
與道教修鍊者入山修行方居於山中的情形有相似處，道宣頗援引
道教的主張，作為支持此類寺院之所以不凡的證據。

一、區域敘寫：連結既有靈山福地論述之思維

　　《感通錄》除記錄下唐代不少唐時能夠尋得包括遺跡在內的
古寺、古塔，在溯源時亦大凡可上溯至育王時所建。這些多林立
在山中的寺塔，在始建之初多在南朝佛教已興之時，除考量出家
修行宜在山中外，也與當時欲避頻仍戰火的背景有關。但道宣凡
提及這些設立於山中的寺院，多與傳統描繪樂園多具隔離、疏離
人世特質的態度相況，表述、反映了道宣對於這僧人修行及禮敬

三寶處的看法。

（一）聖地所在，相類中國之福地名山

　　名山為佛道兩教信徒主要的修行處，唯道教乃本地信仰，在文化上和傳統思想一脈相承，相信山中乃靈氣所在處因多有仙境為仙人棲所，容有各式祥瑞示現，因之道士多築宮觀於山裡有益修鍊；[24]至於佛教亦鍾情於山裡，應只是單純地欲斷絕和世俗情感的牽絆俾利於修行，那麼在動機上與傳統文化認定山中具備有益身體機能的泉源無涉，更現實的就修行時的環境需求來考量。雖如此，道宣對於具歷史的山中古寺，多刻意地就環境的神聖特質加以描述，表現出和仙境甚為相類的空間。在記靈鷲寺時便著墨於此，於記錄寺院的真實方位後，接續此寺的歷史和環境的描述，之後再以具主觀認定的立場，以神仙相況的氛圍以點染環境的不凡：

> 從臺東面而下三十里許，有古大孚靈鷲寺，見有東西二道
> 場，佛事備焉。古老傳云：「漢明帝所造。」南有花園三
> 頃許，異花間發，昱焰人目，寔神仙之宅也。屢有僧現，
> 欻忽難尋，聖迹神寺，往往出沒。[25]

24　三浦國雄指出六朝時道教已建立洞天福地的說法，在《真誥·稽神樞》
　　中已有洞天等的描述，此時期志怪小說亦屢見，至於在此處修鍊的原由
　　則謂：「在早期道教中，與世俗隔絕、充滿著原始靈氣的神聖場所又是
　　道士們的修行場所」，代表靈氣乃繫於山本身。引參（日）三浦國雄
　　著，王標譯：《不老不死的欲求：三浦國雄道教論集》（成都：四川人
　　民出版社，2017年），頁 347。

25　〔唐〕釋道宣撰：《集神州三寶感通錄》，頁 406。

　　此則先是交代寺廟空間的方位及布置，提供人得以實地訪察
的資訊，次以傳言交代此寺在時間脈絡中的來歷，由史書中首先
感應知佛的漢朝明帝所造，清楚交代時空的相關訊息後，以此地
開有炫人眼目的異花，可證屬神仙之第來接續，營構出不同於凡
世的場域，而有僧人欻忽現身此地，就能令仙境見異僧看似扞格
的觀念，反倒令空間、人物二者間，有了皆超脫凡世的共通性。
在不多的文字中，建立起具對照關係的說明方式：人可知見的史
地訊息／人難理解的空間異象，就此則足以衍生出真實描寫／非
現實記敘的相對特質。在這記錄裡，表現著《感通錄》習當使用
的敘寫手段，在一開始予人可以理解的時空說明後，間接地促成
聽者接受之後具宗教觀感的描述，尤其在此段所敘寫此地的奇異
性，乃援用傳統既有的仙境文化，既便後文乃僧人現身也不會感
到突兀而易於接受。

　　於是，敘事裡引入傳統文化的仙境觀念，也傳達起山中寺廟
及僧人，在性質上與仙境、仙人相類的概念。這樣的思維，實有
佛經的依據。《長阿含經》已提及仙人，在《妙法蓮華經·提婆
達多品第十二》中佛自言：「時仙人者，今提婆達多是。由提婆
達多善知識故，令我具足六波羅蜜，慈悲喜捨，三十二相，八十
種好，紫磨金色，十力、四無所畏、四攝法、十八不共、神通道
力，成等正覺，廣度眾生，皆因提婆達多善知識故。」[26]所稱的
仙人悟得佛理且具神通，近中土的仙人形象；另於《大方等大集
經》所提到居住雪山具神通的光味仙人，亦「與其弟子在西門

----

[26]　〔姚秦〕鳩摩羅什譯：《妙法蓮花經》（臺北：新文豐出版公司，《大
　　正新脩大藏經》本第九冊），頁34。

下,側立待佛。光味仙人覩見佛身,是仙人像,為無量眾生之所
供養」[27],也是能知佛理,另也交代佛現仙人像時德相成就,這
些書寫皆代表了佛經裡所談到的仙人,離群居之、知佛理而有神
通,和中土的仙人相較,唯在對生命的見解上有異外餘者相類。
若知此,可由以下引文,梳理出道宣將山中寺廟形容為仙境形貌
的主因,而記云:

> 岱州東南五臺山,古稱神仙之宅也。山方三百里,極巇巖
> 崇峻。有五高臺,上不生草木,松柏茂林森於谷底。其山
> 極寒,南號清涼山,亦立清涼府,《經》中明文殊將五百
> 仙人往清涼雪山,即斯地也。所以古來求道之士多遊此
> 山,遺蹤靈窟,奄然即目,不徒設也。[28]

是則中同樣在交代五臺山的方位、山勢、山況及名號,以為
此地自古便有神仙之宅的稱謂淵遠流長,可從山極寒得清涼名號
的線索,在文中斷定《佛說文殊師利般涅槃經》中所記的清涼雪
山即為此地,即以經作為記錄此地的最早文本。是經於記述佛對
跋陀波羅說解文殊師利之因緣時,曾預言在佛入涅槃四百五十年
後,「(文殊)當至雪山,為五百仙人宣暢敷演十二部經,教化
成熟五百仙人,令得不退轉,與諸神仙作比丘像,飛騰空中至本

---

27 〔北涼〕曇無讖譯:《大方等大集經・寶幢分第九三昧神足品第四》
(臺北:新文豐出版公司,1983 年《大正新脩大藏經》第 13 冊),頁
138。
28 〔唐〕釋道宣撰:《集神州三寶感通錄》,頁 424。

生地」[29]，此節即道宣所徵引的佛經經文，在這脈絡下，道出文
殊菩薩所代表的佛教真理，令此地仙人出沒而獲名聲，然後文所
言的「求道之士」泛指含括佛、道在內的信徒，唯在目的上，佛
教徒尋訪的是菩薩於此弘法的遺跡，道教徒則落在查訪具神通的
仙人，由此不僅容攝傳統仙境、仙人的觀念，安置道教教義在佛
理較底的層次中，於其中亦判別了佛道二教之高下。

　　若能知此，便得掌握此書中將佛道兩教特有的風景，共置於
一處的原因：傳統、道教所描繪的靈山仙境，即佛經中所記錄的
佛、菩薩講述佛理之所，仙人既能悟佛理，故來敬佛故出入此
處，此空間能夠生成的關鍵，便是悟得佛理的佛或菩薩，宣講之
地即屬脫俗。於是，山中寺廟的空間特質，就包括了佛道兩教習
用的描述方式外，亦多再附加和世俗有別的表述，如謂：

> 泉初出，孔文如蓮華，下打碾磑，浪極恬靜，水中沙石，
> 綠色鮮明。國家見寺衝要，欲造離宮，尋行有塔，將欲南
> 徙，其基牢固，遂休。近有僧於南夜坐，望見此塔光明殊
> 異矣。[30]

　　文中所聚焦的景觀描繪，毋論是出水處的水文如蓮華，水流
之處恬靜而無激昂，反映的都兼具佛道二教對無染、清靜心靈的
嚮往，實為修行的勝處，其意涵與前引諸文差別不大；但後文交
代因著此處居於要地，國家鑑於此欲取此地建離宮，代表人世最

29　〔晉〕聶道真譯：《佛說文殊師利般涅槃經》（臺北：新文豐出版公
　　司，1983 年《大正新脩大藏經》第 14 冊），頁 480。

30　〔唐〕釋道宣撰：《集神州三寶感通錄》，頁 408。

大力量且具理所當然決定土地土使用權力的皇權，卻因著原來的
塔基牢固不移而放棄原先動機，就此，聖地得排除主掌世俗權勢
力量的侵入，不只是辨別出聖俗在性質上的差異，尚言及佛教在
信仰價值、道德意義及現實物理環境上凌越於世俗的一切之上。
就此，道宣對山中寺塔的描述雖頗用傳統的仙境詞彙，事實上已
重新以佛教作為一切歷史及價值的根源，由此為中華道統及本土
道教裡對聖地的定義，在接受中國的仙境觀為前提下，將有關脫
俗不凡美景出現的根由，指向在此處活動、現身的佛或菩薩：神
異本身出於他們所感悟的佛理。由此，雖融攝中土的福地靈山之
說，卻改變道教將空間的神聖性收攝於天生而成的天地靈秀，適
宜作為道士修道欲成仙處所的原來理論，在交代聖地出現的原由
時，歸結於悟解佛理的「人」的身上，有了區隔。

（二）所顯神異，源自與佛相關之聖物

　　故此，《感通錄》既拈出感通命題，在專設有舍利寶塔的篇
目下，自認定感通和地域間具有關聯性。道宣於描述時雖是著墨
於記敘外顯的聖地祥瑞，又連結「過往」佛教傳說的阿育王建
塔，或於後文中好接續著同樣屬於「過往」佛、菩薩曾在該處弘
法的記錄，本存在著認定佛、菩薩才是該地之所以具聖地特質的
原因，可以與「後來」有祥瑞的說法相應。這些出現在傳說、歷
史上的人物，不僅在過往弘法時，令當時在場的眾人目睹祥瑞、
耳聽佛法，也留下遺跡，令今人亦得知見。據此，細繹書中所記
錄、描繪佛所留下直接遺物的「佛骨」，多會在所在處形成神聖
的場域，其原因仍和佛有關。故云：

　　　　宋元嘉六年，賈道子行荊上，明見芙蓉方發，聊取還家；

聞華有聲，怪，尋之得一舍利，白如真珠，焰照梁棟。敬
之擎以箱盛，懸于屋壁，家人每見佛僧外來，解所被，躍
坐案上。有人寄宿，不知，污慢之，乃夢人告曰：「此有
釋迦真身，眾聖來敬，爾何行惡，死墮地獄，出為尼婢，
何得不怖！」其人大懼。無幾，癩死。舍利屋地生荷八
枚，六旬乃枯，歲餘失之，不知所去。[31]

　　賈道子的「聊取」內有舍利的荷花，自受感應而為，然其去
也在屋內生荷花八枚枯萎後，來去皆緣於荷花；佛骨自身除放光
如焰，已引佛僧等聖人來敬，皆人所能目視的瑞相，而污慢舍利
之人亦得死報，空間的神聖並非透過宗教儀式，而是建立在人對
聖物心存敬重，足以知見佛骨及其所在處便為神聖，並非固定在
某地，拓展伊利亞德神聖空間建構的方法。不只是佛身體的一部
份的所在地，能成為聖地的充要條件，和佛具相當關聯之亦同樣
神聖。故本書亦記高僧的預言，便言及此觀念：

　　（劉薩）訶曰：「此山崖當有像出，靈相具者，則世樂時
　　平，如其有缺，則世亂人苦。」經八十七載至正光元年，
　　因大風雨，雷震山巖，挺出石像，高一丈八尺，形相端
　　嚴，唯無有首，登即選石，命工安訖，還落，魏道陵遲，
　　其言驗矣。至周元年，涼州城東七里，澗石忽出光，照燭
　　幽顯，觀者異之，乃像首也。奉安像身，宛然符合神儀，
　　彫缺四十餘年，身首異處二百餘里。相好昔虧，一時還

31　〔唐〕釋道宣撰：《集神州三寶感通錄》，頁 411。

備，時有燈光流照，鐘聲飛響，皆莫委其來也。周保定元
年，立為瑞像寺。建德將廢，首又自落。武帝令齊王往
驗，乃安首像項，以兵守之。及明，還落如故，遂有廢
法，國滅之徵接焉。[32]

　　此則記俗名劉薩訶（訶又作何、河）釋慧達預言事，《高僧
傳》有慧達專傳收於〈興福〉正傳之首，詳記其入冥後出家至丹
陽處尋阿育王所建像禮懺的一生，但未有至北魏涼州山預言佛像
出此地之事，[33]但互見於道宣《續高僧傳》之〈感通〉中。[34]以
「感通」解讀此則內容，先是在慧達預言的八十七年後，北魏正
光元年（520 年）雷震山巖出現佛像，無首而人力亦無法重置，
便有北魏在正光四年（524 年）發生鮮卑六鎮之亂孝明帝死之；
迄北周元年（557 年）於二百里外得佛像首得修復，並在近四十
年後保定元年（561 年）建瑞像寺；建德四年（572 年）佛首屢
落屢修，後發生武帝滅佛，所舉合於慧達所言的三事，皆說明
「佛像」於佛教信仰的重要意義：佛像代表與佛相近的位階，故
慧達透過佛像得以和佛感通；而佛像能否完整反映當時是否敬
佛，決定著世代的興衰，如此，可以理解道宣以為凡有佛像處即
所有廟宇，皆為神聖之處。佛像既屬神聖，乃佛的延伸，若埋沒
於地復現身在人世時，就有瑞像伴隨。故記云：

32　〔唐〕釋道宣撰：《集神州三寶感通錄》，頁 417。
33　〔梁〕釋慧皎撰：《高僧傳》，頁 477-479。
34　文字略異，但故事相同，參〔唐〕釋道宣撰，郭紹林點校：《續高僧
　　傳》，頁 981。

有冥州姜明者，督事夜行，經州北百餘里。山中行，往常
見山上光明，怪之，因巡行光處。見有臥石，狀如像形，
便斷掘尋之，乃是鐵礦，不可鏨鑿。故其形（石鹿）（石
速），高三丈許。欲加摩瑩，卒不可觸。又向下尋，乃有
石趺，孔穴具足。乃共村人以拗舉之，其像欻然流下，逕
趣趺孔，卓然特立。眾以為奇瑞也，以狀奏聞。[35]

事可分成三部份解讀，先是山中恆有光亮，是人得盡見瑞象
的外徵；次為尋之見有三丈鐵鑄之像沒入土中，堅不可鏨鑿亦不
得手觸，亦交代此像非比尋常不可傷之；最後在向下挖掘後得已
鑿出安置物件孔穴之石趺，將像立直後與石座宛然相合，說明早
已預定石座已具供佛像安置。是則僅記佛像之祥瑞與立像之命
定，未及其他，表述著與佛有著外形相類的佛像，同樣神聖亦屬
聖物，乃由佛為核心，延展出與佛之遺身、複製之形像等和佛相
關的有形之物，皆應歸於神聖的觀念。

二、異象描述：演繹佛法和祥瑞示現間之意義

佛在過往於人世傳法，當時人得以親炙，唯今佛既脫離火宅
達彼岸，現今仍在俗世之信眾，自無法親見，此無法改變的事
實，道宣則拈出了感通於佛的路徑。據《感通錄》所錄，道宣指
出：

原夫大聖謀權通濟為本，容光或隨緣隱，遺景有可承真。

35　〔唐〕釋道宣撰：《集神州三寶感通錄》，頁 420。

故將事拘尸，從於俗化，入金剛定。碎此金軀，欲使福被
天人，功流海陸；至於牙齒髮爪之屬，頂蓋目精之流，衣
鉢瓶杖之具，坐處足蹈之迹，備滿中天，罕被東夏。而齒
牙髮骨，時聞視聽。昔育王土中之塔，略顯於前，而偏感
別應之形，隨機又出。自漢洎唐，無時不有。既稱靈骨，
不可以事求，任緣而舉，止得以敬。及通信之士，舉神光
而應心，懷疑之夫，假琢磨而發念，所以討尋往傳，及以
現祥。[36]

　　道宣以為佛在世傳法仍不免為必然消散的身體所限，故權以
自己之身體、隨身衣鉢等用物，以及日常講法、活動之遺跡，作
為身後未能親炙聖人的眾生及信徒，藉以感通之具；惟佛既未臨
中土，亦有授記前世之育王以佛體造塔，為法被東夏之緣起，成
了通信之士、懷疑之人得驗佛法非虛的依據。因此，這些聖物尤
其舍利皆來自於佛而為聖，而物之生祥瑞，也出於佛，目的則為
已不在世的佛證說佛法為真，信徒也就此得到與佛感通的宗教經
驗，至於聖地，則需就此來詮釋出現的原由。

（一）佛法不可思議：彰顯佛法，所在地便稱聖處

　　佛法傳入中國之始，多據《漢法本內傳》中記漢明帝在永平
四年夢丈六金人，後以畫模寫供養的傳說；除此之外，此書尚記
道士對佛教的抵制，要求燒經神變以別高下，而為道宣所引，唯
為使論述更聚焦在形容舍利之神聖故以節引為法，並在此事後附
魏明帝見舍利後廣建寺院事，得知舍利在傳法之用，其云：

36　〔唐〕釋道宣撰：《集神州三寶感通錄》，頁 410。

　　《漢法本內傳》云：「明帝既弘佛法，立寺度僧。五嶽觀
諸道士等，請求捔試，以燒經神變為驗。及經從火化，隱
沒莫陳，費才自憾於眾前，張衍啟悟於時俗。于時西域所
將舍利，光明五色，直上空中，旋環如蓋，映蔽日光。摩
騰羅漢踊身高飛，神化自在，天雨寶花，散佛僧上；又聞
天樂繁會，人感信心焉。」魏明帝洛城中，本有三寺，其
一在宮之西，每繫幡剎頭，輒斥見宮內，帝患之，將毀除
壞。時外國沙門居寺，乃齎金盤盛水，以貯舍利，五色光
明，騰焰不息。帝歎曰：「非夫神效，安得爾乎？」乃於
道東造周閣百間，名為「宮佛圖精舍」云。[37]

　　引文實引錄二事，前者可據唐釋智昇輯《續集古今佛道論
衡》卷一錄有《漢法本內傳》第三〈道士度脫品〉記同一事然甚
詳，知道道宣乃節引內容；[38]後者本事可見於《魏書‧釋老
志》，亦有可能參考了釋法琳〈破邪論〉，但皆無交代毀寺的原
因及後來魏明帝因感而廣建寺院，[39]當出於道宣手筆。文中略云
明帝欲弘佛法下，便受到五嶽之高道欲以施展「燒經神變」分別

37　〔唐〕釋道宣撰：《集神州三寶感通錄》，頁410。
38　〔唐〕釋智昇輯：《續集古今佛道論衡》（臺北：新文豐出版公司，
　　1983年《大正新脩大藏經》第52冊），頁400-401。另釋道世《法苑
　　珠林》卷三十七亦引《漢法內傳》及魏明帝事，文字大致與《感通錄》
　　相當，當引自道宣書，參《法苑珠林》卷五十五之〈破邪論〉又引《漢
　　法內傳》同一事，文字大異於此，當引自原書或用他本，可確認道世卷
　　三十七確引道宣著作。參〔唐〕釋道世撰，周叔迦、蘇晉仁校注：《法
　　苑珠林校注》（北京：中華書局，2003年），頁1267-1268。
39　〔北齊〕魏收：《魏書》（北京：中華書局，2011年），頁3291。

二教高下的挑戰，未料道經應火而燒盡，令道士費叔於眾前悔恨，太傅張衍於世人得悟，此時來自西域之舍利上空中放五色光，天又下寶花、傳來天樂等祥瑞，已令眾人生有信心，藉由佛道爭勝辨真知偽，舍利之祥瑞實為關鍵；故此，後繫漢明帝事同樣亦因目見舍利神效而生興盛佛法的念頭，舍利宣教之功，自此可見，而佛骨所在之處所伴隨的祥瑞，證明了此物、此地皆為神聖。上述皆在道宣所述佛身、佛物及遺跡為神聖的說法範圍，然亦有非上述三者為神聖的見解者，即在中土宣講佛法的高僧。《感通錄》好言高僧說法時便伴隨著祥異，諸如：

> 四西晉泰山金輿谷朗公寺者。昔中原值亂，永嘉失馭，有沙門釋僧朗者，姓李，冀人，西遊東返，與湛意兩僧，俱入東岳，卜西北巖，以為終焉之地。常有雲廕，士俗咸異。其禎感，聲振殊國，端居卒業。于時天下無主，英雄負圖。秦、宋、燕、趙，莫不致書崇敬，割縣租稅，以崇福焉。故有高麗、相國、胡國、女國、吳國、崑崙北代七國所送金銅像，朗供事盡禮，每陳祥瑞。今居一堂，門牖常開，鳥雀莫踐，咸敬而異之。其寺至今三百五十許歲，寺塔基構，如其本焉。隋改為神通道場，今仍立寺。[40]

　　晉時僧朗及兩僧卜居泰山之西北巖，已能招致雲廕且有禎感，方令當時永嘉諸雄割據天下，知應崇敬供養，中國四方諸國亦獻金銅像，僧朗禮敬亦現祥瑞，連所居的廳堂禽鳥亦知不可踐

40　〔唐〕釋道宣撰：《集神州三寶感通錄》，頁 414。

污，皆在交代即便傳法高僧的居所，亦有祥瑞隨之，眾生能知禮敬；除了明白外顯的祥瑞，具有向眾生說明高僧的不凡及佛法的可敬，也交代高僧居所便為神聖，至於何以可以此詮釋，可於對照其他高僧說法之時多生瑞象後，得知高僧之所以為聖，在於他對佛法之體悟和宣揚，所處之地也得分別為聖，和佛宣教之所為神聖的概念相同。

　　於是，能知得與佛相感、或佛法之宣講處便為神聖，而在此處，眾生能得知、體悟佛法的意涵，有著崇敬佛法的意義。

（二）佛像得現瑞象：佛像似佛，係為感通之基礎

　　因此，道宣於此書中強調佛塔空間神聖的原因之一，在於此空間裡安置有佛的遺身即舍利，人在其中得以與佛感通，進而持續修行，得悟佛理，舍利、佛二者間得以相互連結，令此空間所具有信仰上的神聖定義，並非於此空間裡所進行的宗教活動，而是單純的來自於佛教創始者佛陀身體真實遺存的信仰功能；此外，高僧傳揚佛法一如佛在世的作為，講法處使人得悟亦視為神聖之地外，若依循此思考的方式，形塑佛像也仿傚佛在世的形貌，人禮佛像得與佛感通於佛之處同樣神聖，這或許可以作視解釋寺廟多佛像的思想基礎。如前文所論及的高僧釋僧朗，夙日同樣禮敬佛之金銅像。在對佛像神聖性找尋佛教教義之依據後，得以加深進入寺廟空間的個人，在主觀意識上加深肅穆的莊嚴感。道宣甚著墨表述佛像所在處的祥瑞，並交代其神聖的因由，若云：

　　　　（高）悝引至寺，五僧見像，歔欷涕泣，像為之放光，照
　　　　于堂內，及遠僧形。僧云：「本有圓光，今在遠處，亦尋

當至。」五僧即住供養。至咸安元年，南海交州合浦採珠
人董宗之。每見海底有光浮于水上，尋之，得佛光。以事
上聞，簡文帝勅施其像，孔穴懸同，光色無異。凡四十餘
年，東西祥感，光趺方具。此像花臺有西域書，諸來者多
不識。唯三藏法師求那跋摩曰：「此古梵書也，是阿育王
第四女所造。」時凡官寺沙門慧邃，欲求摹寫，寺主僧尚
恐損金色，語邃曰：「若能令佛放光迴身西向者，非余所
及。」邃至誠祈請。中宵聞有異聲，開殿見像，大放光明，
轉坐面西，於是乃許模之。傳寫數十軀，所在流布。[41]

　　此則乃交代因放光為人所尋得後安置長干寺供養的佛像、蓮
花跏趺的後續發展，佛像歲餘中宵必放金光使悟者甚眾，佛像已
能啟悟信徒，但仍缺佛像後的圓光，在找尋的過程中，更顯佛像
在感通的過程裡為人、佛間的重要媒介。這也是何以來訪西域五
僧見佛像涕泣、佛像以具有自我意志以大放光亮作為回應的原
由，說明了何以五僧在面見佛像時如同見佛的心態，並能預知已
遺失佛像身後佛光雖在遠，未久將歸的原因，後來果來也因圓光
於人中放光為漁人所得而還歸寺中，佛像迄此方才復原貌；像下
之古梵書經法師求那跋摩解說乃阿育王第四女所作，慧邃欲摹
寫，寺主則提出佛放光迴身西向，方才允許，慧邃至誠祈求後果
然如寺主所請後得傳寫，佛像如人般回應僧人所求。
　　高悝得金像及遇五僧事也見《高僧傳》，金像來源僅說「前

41　〔唐〕釋道宣撰：《集神州三寶感通錄》，頁414。

有梵書云是育王第四女所造」，[42]另題名道宣所撰《道宣律師感
通錄》較詳細交代高悝所見佛像即出於育王第四女及造像因由，
「常恨其醜，乃圖佛像，『相好異佛，還如自身』，成已發願，
『佛之相好，挺異於人，如何同我之形儀也。』以此苦邀，經年
月，後感佛現，必異昔形，父具問之。述其所願，今非山玉華荊
州長沙都高悝及今崇敬」[43]云，其中，所謂阿育王第四女造佛
像，目的在於改變原來醜貌欲與佛一樣相貌完好，像成後祈求不
已在與佛相感後而如願，已先示範透過佛像與佛感通，而五僧所
為與阿育王第五女的行為無別，易言之，佛像是與所形塑的佛間
相感的媒介。據此，至誠禮敬佛像，便得感通，故記云：

> 寺僧法通，以唐運將統，希求一瑞。繞像行道，其夜放光
> 明滿堂，至二十五日，光彩漸滅。其日趙郡王兵馬入城，
> 斯亦慶幸大同，故流光為其善瑞也。至於亢陽之月，宰牧
> 致誠，無不畢應。[44]

　　據《感通錄》所錄，此尊晉穆帝時發現的阿育王所造佛像，
自出土後就以各種異像回應各代帝王之作為，迄隋末，法通知此
像的靈驗向佛像祈求祥瑞，以辨分將至的唐軍是否將陵替隋朝，
佛像則以放光明以回應，後果然趙郡王李孝恭領軍入城，宰牧也
歸順於唐。佛像能應國家興替之祥瑞，並非佛像自身具有意志，

---

[42] 〔梁〕釋慧皎撰：《高僧傳》卷第十三，頁 478。

[43] 〔唐〕釋道宣撰：《道宣律師感通錄》（臺北：新文豐出版公司，1983
年《大正新脩大藏經》第 52 冊），頁 439。

[44] 〔唐〕釋道宣撰：《集神州三寶感通錄》，頁 416。

乃佛通過佛像主動向人告知天下的情勢，或被動回應人們向佛的祈求，佛像和佛之間，存在的外型的相似性。此說法，復由梁武帝所作感通的夢得見此說法，道宣記云：

> 二十八梁祖武帝以天鑒（監）元年正月八日一夢檀像入國，因發詔募人往迎。……帝欲迎請此像，時決勝將軍郝騫、謝文華等八十人應募往達，具狀祈請。舍衛王曰：「此中天正像，不可。」乃令三十二匠，更刻紫檀，人圖一相。卯時運手，至午便就。相好具足，而像頂放光，降微細雨，并有異香。……騫等負第二像，行數萬里，備歷艱關，難以具聞。又渡大海，冒涉風波，隨浪至山，糧食又盡。所將人眾及傳送者，身多亡沒，逢諸猛獸，一心念佛。乃聞像後有甲胄聲，又聞鐘聲，巖側有僧，端坐樹下，騫背負像，下置其前。僧起禮像，騫等禮僧，僧授澡水令飲，並得飽滿。僧曰：「此像名三藐三佛陀，金毘羅王自從至彼，大作佛事。」語頃失之。爾夜，僉夢見神，曉共圖之。至天鑒十年四月五日，騫等達于揚都，帝與百寮，徒行四十里，迎還太極殿。……後梁大定八年，於城北靜陵造大明寺，乃以像歸之。……。[45]

此事亦見道宣《廣弘明集》簡述，其云：「荊州大明寺檀優填王像者，梁武帝以天監元年夢見檀像入國，乃詔募得八十人往天竺，至天監十年方還。及帝崩，元帝於江陵即位，遣迎至荊

45　〔唐〕釋道宣撰：《集神州三寶感通錄》，頁 419。

都，後靜陵側立寺，因以安之。」[46]又見《道宣律師感通錄》記
云：「又問：荊州前大明寺栴檀像者，云是優填王所造，依傳從
彼摸來將至梁，今京師復有，何者是本？答曰：大明是本像。梁
高既崩，像來荊渚。」[47]皆在說明梁武祖在天監十年迎回建康，
後造明寺供奉的佛像乃是佛的真正形象，在此則中，尚記此像經
武帝夢見、佛出身的舍衛國王所言依照中天竺之正像所造，乃佛
之真形，像刻成後便像頂放光、天降香雨，至舍衛國迎像的郝騫
等在回中土時遇海難、逢猛獸皆念佛得免外，尚出現聖僧親言像
乃佛陀真形，為金毘羅王所護佑、供養而興佛法，騫等夜夢是神
在天明後共同繪製其形，都在證明佛像確實依佛之真形所造，自
是極為相似。道宣在《感通錄》中甚為重視阿育王造塔時或優填
王所造等佛經所記錄的造像，此類佛像多伴隨祥瑞，記錄也較詳
細，至於中土所造則描述較疏略，[48]而就理論言，本可以由這些
佛經已記的造像最接近佛原來的樣貌，說明愈相似佛的真形，愈
具感通的功能，也愈具佛神聖的特質。

---

[46]　〔唐〕釋道宣撰：《廣弘明集》卷十五，頁 202。

[47]　〔唐〕釋道宣撰：《道宣律師感通錄》，頁 438。

[48]　蘇鉉淑指出在《集神州三寶感通錄》將佛像分為印度傳入及中國境內製
　　　作二類，道宣最重視乃由印度傳入的佛像，且以優填王所造最為尊貴。
　　　蘇氏之論述有據，大凡《感通錄》言出於「西域天竺」者皆以瑞像稱
　　　之，並多附佛經或傳說證明佛像之神異。此則《感通錄》便引用了《佛
　　　遊天竺記》及《佛說優填王經》為證，可以推見優填王為使王臣能夠如
　　　見不在國內的佛，故造佛像為因應來看，優填王所造像不僅是最早，
　　　且最近佛的樣貌。引文見（韓）蘇鉉淑：〈政治、祥瑞和復古：南朝阿
　　　育王像的形製特徵及其含意〉，《故宮博物院院刊》，2013 年第 5
　　　期，頁 151。

參、感應知聖：
主觀辨識屬信仰層次之意象和見解

　　《感通錄》著重對僧人及信徒宣揚佛教教義於俗世中的意義，描述上便具有入世宣教的企圖和重視功用的傾向，多會用個人在信仰生活裡所發生的宗教經驗作為例證。所以即使是在描繪各種形式的佛教場域，亦有主觀上的景象描繪和詮解，與個人實際上的宗教感受有關，意謂著在書中看似不經的描述，對信徒言屬於真實世界裡生命的經歷。在書中的記敘裡，也多可在唐代佛教教團重視宗教活動場域的現象，以及目前仍得見的唐代文物上，找到其中具相對性的關聯。

　　是書記錄下佛教徒在宗教場域裡具體的聽聞，多可在目前所能知見當時佛教寺塔的地宮中，發現得以相應的宗教物件。[49]道宣的文字記錄和現存的文物間具有關聯，代表著《感通錄》所記錄下的空間實為宗教活動的場域，讓在其中的信徒得以親切的經歷佛教所宣揚的生命經歷，即是書所拈的「感通」。於是，帶著各種生命疑問的人們，在造訪此空間後，便有生命上的轉變。首先，道宣頗言俗世中眾所周知的佛教場域，有別於日常生活之處。

一、耳目之內：體察俗世中之神聖空間

　　人世中最鮮明的佛教場所，自然是寺院。寺院除了是僧人修

---

[49] 杭侃：〈舍利・舍利容器・天地克〉，收於釋如常、吳棠海編：《佛教地宮還原：佛陀舍利今重現・地宮還原見真身》（高雄：佛光文化發行部，2015年），頁25-43。

行、講經和生活之地，亦是提供信眾生時的生命諮詢或死後的宗教服務之所，於是對於信眾而言，寺院是提供生命解答的重要地標，對此處的認識和態度多能存有敬畏之心，不敢侵犯，在《感通錄》中亦視此地為神聖的空間，人在其中多有不可思議的宗教經驗；這些得以在其中有感通經歷的僧人或信徒，大凡藉此以彰顯信佛當有的態度及方法。首先，奉佛的信心為得入聖地的重要個人特質。

（一）具信心，來聖地得增益對佛法的理解

　　道宣在輯錄有關應驗時，已盱衡人世中必然存在持奉不同宗教的信徒的事實，在佛教徒之外，自然亦有異教徒在活動。而存在於人世中代表佛教神聖場域的寺院，成了辨分個人信仰內涵的真偽，亦測驗著佛教信徒對於信仰是否虔誠；此外，為數最眾的信徒雖對佛法領受較淺，卻可以在信賴佛教為前提下，接受、相信寺塔所在處已分別於俗世之外，在其中發現此地的神聖性，突顯信心的意義，如《感通錄》所錄貞觀五年岐州刺史張亮上書欲啟法門寺的塔基，開舍利示人，勅准後道俗皆知此處為神聖，皆來禮敬舍利，不過所示現的祥瑞，卻是因人而異，其中的原委，據文中所敘得見：

> 有一盲人，積年目冥，急努眼直視，忽然明淨。京邑內外崩騰同赴，屯聚塔所，日有數千，舍利高出，眾人同見，於方骨上，見者不同：或見如玉，白光映徹，或見綠色，或不見者，問眾人曰：「舍利何在？」時有一人，以不見故，感激懊惱，搥胸而哭，眾人愍之，弔問曰：「汝是宿作，努力懺悔，何用搥胸？」此人見他燒指行供養者，即

> 以麻纏母指燒之，遶塔而走，火盛心急，來舍利所，欻然
> 得見，歡喜，踊躍跳躑，不覺指痛，火滅心歇，還復不
> 見。[50]

　　法門寺迎奉佛骨乃當時盛事，聚集在此處的信徒，自知地下
即為供養佛舍利處，在此空間必自感肅穆、莊嚴的氛圍；即舍利
審慎安放在七重金棺中，更仿帝王安葬規模建有地宮，以安放佛
骨，[51]文中所述，當時岐州之民多知法門寺供奉舍利神異已現，
引人親訪驗聖地，至此之人欲扣問的生命疑難不同，欲尋得解答
及處置的心情則無異，諸如其中所述先有盲人睜眼直視便復見光
明，後來訪者所見舍利或如玉、或為綠色，甚至有人不能得見，
皆決定於人所懷抱的動機。目視本為客觀的察驗，卻仍存有差
異，此不可理解的現象，文中已道出其中原因：宿昔所種下的惡
業，使今日難睹聖物，令人所見有異，故在此人燒指供養佛後，
便得見舍利。此文說明人雖因宿作，影響對佛理的領會，然在具
備信心之下來到聖所，或可使病痛得瘳，或供供養佛而目睹聖物
之瑞，在此場域裡和神聖產生了聯結，自我的各種疑難，可獲得
解決，在智慧、信心上，也得以增長。

　　已入佛門的僧人，雖然修行未必深厚，卻代表已具有辨知場
域神聖的能力，在面見異事時，便能「明確地」知其原委，如記
云：

50　〔唐〕釋道宣撰：《集神州三寶感通錄》，頁406。
51　杭侃：〈舍利‧舍利容器‧天地克〉，收於釋如常、吳棠海編：《佛教
　　地宮還原：佛陀舍利今重現‧地宮還原見真身》，頁32。

初，有一僧聞塔來禮，處所荒涼，恃食為難。有一老姥，
患腳，來為造食便去，如是怪之。去後私尋，乃入池內據
量，即魚所化也，其塔靈異往往不一。大略為瑞多現，聖
僧遶塔，行道每夕然燈，於光影中現形，在壁旋轉而行。[52]

　　來僧欲禮敬建於處地荒涼的佛塔，卻目見二異事：先是辦飯
不便，就有不良於行的老嫗為辦飲食，查訪後方知為塔裡池中魚
所化無怪行走有患，後又見僧人遶塔於光影中現形，旋壁而行，
面對「魚化人」、「道人夜來遶塔」近志怪之事，卻在僧人能知
魚化人為供養自己，夜來僧人遶塔必歸聖僧下，不僅不可以妖異
視之，尚且應當歸於瑞像，聖地本不容邪崇。此則中得以正確地
解釋異事，歸因於故事中的僧人具有辨分事物變異始末的能力。
僧人因著自身的佛法修為，能辨別、驗證事物和場域的性質。
　　於是，心存信心乃習佛之要，而到聖地，得解決、安置個人
的問題，故拜訪聖地，成了修行的要事，故凡聽聞聖跡所在處，
便理當尋訪，能獲益處，故云：

唐蜀川簡州三學山寺有佛跡，常有神燈，自空而至，每夕
常爾，齋日則多。有州宰意欲尋之，乘馬來寺，十里已
外，空燈列見，漸近漸昧，遂並失之。返還十里如前還
見，至今不絕。[53]

52　〔唐〕釋道宣撰：《集神州三寶感通錄》，頁 405。
53　〔唐〕釋道宣撰：《集神州三寶感通錄》，頁 421。

　　三學山寺因有佛跡而為聖地，另外有由天而降的神燈引導至寺中，能因時置宜在齋日出現最頻繁；另由具權威意義的州宰檢覈為真，皆顯此地非凡處外，此特異的現象迄今未歇，皆示非人為所能致之。於是，在中土既常見聖地，人人皆當趨往禮敬，更親切地的感受與佛感應的宗教經驗。

　　至於寺院之所以神聖，仍賴高僧的辨別和說解。《感通錄》即詳錄初唐高僧智琮知見阿育王所建佛塔及舍利祥瑞的過程，後促成高宗建阿育王像並於顯慶四年迎佛骨的佛教勝事。由於作者道宣參與其事，所述不僅甚詳，更表現出他對法門寺的神聖處所的定位。此則記下智琮循歷史的脈絡，確信此塔育王所建然苦無實證，在入塔精進修行時，燃臂供養以示信心，果生祥異，為他人所知見，而記云：

> 忽聞塔內像下振裂之聲，往觀，乃見瑞光流溢，霏霏上
> 涌；塔內三像足各各放光，赤白綠色，纏繞而上；至於衡
> 栭，合成帳蓋。（智）琮大喜踊，將欲召僧，乃覬塔內夐
> 塞，僧徒合掌而立，謂是同寺。須臾既久，光蓋漸歇，冉
> 冉而下；去地三尺，不見群僧，方知聖隱。即召來使，同
> 觀瑞相。既至，像所餘光薄地，流輝布滿，赫奕潤滂。百
> 千種光，若有旋轉，久方沒盡。及旦看之，獲舍利一枚。
> 殊大於粒，光明鮮潔。更細尋視，又獲七枚，總置盤水。
> 一枚獨轉，遠餘舍利，各放光明，炫燿人目。琮等以所感
> 瑞，具狀上聞。[54]

54　〔唐〕釋道宣撰：《集神州三寶感通錄》，頁 407。

　　是則如實地記載下法門寺建寺樣貌及布置，地上為寺院供信
徒參拜，地下為舍利供奉處，[55]在敘事中異聲生於像下，即地宮
的所在處，故有自下而上湧現之瑞光流溢，三軀聖像皆放光，或
指佛及弟子阿難、迦葉，又有舍利、佛像和塔內聖僧群現等祥
瑞，在於回應、通感智琮的信心供養，且能知曉智琮之信心，出
於個人的佛法修為，能辨別聖地的能力；其次則錄他人在智琮的
邀集下得見佛像所示現流動的各種祥光，得讓身非高僧之人亦得
知此地之神聖；最末則記佛塔之所以神聖，乃在瑞光消停後方出
現共七枚的舍利，亦放光明，已鋪陳出高僧因能感瑞方得識聖
地、他人依從高僧後也能得知，最後交代此地神聖乃因存放舍利
之故。在此類中，鋪排出能有信心下，辨識各處之聖地，且得明
何以神聖的原故。道宣在書中所列的個別事件裡，反映出聖地對
人的意義，毋論仍陷於世間煩惱的信徒，欲精進佛法的僧人，在
此不容邪祟絕對清淨的空間裡，凡持信心來此禮敬，在如此的規
劃空間中，必然被這宗教氛圍所感染，皆能使個人對佛法尤其信
心上大有進益。

（二）求佛法，在聖地能辨分信仰虔信與否

　　道宣以為，人得以發現寺院的神聖性除了需要有信心外，更
需要習佛不倦的宗教熱忱，在《感通錄》中的佛塔可視作重要試
煉，就此反映僧人、信徒在尋求佛法的志誠專一，較少涉及佛法
上的修為。道宣依據阿育王於天下廣建舍利塔的悠遠傳說，於

55　杭侃：〈舍利・舍利容器・天地克〉，收於釋如常、吳棠海編：《佛教
　　地宮還原：佛陀舍利今重現・地宮還原見真身》，頁 36-37。又後文提
　　到的三聖像，據其中發現同時塑有三佛的以佛及阿難尊者、迦葉最有可
　　能，參同書頁 122。

《感通錄》中指出中土早已有佛塔等聖跡，至於在中國歷史未嘗記錄、似無人知見，原因在於人未知佛法。據此，故當佛法傳入中土後，佛教徒在知佛且具信心下，勤於禮佛、找尋佛塔，亦是「發現」聖跡的要件。前已言及此書視佛塔為神聖之場域，道宣亦相信發願禮敬佛塔者，其旅程亦歸於神聖。如記天竺僧曇摩掘叉東來中土，目的在於禮敬當時育王在中國所建的佛塔，在行路上察覺到一路上有神王護祐，且與之相互問訊，而記云：

> 隋初有天竺僧曇摩掘叉，遠至東夏，禮育王塔。承蜀三塔，又往禮拜。至雒縣大石寺塔所，敬事已訖，欲往成都，宿兩女驛，將旦，聞左右行動聲。叉曰：「是何人耶？妄相恐動。」空中應曰：「有十二神王，從本國來，所在擁護。明日，當見成都塔，今欲西還，與師別耳。」叉曰：「既能遠送，何不現形？」神即現形。又為人善畫，便一一貌之，既遍，形隱。及至成都禮大石塔訖，說律師乃依圖，刻木為十二神像，莊飾在於塔下，今猶見在云。[56]

此則表述了二項議題，其一，在於證明當時阿育王於天下廣建佛塔，包括了中國的境內，致使佛教發源地的天竺僧人亦需來到東夏禮敬；其二，僧人禮敬佛塔之動念及過程便具有具備神聖性，故能順能到達各地佛塔，也獲十二神王所護祐，十二神王或指護持誦《藥師王經》之護法神，僅為僧人之臨時護法，文中的

56　〔唐〕釋道宣撰：《集神州三寶感通錄》，頁408。

任務僅限於保障禮佛之行的完成，當僧人禮敬最後的成都塔後便
自還西方，至於留下僧人將神王形像描繪且刻木為像裝飾塔下的
記錄，在於說明此事有實物為證乃為真實可信。此則道出了禮敬
佛塔的本身即具神聖性，以及此行為也與佛塔具相同性質等訊
息，方有神王來助。

　　據此，得預育王佛塔、佛像重建的人物，在其地也多能目見
祥瑞、心有所感，至於造於中國的佛像，道宣以為只要形貌最近
於佛，便得建構起神聖之所，感應與祥瑞便由之而湧現，那麼對
佛法的認識，也決定了行為的宗教意義，其云：

> 九。東晉會稽山陰靈寶寺木像者，徵士譙國戴逵所製。逵
> 以中古製像，略皆朴質，其於開敬，不足動心。素有潔
> 信，又甚巧思，方欲改斲威容。庶參真極，注慮累年，乃
> 得成，遂東夏製像之妙，未有如上之像也。致使道俗瞻
> 仰，忽若親遇。高平郗嘉賓攝香呪曰：「若使有常，將復
> 覿聖顏，如其無常，願會彌勒之前，所拈之香，於手自
> 然。」芳煙直上極目雲際。餘芬俳佪，馨盈一寺。于時道
> 俗，莫不感勵。像今在越州嘉祥寺。[57]

　　戴逵對於早期所製佛像過於樸質，有不易使人心生敬虔的問
題，故發心欲製佛像，他所倚賴的是自身因信佛為事潔信，於佛
法又有正確的認識，故參真極之佛像並思慮累年後佛像方成。由
於道宣以為西來佛像最得佛之真形，此則中給予戴逵所塑佛像乃

57　〔唐〕釋道宣撰：《集神州三寶感通錄》，頁 416。

東夏最精妙的極高評價，無怪之後有祥瑞、感應相隨：先是晉時權臣郗嘉賓祝願後，而現芳煙直上雲際與餘香盈寺之異象，後有目睹或聽聞者心有感勵，說明了佛像貴在佛真身相仿，能致便生感應，此地便能神聖，至於成其事者的虔敬與作為，被視為宣教的聖業則理所當然。

　　書中所列皆為聖地，最能與佛相感之處所，唯來此處者對佛法的悟解有高下，未必明白聖地的意義，代表了這些神聖場域具檢驗個人對佛法體悟高下的特性，唯進入其中的個人在知悉後的反應及作為，才是辨分對佛法尋求虔敬與否的開始。《感通錄》所收「日嚴寺」一則，最能直接反映道宣對於存在於俗世中聖地的定位：欲悟得佛法者到了此處，應當有的態度。此寺供養在梁武帝時西域僧帶入中國的八紫石英色之佛像，人得在佛像中所見，會因人對佛法的悟解高下而異，道宣就此記下他親訪的經歷及自省，而云：

> 大業之末，天下沸騰，京邑僧眾，常來瞻觀，余住此寺，亦未之信。重以見石中金光晃晃，疑似佛像耳。仍見名行諸僧，互說不同，咸言了了分明，面目相狀，未曾有昧。余慨無所見，又潔齋別懺七日，後依前觀之，見有銀塔，後又觀之，見有銀佛。而道俗同觀，往往不同：或見佛塔菩薩，或見僧眾列坐，或見帳蓋幡幢，或見山林八部，或見三途苦相，或見七代存亡，一觀之間。或定或變。雖善惡交現，而善相繁焉。故來祈者，咸前發願，往作何形，來生何處，依言為現，信為幽途之業鏡者也。至貞觀六年

七月內，下勅入內供養云。[58]

　　信徒在獲知聖地所在後理應尋訪，在禮敬時得與佛感通；然
而在聖地雖得以辨分聖俗的差異，亦區別佛法修為的高下，於
是，身處聖地的僧眾及信徒，可就個人感受到的佛教氛圍，省思
自己的信仰理念與求法態度。此則中所稱梁時由西域傳入之石影
像，係因道宣親觀能見石中金光呈佛之形像而稱之，此特殊之佛
像正可將前述抽象的概念，化為具體的場景：凡俗來到此至聖所
後，便能在石像裡的金光中看到自己之業報和來世，人所見自是
不同，亦能在當下心生警惕，就如道宣初觀時就未能得見下，就
潔齋別懺七日後，先見銀塔、再見銀佛，此石如同寺廟多有的各
類報應教化圖文般，在觀見業報後多能達到宣教的功能，故道宣
以地獄裡的業鏡稱之。能知在塔寺的神聖空間，信徒得入其中就
足能自我策勵。

二、因夢感通：可辨分聖地之信仰意義

　　夢在《感通錄》中乃人得以訪視他界的方式，神佛也可採行
此方式和人互動，可視為宗教的神秘經驗。唯書裡與塔寺相關的
夢境，多依作夢者的信仰，發揮襄助、指點甚至指示在現實中應
敬奉三寶或改變行為的不同目的，反映了至聖處的本質及意義。
就信仰者來說，可使修為更為精進。

（一）就信仰者而言，得知聖地何以為聖之由

　　佛塔能夠形構出神聖的場域，在本書中以供養阿育王造塔時

58　〔唐〕釋道宣撰：《集神州三寶感通錄》，頁 421。

所奉之舍利及鑄造佛像為主,多由高僧尋訪並重建,已如前述;至於中土其他寺院,既非供奉佛骨亦非供養真形佛像,便缺乏建立神聖場域的基礎。因而在中國的寺院營構出聖地的方式,可由道宣詮釋裡,更能彰顯收於此書中的寺院視為聖處的原由。從《感通錄》中所記梁高僧釋道安所造丈八金銅無量壽佛像的重鑄歷史中,可以明白道宣以為寺院中信仰核心的佛像,必須依佛之真形造之的理據:佛像是寺院得稱聖地的充要條件。事記此像先於西周武帝滅佛法時,為太原公王秉的副鎮將長孫哲志所毀,啟法寺憲法師發願欲重塑佛像而未果,卒時交代弟子蘇富婁當承其志而造之,蘇氏還俗後長於聚財復承師志而造像,卻未知佛像的樣貌,卻在夢中獲得訊息,而記云:

> (蘇富婁)乃有心擬造像,不知何模樣,遂夢見婆羅門僧,指畫其相。并訪古老,亦有畫圖。即依模鑄,一冶便成,無有缺少。當鑄像時,天陰雲布,雨花如李,遍一寺內。富婁性巧,財用自富,又於家內造金銅彌勒像,高丈餘。後又夢,憲(法師)令其更造佛像。乃於梵雲寺造大像,高五十九尺,事如別顯。[59]

　　這位「有心」造佛像卻「不知」佛形象的蘇富婁,天竺聖僧透過夢向他比劃佛像之貌,他亦發心持續探尋佛像之原貌,使得這近佛真形的佛像在鑄造時一冶便成,同時間寺內有天降雨花的祥瑞;其後再次於家中鑄彌勒像,已逝之憲法師也透過夢要求再

59　〔唐〕釋道宣撰:《集神州三寶感通錄》,頁415。

造之，蘇氏承其師囑咐在梵雲寺造更宏偉的佛像。信徒發心重鑄高僧所造之佛像，聖僧透過夢垂示像之原貌，方能成之；而原佛像出於高僧之手，佛像自近佛之真形，後來既能復其原像，方能使來到寺院禮敬佛像的四方信眾，得以感通，持續精進，佛像重在近佛形貌，成了所在寺院為聖處的重要關鍵。於是，舉凡中土造像，必須合於天竺西域的法式；而造像的過程，往往也多有感應，皆在交代造像的重要性及神聖性，畢竟是決定寺院得否感通的樞紐。

　　道宣在輯此書時，已有六朝所造佛像能循天竺舊制近佛原貌的預設，凡言此時所製佛像較少談及與佛像原形製的論題，直接言其靈驗，更表述了信徒對佛像及所供奉寺院本質的認識，即感通的發生及神聖的定義。如引南朝宋泰始何敬叔製佛像，便對此有所申說，其記云：

> （何敬叔）如睡，見沙門納衣杖錫來，曰：「檀非可得，麀木不堪，唯縣後何家，桐盾堪用，雖惜之，苦求可得。」寤問左右，果如所言，因固求買之。何氏曰：「有盾甚愛，患人乞奪，曾未示人，明府何以得知，直求市耶？」敬叔以事告之，何氏驚喜，奉以製光。後為湘府，直省中，夜夢像云：「鼠嚙吾足。」清旦，疾歸視像，果然。[60]

　　此事引自王琰《冥祥記》，就感通言，是篇分二部份，首先記奉法之何敬叔得栴檀製佛像，像成仍缺製圓光之才並求之不

60　〔唐〕釋道宣撰：《集神州三寶感通錄》，頁418。

得，就此發生第一次異夢，有聖僧指示苦求何家桐盾可得，後如
所言而像成，就此能知聖僧的出現，在於受何敬叔感應，故遂其
信仰的志業，乃人感通於佛；其次，則由佛像入夢告知腳為鼠
嚙，天明驗之果然，意謂佛透過佛像向敬叔告知聖像有損，當予
維護，則為佛向人感通。此則中，何敬叔和讀者皆能理解聖地為
聖的原因——佛像近佛形而聖，更賴僧人、信徒憑信心而行，才
得彰顯，所以聖地之建立、維繫，信奉者亦為關鍵。

　　最後則由《感通錄》中所記南朝宋高士劉凝之由道轉佛的過
程，作為解釋道宣的神聖空間本質的文本，在其中，當凝之轉變
信仰下，所處環境隨之具體改變，交代了人和空間的關係，而
云：

> 宋元嘉十五年，南郡凝之隱衡山，徵不出，奉五斗米道不
> 信佛法，夢見人去地數丈，曰：「汝疑方解。」覺及悟，
> 旦夕勤至，半年禮佛。忽見額下有紫光，瑞光處得舍利二
> 枚。剖擊不損，水行光出。後於食時，口中隱齒吐出有光。
> 妻息又獲一枚，合有五枚。後又失之，尋爾又得云。[61]

　　隱居衡山的劉凝之，原先的信仰選擇乃崇道不信佛，佛透過
夢向他示現僅陳「汝疑方解」語便使他徹悟而信佛，「感通」移
人之速由此可見；凝之在日夜勤禮佛下半年，分別在佛額下、自
己體中得舍利，回應凝之禮佛之勤而得相感，道宣在另則便謂

61　〔唐〕釋道宣撰：《集神州三寶感通錄》，頁411。

「舍利應現值者甚多，皆敬而得之，慢而失之」[62]，舍利乃因凝
之禮敬而自來，凝之所處之地自能為聖處：得有與佛感動之處，
便為聖地，那麼人之佛教信心和禮佛至心，乃促成神聖空間建構
的關鍵，在此條件下舍利方才自現，就此，道出信仰者能體會到
聖地的本質及在信仰上的地位，和個人佛教信仰決定了空間的性
質，突顯人在空間中的意義。

（二）對不信者來說，需到聖地得獲警悟悔懺

　　聖地的意義，在於僧眾、信徒可在其中從事宗教儀式和活
動，感受信仰所帶來安定身心的力量，尤其獲得信仰的感應；另
外，亦能就此體會佛教徒／異教徒、神聖空間／其他場域間的聖
俗對比和差異。由於佛教來自天竺，對於重視中華文化道統的文
人甚至百姓、以及持奉道教的信徒來說，對佛教仍抱持來自夷狄
的既有立場，多予排斥。身為學問僧的道宣，便承擔起詮釋的責
任，其中也包括了異教徒的信仰改變，以及聖地對於他們的意
義。

　　首先，聖地對已知自己行惡、然機緣成就而入佛門者言，具
有增加信心，能夠持續精進、理解佛理的具體功效。人在未實際
接觸佛教下，本多予以排斥，亦違反佛教的行為要求而行惡，此
類多在得遇機緣後幡然而悟，得入佛門，而聖地就此便具有重要
功用。在初入佛門可透過禮拜聖地，獲得堅持於習佛的力量。如
著名高僧釋慧達就有此經歷，禮敬聖地可視為他在進入佛門後，
最重要的習佛程序，佛在夢中加以點化後，便遵循指示，而記
云：

---

[62]　〔唐〕釋道宣撰：《集神州三寶感通錄》，頁 411。

> 有并州離石人劉薩何者，生在畋家弋獵為業，得病死。蘇
> 見一梵僧語何曰：「汝罪重，應入地獄，吾閔汝無識，且
> 放。今洛下齊城、丹陽會稽，並有古塔及浮江石像，悉阿
> 育王所造，可勤求禮懺，得免此苦。」既醒之後，改革前
> 習，出家學道，更名慧達。如言南行，至會稽海畔。[63]

　　劉薩何「出身畋家」方以殺生的弋獵為業，這就是觀世音現
身在夢中喻示他雖罪重當入地獄，然憫其「無識」未處置的主
因，唯劉氏卻能在點明其惡下便獲悟解，心生悔悟，除在感通下
更因自身佛法根基，方奉行垂示，醒後便出家更名慧達；而就觀
音指示劉薩何南行往阿育王在南方所建諸舍利佛塔禮拜言，可就
此則在記慧達法師不畏艱辛到了諸寶塔，誠心禮敬舍利、諸佛菩
薩金剛聖僧等像的歷程言，此過程如同信仰的試煉及洗禮，於聖
處禮拜所獲得的宗教經驗，成為他習佛堅誠的基石，這也是此書
屢言舍利或佛像多有感應的主因。
　　其次，聖地對自知自己行惡、但根基尚淺未信佛者而言，可
作為懺悔、改過之處。聖處雖能使人得信仰上的大利益，卻未必
使人生命獲得改變進而出家。如文中所記憑玄嗣不止自己素不信
佛法尚阻止母兄禮拜舍利，又取家中佛像燒之，當下就立即倒
地，醒後自陳冥界遊歷之事，而記云：

> 玄嗣即時忽倒，後醒曰：「忽到一處似是地獄，大鳥飛

---

[63]〔唐〕釋道宣撰：《集神州三寶感通錄》，頁 404。此處未言梵僧身
　　份，然在卷下〈神僧感通錄〉復記此事，則明言所見即觀世音，此處說
　　明以此為據，文見頁 434。

來，啄睛噉肉，入大火抗（坑），燒烙困苦，以手摩面，
眉鬚墮落。目看天地，全無精光。」親屬傍看，曰：「汝
自造罪，無可代者。」玄嗣神識，不與人對，但曰：「火
燒我心！」東西馳走，又被打拍之狀，摧慟號哭，又稱懺
悔、懺悔，而晝夜唯走，不曾得住。……咸見玄嗣五體投
地，對舍利前號哭，懺悔不信之罪，又懺犯尼淨行，打罵
眾僧，盜食僧果。自懺已後，眠夢稍安云。其佛頂骨，國
用珍寶贖之，計寶約估評，絹直四千疋，遂依其數，以蕃
練酬之。頂骨今仍在內云。[64]

　　玄嗣犯下燒燬佛像的重罪，生魂立即被帶入地獄受苦，且苦
痛更延續到現實生活中，在苦痛下雖知佛法為真，卻也僅就身陷
極大痛苦號哭而口稱懺悔；家人便帶至舍利前自言不信及毀謗僧
尼等罪，玄嗣未能改變信仰更遑論出家，至少日常可以夢中稍
安。當中佛頂骨人得盡知極為珍貴，因所在處即為至聖之所，不
只是信徒能夠和佛相感，知錯行惡者也可獲得寬宥，毋論何人，
到此處便獲得生命的方向，進而祈求生命的救贖，就此便已重新
給予三寶定義，也予人世間習見的院寺，神聖不得侵犯的見解。

肆、結論

　　佛教應驗之作多出於信徒之手，書中對佛理的詮釋不免存在
著錯誤，唯入唐後高僧釋道宣親撰《集神州三寶感通錄》，在體

64　〔唐〕釋道宣撰：《集神州三寶感通錄》，頁 407。

例及敘事上有著明確且清晰的佛理詮釋，對於唐初佛教信徒的信
仰生命及人生，有著貼合現實的記錄和描摹。這部極少見由高僧
撰寫的佛教靈驗錄，成書後便受到當時佛教界重視及引用，得見
此書具有重要地位。本章即以《感通錄》中多所敘寫及闡釋舍利
寶塔的神聖空間為觀察對象，解析道宣在建構此空間所採用文化
歷史的詮釋，以及此空間客觀環境的描繪以及信仰生活的功能，
得以還原初唐時對於佛教空間尤其寺院的觀感及定位。經本文之
探討，可分三點以釋：

　　一、阿育王在天下建塔且有靈驗，是歷史事實。此為道宣
的預設立場，因此，他先稽核佛經的記錄作為歷史的依據，分別
就史地之書及實地戡查，記錄下有關的建築遺跡和靈驗事實，在
敘事上，則先依照時序列出自育王建塔以迄道宣當時所留下的建
築遺跡，作為證明確有其事、以及供人續以查訪的具體方位和地
理分布；其次，復陳育王所建中國境內之佛塔皆有靈驗之事，唯
囿於佛教傳入之先後，之前多以祥瑞以視，之後方知為舍利寶塔
之靈驗。故就史地查驗，阿育王建塔含括了中土外，凡預其間者
也有多祥瑞靈感，有史籍記載，現今亦見遺跡。

　　二、舍利佛塔必有可知見的祥瑞，乃出於三寶。道宣亦依
循建於名山處的佛塔屢見祥瑞，確為神仙居所的說法，但在描述
上，將佛教特有的瑞像如雨花、蓮花、瑞光、聖僧予以加入，意
指傳統的仙境描繪屬於真實，只是不夠全面、精確，其次，將中
國的仙人視為即佛經裡譯為「仙人」的神通者，如此，已容攝中
國文化中的仙境及仙說，只是列於佛教中境界較低的層次；但道
宣尚積極地說明祥瑞的示現和名山無關，而是出於佛理及宣講此
理的佛，故宣講、持守佛理時方有異象、祥瑞示現，當下之場域

便為聖地，至於佛在世宣講佛法，其所用之物、所經之地及自己
遺身、塑像，後世之人無緣親見，但卻可藉由禮敬佛在世宣教的
聖業，凡此與佛有關事物的安置之所，尤其佛遺身的舍利及和依
佛外形所塑的佛像，皆和佛有更直接的關聯性，極利於和佛感
通，在當下的空間則為聖地。換言之，舍利佛塔之所以可貴而為
聖並屢見祥瑞，在於該處可聽聞佛法、與佛感通，而與地點自身
的性質無干，亦和中國之偶像崇拜視其有自我意識不同。

　　三、佛教信徒需對聖地有所認知，以增益智慧。在獲知、
辨分聖地後，信徒仍需來到聖地，以增進自我對佛教的信心及佛
理的體悟。道宣先指出，信徒對佛理的體悟雖被個人既有智慧所
影響，然信心則無，故信待應持信心至聖地禮拜，必然按照個人
的情況無論是病得瘳、見異事、祥瑞等不一而足的回應，都對生
命有所裨益；此外，對佛教的虔誠及熱忱，就可通過禮敬聖地的
宗教行為，深刻地理解聖地性質和意義，與省思自身信仰及生
命；最後，以最能表述佛、聖者對於人感通的入夢情節來看，在
於通過禮佛、製佛像的引導，使信徒明白聖地的信仰地位，同時
啟發、示警不信者，來到聖地以得獲警悟，亦可在其中懺悔贖
過。

　　就此，足以明白道宣在著述具嚴肅宗教意義的佛教典籍外，
在晚年著手編寫多屬信徒所撰的應驗錄，反映出早先除了以引導
僧眾得深入理解佛理為任務，在離世前更生照應一般信眾甚而不
信者明白佛教在生命中意義的弘法志願；就如同本文探討《感通
錄》裡所描寫存在於俗世中的佛教神聖空間，能察覺道宣雖區隔
出僧人、信眾及異教徒對聖地感受、理解具有差別，但能依循教
義，道出凡到此處必有生命收獲的結論，就此說明身為僧人對於

俗世具有找尋聖地、示範禮敬的義務外，信徒、甚至不信者也應在獲悉聖地所在地後參拜，以期真正、深刻地認識佛法，至終進入佛門而獲解脫。

第三章　僧人之神通展現
——《續高僧傳‧感通篇》
神異書寫的信仰意涵

　　作為外來信仰的佛教，在六朝時最為流布，亦與中土思想相
互融合，更發生對抗，故儒釋道間對思想和信仰多有的辯諍與會
通，復於佛典的翻譯和詮解外，依照六朝重視與投入史書撰述的
風尚而有撰述。一是採用雜傳之體，用來記錄自我體驗、理解教
義在現實中的實踐，即泊南朝起佛教信徒所撰寫的宗教靈驗記。
內容輯錄亦詮解著佛教徒在信奉佛教的人生歷程中，所經歷宗教
的神秘經驗，惟在記敘時多涉神異又不免有非信徒僅視作異聞，
於今多歸於志怪小說中；二則是比照既有的正史系統，作者的身
份則以僧人為主，以別傳或總傳之體記敘下在中土活動且在佛法
之弘揚、經義之解析上有所貢獻的高僧，敘寫中雖也記載下常人
所難理解的神異能力，然目的也在表彰高僧在修持時所有的生命
境界。由於這些作者多對佛理有深刻的認識和體悟，在編寫的心
態更為嚴肅及謹慎，而這可由後人所編寫《藏經》亦多以正典看
待得見，今日亦能在漢文《大藏經》之「史傳部」檢得。在今日
雖有小說、佛教教內史傳之分，事實上在六朝皆視作史著，所記

亦被視為事實。[1]

　　然靈驗記及僧傳仍屬不同文體，前者乃以「事」為核心，記敘下單一神祕經驗對於個人生命的意義及影響，後者乃則以「人」的一生為重點，陳講著高僧在此世的行止，若言神異則在於注解高僧的生命高度，事實上存在著互通消息的共通特質：對撰者和佛教徒來說皆有著鞏固自我的信仰、抵禦教外人士質疑與攻伐的功能，[2] 又在形式上同屬敘事體，皆含括「異」與「信仰」兩項命題：就異來說，乃發生與人世所知解的常識、理則有別的變化或事件，就信仰言，則在解釋「異」何以發生的根據，由此證明我和信仰間具有實際的關係，在此思維下，佛教已非外來的新思維或者視作未曾識見的域外神明而已，乃是一種可在生活中去安頓、證明自我生命後，得以依循的法式。由此而言，兩種文體雖在收錄「事件」與「個人」之體例、和「信徒」及「高僧」為主要對象上存在明顯的差異，但就本質言，皆可視作佛教信仰的生命記錄；更因著記敘的對象在生命的境界上仍存區隔：靈驗記以收錄尚在認識、學習佛法的信徒為主，而僧傳則限於得以體悟、知鑒佛法的僧人為宗，並分別以同情的瞭解和崇敬的立

1　逯耀東：《魏晉史學的思想與社會基礎》（臺北：東大圖書公司，2000年），頁 144。

2　魯迅將南朝始興的佛靈驗記視作「釋氏輔教之書」，而謂：「大抵記經像之顯效，明應驗之實有，以震世俗，使生敬信之心，顧後世則或視為小說。」得見此體的旨趣。在身份上，謝敷、傅亮、劉義慶、張演、陸杲、顏之推等亦皆有佛教徒身份。詳參魯迅：《中國小說史略》（臺北：里仁書局，1994 年，《魯迅小說史論文集：中國小說史略及其他》），頁 45、王國良：《魏晉南北朝志怪小說研究》（臺北：文史哲出版社，1984 年），頁 43-46。

場去記敘人物，體現更完整信奉佛教的生命樣態，也代表兩種文
體間已具有相互注解、補證的意義及功能。因此，佛教靈驗記中
關於「異」的書寫，便可以借鑑僧傳裡較完整的生命記敘，釐清
「靈驗」此一敘事主題歷久不衰的核心原因；尤其入唐後已殊乏
亂世中多面臨死亡威脅的共同困境，代表六朝佛教應驗錄最為大
宗的信佛便得獲「免災避禍」的主題，已缺少了生成的社會背景
與意識，指出當時靈驗記必須依據著生命記錄作為基礎，來調整
收錄的內容。

　　入唐後政經及社會相對穩定，環境的更易亦影響著人們對佛
教認識與解讀的角度，已轉向思索在人必物故鐵則下的生命價值
及歸趨，而非六朝多來自戰爭所引動對於生命趨然消失恐懼的回
應，反映在信徒所撰述的靈驗記中，同樣也會呈現在僧傳裡。釋
道宣（596-667）所撰有的《續高僧傳》，則是承繼梁釋寶唱
《名僧傳》、而祖述釋慧皎《高僧傳》，有著「原夫至道絕言，
非言可以範世；言惟引行，即行而乃極言」的撰述目的，[3]憑藉
記錄高僧的行止，使僧人能知習佛的典範，俗眾亦能從之沐於法
喜裡，甚而投入佛門。其門類大致襲用《高僧傳》，然所設〈感
通〉一門，實改自《高僧傳》之〈神異〉而來。[4]而此體製的沿
襲，自與唐代所流傳的各類佛教應驗記所強調的與佛感應有所關
聯，在釋道宣另外撰述標舉「感通」之《集神州三寶感通錄》
中，直接作為應驗錄收錄的範疇可獲印證。因此，在僧傳中如何

---

[3]　〔唐〕釋道宣撰，郭紹林點校：《續高僧傳》（北京：中華書局，2014
　　年），頁1。

[4]　劉苑如：〈神遇──論《律相感通錄》中前世今生的跨界書寫〉，《清
　　華學報》，新43卷第1期，（2013年3月），頁127-170。

鋪衍「感通」在高僧生命中的意義，除得以解構僧傳的特質及命題，亦得以作為檢覈應驗錄特質的重要線索。故本章以《高僧傳》中之〈感通篇〉為探討範圍，並以此篇中屢次提及「聖」、「俗」標識人物及場域，用以考述釋道宣用感通去辨分僧人的社會身份、生命境界與宗教活動之意涵，及與世俗在群眾和空間在性質的差異。藉此探討，足以略見釋道宣更神異而為感通的原因，以及他對僧人在人世中應有自我認識及態度的見解。

壹、表述／展示對真理領受差異
所區分的聖俗社群

「感通」一詞已見於典藉，歷來佛教僧傳亦多使用，[5]本文所言之義，則據釋道宣《集神州三寶感通錄》的〈序〉文略見，其云：「夫三寶利見其來久矣，但以信毀相競，故有感應之緣。自漢泊唐年餘六百，靈相肹蠁群錄可尋，而神化無方待機而扣。光瑞出沒，開信於一時；景像垂容，陳迹於萬代。或見於既往，或顯於將來，昭彰於道俗，生信於迷悟，故撮舉其要。」[6]易言之，釋道宣頗將神異的發生，繫於佛教徒在踐履佛理時得與佛教三寶有所「感通」，進而在外在發生違反常規的物理變化，及內在對佛理有了體驗而得精進，兼具了外人所得以目見的神異及唯

5　歷來佛教對感通一詞之定義，梁麗玲考之已詳，參梁麗玲：〈歷代僧傳「感通夢」的書寫與特色〉，《臺大佛學研究》，第 30 期，（2015 年 12 月），頁 69-72。

6　〔唐〕釋道宣撰：《集神州三寶感通錄》（臺北：新文豐出版公司，1983 年《大正新脩大藏經》第 52 冊），頁 404。

有當事人所知曉的感悟，側重於表述佛理乃釋道宣用「感通」一
詞代換「神異」的重要原因。

　　《續高僧傳》題名為「續」，即承接起撰述僧傳的使命，且
名「高僧」的傳記，意謂所收僧人大凡得以作為習佛之人的楷
模，亦是未信者欽慕的對象，屬於佛教所認知的「典範」。〈感
通篇〉一門下的高僧，則需賴以「感通」來證明僧人在佛理上的
超越，以及探索和驗證自己信仰的基礎。就此，無論佛徒或不信
者，皆因著感通的發生，察覺被記錄僧人已與常人有所區隔，在
體察其中的原由下，發現生命模範的特質。不過此篇中，道宣也
有意的以「神異」環結起傳主和對佛法理受具差異的不同生命，
形構出佛教所詮釋的世間的生命形態，作為解釋感通含括因此而
有的神異何以發生的原因、並賦與意義，進而區別出從至聖迄凡
俗的生命類別，達成鼓吹佛教的目標。

一、聖凡有別：佛性高下生時已決定

　　本書以僧傳為體，自需表述傳主的履歷、有別於他僧、常眾
的特質，並交代列於本篇「感通」的原由及始末，使此書主要讀
者的僧眾明白感通的意義，以及就感通去定位僧人的身份、明白
面對道俗時當有的態度。此篇中，則賴感通的發生來區別僧人的
類型，並由此分別、定義及評述與傳主的有所連結的個人之人生
價值及生命境界，於敘寫中展現僧人指導有情眾生的方法：就僧
眾言，可知悉自我當下的能力及責任，另就有緣睹此僧傳的道俗
言，也能獲知自己對待僧人的方式，與面對感通應有的態度，皆
在其中獲得進益。故依照〈感通篇〉敘寫目的言，自先需在僧眾
中辨分出神僧及常僧的不同。

（一）神僧／常僧：展示依法之途徑

　　「感通」本在記錄世俗中佛法實際運作的過程，所錄自以僧人所知、所感、所通最為大宗。不過道宣並非真若書名所標識僅錄「高僧」言行，而是頗收容近於凡眾心理畏死貪生的常僧，描繪出神／凡並見更近社會現實的僧人樣貌。鑑於此書有教育僧人之目的，可明白此篇當有向出家者展示修行本有高下，需領略自身當下的修行及處境，以明白自己目前的修行情況：高僧則能確認自己朝著自身所戮力的生命目標前進，常僧則可瞻仰高僧之行止與修正自我的言行思維。

　　〈感通篇〉中凡有敘及出身的僧人，大凡在七歲迄十五歲間便能毅然出家，成年後方出家的例子不多，出家較晚者，也多是只是暫時拘於禮教不得遂其所願，在排除現實或心中的障礙後就正式步入佛門，印證了得以出家乃累世所奠定的佛法根基。即便如此，僧人間對佛法之了悟仍然相去懸殊。因而在〈感通篇〉中習見排列出高僧迄凡眾的言行差異，以對照出不同根基的個人，在學習佛法上的能力高下。〈釋桓相傳〉即屬此例，是篇中高僧桓相先是無懼法愛道人咒驅大神相逼，並依佛法令大神禮拜桓相而懺悔，事後又囑以法愛道人當捨邪術，已向已出家的弟子及當地的土人，展示有德僧人應有的風範，並於言及死生之事時，再敘及感通的發生，以彰顯《續高僧傳》關懷生命的核心意涵，而寫道：

> 時梁道漸衰，而涪土軍動，與象法師分飛異域。象入靜林山，相入青城山，聚徒集業。梁王蕭撝素相欽重，供給獠民以為營理。未暇經始，便感重疾，知命不救，謂弟子

曰：「常願生淨土，而無勝業。雖不生三塗，亦不生天堂，還生涪土作沙門也。汝等努力行道，方與吾會。」跏坐儼然，奄便遷化，時年四十有四。其山四面獠民見其坐亡，皆來嘆異，禮拜供養，改俗行善。弟子銜命，露屍松下。初，……上坐僧起，謂有大變，執錫逃避。須臾信報，相已終卒。樹枯鐘噎，表其遷化之晨也。此寺去青城四百餘里，而潛運之感，殆非人謀。[7]

植相避世亂入山除了持續精進，亦負起宣教及化民的職責，道宣已在同一空間中展示對佛法悟解有高下的生命類別：高僧、常僧（弟子）及常眾（獠民），惟高僧宣教之法在於親身實踐，並以感通作為證明、環結高僧信仰內容的真實性。[8]就植相生命的理解言，自知無往生淨土的勝業，卻仍可道出將生於涪地為僧持續精進的預言，但這未能深究其事真訛卻是佛教論證生命的基礎，除先有植相展現神異之能，復有在植相言畢預言後跏坐而逝、上座僧得感大變等通感，應合植相之遷化。在證成生命究竟下，能夠具體描繪出高僧之行止而為楷模，弟子僧眾則當效法，與受凡眾欽慕等生命層次及習法路徑；再就高僧應擔負的責任言，需向

7　〔唐〕釋道宣撰，郭紹林點校：《續高僧傳》，頁 989。

8　劉苑如已指出道宣更易《高僧傳》中之〈神異篇〉為〈感通篇〉的原因，在於「這種『通所感』能力的廣泛傳播，足以啟發眾人崇佛的信心，因而認可其人其事足以名列高僧傳記之列。」更名後更得以突顯高僧的入世責任：擔負的宗教使命和示範信仰的神秘經驗。文參劉苑如：〈重繪生命地圖——聖僧劉薩荷形象的多重書寫〉，《中國文哲研究集刊》，第 34 期，（2009 年 3 月），頁 6-7。

已入佛門的弟子指出習法之路徑及目標，並向凡眾示現佛法之奧秘與生命之究竟，乃依照佛教去形構、區分出不同的信仰群體，並點明高僧所具有的重要意義。

故舉凡高僧若〈釋慧誕〉能識且向他人表述起塔處所起石函能置舍利之異，臨終時便得「臨終清言安話，神色無異，顧諸法屬，深累住持，通告好住，怡然神逝」的通達，或是〈釋道顏〉展現「兼濟禽畜，慈育在心」擴及眾生的慈悲，及鑑別和說解舍利所顯祥瑞的修為，離世時便能道出「不久去也，何煩累人」觀知無常的智慧，[9]皆用感通彰顯高僧對生命的領悟，及對眾人說解的責任。

而〈感通篇〉中頗收錄常僧，除了反映社會的實況外，亦和前文已言及作者欲揭示完整僧人的準則與責任有關。在〈釋法力傳〉中共錄四位僧人事，雖號稱傳記，但就文體言更近僅記錄個別事件的佛教靈驗記，下以便節引傳文並依僧名分節如下：

> 釋法力，未詳何人，精苦有志德。欲於魯郡立精舍，而財不足，與沙彌明琛往上谷乞麻一載，將事返寺，行空澤中，忽遇野火，車在下風，無得免理。于時法力倦眠，比覺而火勢已及，因舉聲稱「觀」，未逮世音，應聲風轉，火焰尋滅，安隱而還。
>
> 又沙門法智者，本為白衣，獨行大澤，猛火四面一時同至，自知必死，乃合面於地，稱觀世音，怪無火燒，舉頭

9　分見〔唐〕釋道宣撰，郭紹林點校：《續高僧傳》，頁 1014、1129-30。

看之，一澤之草纖毫並盡，惟智所伏僅容身耳，因此感
悟，出家為道，屬精翹勇，眾所先之。

又沙門道集，於壽陽西山遊行，為二劫所得，縛繫於樹。
將欲殺之，惟念觀世音，守死而已。劫引刀屢斫，皆無傷
損，自怖而走。集因得脫，廣傳此事。

又沙門法禪等山行逢賊，惟念觀音，挽弓射之，欲放不
得，賊遂歸誠，投弓於地，又不能得，知是神人，捨而逃
走，禪等免脫。所在通傳。並魏末人。別有《觀音感應
傳》，文事包廣，不具敘之。[10]

此則將法智、道集和法禪三人繫於釋法力之專傳下，是以「僧人
持念觀世音名號而得救護」作為合傳的基礎及原因。四則和六朝
最盛興的觀世音靈驗在行文相同：傳主法力修行精苦而投入宣教
事業，卻逢野火且無免禍之理，在欲持念觀世音名號下只念
「觀」字火焰即滅而得無事；而法智仍為白衣時同樣遇猛火在持
念觀世音下而保全性命，也成了他出家的主要契機；道集、法禪
則是皆屬遇賊人欲殺害，持觀世音名號使賊等不能傷其性命致驚
嚇而走，無不是向著僧人、出家眾說明佛教能護祐仍在世俗的人
身，回應認識佛法未深下不免畏懼人身消亡的心理，此外，亦示
範佛法得以處置修行當下困境的方法，即持念觀世音而以感佛並
獲回應，形成了互感、相通的關係，說解著不只是世俗依常識判
定觀世救護生命的表象，乃是有感而得通之信仰經驗。此類故事
皆在說明著即便為凡僧，對佛法仍較諸未正式出家的眾人有更深

10　〔唐〕釋道宣撰，郭紹林點校：《續高僧傳》，頁987。

刻的理解與體悟，以及身負向群眾示範皈從佛教簡易途徑的責任。由此，已區隔出依佛教規律生活的僧人、循世間法的俗眾，形成聖俗群體差別的觀點。

（二）僧人／道俗：闡說僧人之意義

〈感通〉確認亦描繪僧人在佛教悟解和律則遵守的境界差異，更有意識地分別出家人和在世俗群眾於性質上的聖俗不同。就佛教言，視僧人為三寶之一，意謂即便是常僧也具有神聖的特質，故在是篇中必須交代僧人之所以為佛教重視的原由，及在與視世俗為真之群眾間的互動關係和想法差別。〈感通篇〉中多以僧人為主要視角，來交代、比對出家人與俗眾面對外在境遇的態度，表現身穿袈裟所背負自我和宗教上的責任。在〈釋叉德傳〉裡便記錄下一位示範感通之法，教化人民禮佛知佛的僧人楷模，而謂：

> 釋叉德，姓徐，雍州醴泉人也。形質長偉，秀眉骨面，立履清白，服麁素衣，而放言來事，多所弘獎。年有凶暴，毒癘流者，必先勸四民令奉三寶。其所施設，或禮佛設齋，或稱名念誦，用其言者皆攘災禍，有不信者莫不殊終。預記未然，略如對目。時遭亢旱，懼而問焉，又以手指撝：「某日當雨，但齊某處。」約時雨至，必如其言。或蝗暴廣狹，澤潤淺深，事符明鏡，不漏纖失。且執志清慎，不濫刑科，力所未行，不受其法。故壯年在道，惟遵十戒。而於篇聚雜相，多所承修。末於九崚山南造阿耨達池，并鐫石鉢。即於池側用濟眾生。以貞觀十二年，卒於

山舍百姓感焉，為起白塔，岧然山表。[11]

在交代傳主釋叉德才德後敘寫就聚焦在他對人民生活、生命之指
導：生時便以己身實踐下所領知的感通內容，引領俗眾知悉年有
凶暴時可用供奉三寶以應對，遇個別困境無論個人災禍或地方旱
災蝗害，可尋若釋叉德的僧人加以解惑並提供代為禳除的實質處
置，凡信者便得安，不信者則罹禍；也因傳主夙日奉法謹嚴，以
感通助群眾，使他在卒後獲得百姓感念其人格德行，起白塔供
奉，在身後延續生時傳法志業。是則形構出高僧／群眾、施與／
接受、有能／無助以及神聖／世俗等相對的概念，藉由可目見的
感通說明得以出家，便已與世間常眾有別而為聖，不僅高僧如
此，既便僅知接受佛法而入空門的常僧亦從人世分別而出，同樣
成為指點世人迷津的人生導師。

　　〈釋僧融〉裡傳主用遊化以修行，曾身遇鬼神欲害之便以持
念觀世音以對而有驗，於是之後亦以此教百姓，記錄下己身經歷
感通之能而教予凡眾經驗傳續的記錄，而云：

融嘗於江陵勸夫妻二人俱受五戒，後為劫賊引，夫遂逃
走，執妻繫獄，遇融於路，求哀請救。融曰：「惟至心念
觀世音，更無言餘道。」婦入獄後稱念不輟，因夢沙門立
其前，足蹴令去。忽覺身貫三木自然解脫，見門猶閉，闇
司數重守之，計無出理，還更眠，夢見向僧曰：「何不早
出，門自開也。」既聞即起，重門洞開，便越席而出。東

11　〔唐〕釋道宣撰，郭紹林點校：《續高僧傳》，頁 1028-1029。

> 南數里將值民村，天夜闇冥。其夫先逃，夜行晝伏，二忽
> 相遇，皆大驚駭，草間審問，乃其夫也。遂共投商者遠
> 避，竟得免難。[12]

釋僧融先授予在江陵所遇夫妻五戒和避禍之法即至心念觀世觀名
號，此法乃傳主身歷之感通經驗；再遇時夫妻已遇劫賊僅夫得脫
而妻被賊所繫，法融則告丈夫當持念觀世音可免此難；夫妻雖不
在一處卻皆知應至心持念觀世音：丈夫當持念不綴，繫於劫賊處
的妻子亦然，尚經歷了感通的奧秘：佛二次親於夢中示現，引領
妻子逃離常理無法脫身的困境，並令二人再聚終於免難，就此，
可驗證僧融前後二次所告知唯一獲救法門的真實性，和說明持念
佛號而獲回應的感通歷程。釋僧融難躋身高僧之例，卻仍能有知
悉與佛感通方法之一例，於自身體驗後得以教人，仍成就身為僧
人的宣教職責，表述了僧人在俗世中的宗教意義。

　　也因著僧人作為群眾的生命導師，對佛法及其中規範人們言
行戒律的詮釋與實踐，不只是影響己身精進之與否，更左右對佛
理涉獵未深的群眾對佛教的認知。〈釋僧雲傳〉一則乃本篇中少
見記僧人說法已入歧路，後悔改而終成高僧的範型：

> 釋僧雲，不知何人也。辯聰詞令，備明大小。崇附齋講，
> 恒以常住。齊鄴盛昌三寶，雲著名焉，住寶明寺，襟帶眾
> 理。以四月十五日臨說戒時，眾並集堂，雲居上首，乃白
> 眾曰：「戒本防非，人人誦得，何勞煩眾數數聞之。可令

12　節引〔唐〕釋道宣撰，郭紹林點校：《續高僧傳》，頁986。

一僧豎義，令後生開悟。」雲氣格當時，無敢抗者，咸從
之。訖於夏末，常廢說戒，至七月十五日旦，將昇草坐，
失雲所在。……乃於寺側三里許，於古塚內得之，遍體血
流，如刀割處。借問其故，云：「有一丈夫執三尺大刀屬
色瞋云：『改變布薩，妄充豎義。』刀膾身形，痛毒難
忍。」因接還寺，竭情懺悔，乃經十載，說戒布薩，讀誦
眾經，以為常業。臨終之日，異香迎之，神色無亂，欣然
而卒。時感嘉其即世懲革，不墜彝倫云。[13]

這位出身不明而長於詞令的僧人，在知敬三寶的齊鄴地區盡教育
群眾之職，竟於布薩說戒之日公眾宣講佛教戒律毋需反覆闡釋，
甚而主張廢除說戒，在仰仗個人在此地之盛名和講說之能下而得
落實；之後終在七月同為說戒日而招致大神懲處，知懺悔而改
過。僧人行為的轉折在於大神的出現，交代了感通的發生之癥
結，雖出於個人與佛法有關的言行，卻未必是當事人的期待，近
於機械式的反應；其次，感通以懲處的形式回應當事人，除了提
醒已悖離佛法的僧雲應當回歸正道，道出僧人的修行包括對佛法
之精進與宣揚，及自我對他人所盡之信仰責任的意涵。那麼佛教
宣揚之大事，僧人自責無旁貸。復檢道宣當時的佛教大事，首推
去時未久隋文帝舍利建塔之事業，道宣將相關事例皆於〈感通篇
下〉，在其中點明僧人在其中發揮著能識神異、向眾人宣講其義
的功用。諸如〈釋僧範傳〉係以詮釋舍利靈驗的僧人作為傳主，
表彰其詮釋之功與重要性：

---

[13]　〔唐〕釋道宣撰，郭紹林點校：《續高僧傳》，頁1003。

及帝建塔，下勅徵召，送舍利於本州覺觀寺。每至日沒，常放光明，黃赤交焰，變化非一。沙門僧辯患耳四年，聞聲如壁，一覩舍利，兩耳洞開，有逾恒日。州民蘇法會左足攣跛十有餘年，委杖自扶，來禮乞願，尋得除瘥，放杖而歸。範目覩靈驗，神道若斯，信知經教非徒虛誕，但由誠節未著，故致有差。後歸本寺，還遵前轍，未詳其卒。[14]

此則適能反映舍利感通之通例：先是舍利放光，眾生皆見其異，惟前有出家僧人僧辯目睹便耳疾自癒，耳聰更愈昔日，後有在家州民禮敬佛骨足疾得瘥，放杖而歸，指出佛所遺留下的遺骸乃感通的重要媒介，無分聖俗皆藉此而獲回應，治除身體之疾病；而此重要的生命訊息，更賴得見過程僧範予以詮解，道出感通的重要原則：以誠相對，必得回應。此原則又在〈釋智能傳〉裡再次提及，而謂「至感通冥通，有祈斯應」[15]，自是文中高僧亦是作者道宣對感通的理解。而此詮釋佛法運作之要則，乃僧人需盡的職務，也由此區分對佛法理解高下有別、具本質上聖俗差異的群體。

二、依佛為聖：足以辨分變異之意義

〈感通篇〉以舉實證為法式欲明感而遂通的路徑和原理，演證依佛法足能改變物理或人事上的既定發展，故多舉「變異」、「特異」、「神通」等易於察見的事例；記錄這些施展扭轉常理

14　〔唐〕釋道宣撰，郭紹林點校：《續高僧傳》，頁 1116。

15　〔唐〕釋道宣撰，郭紹林點校：《續高僧傳》，頁 1126。

能力的原因，在於得以獲知佛法與己生命具有密切關係，無論僧
人或常眾都該進一步明白外顯神異下所隱含的信仰意義。據此篇
之敘事理路，當先就感通的發生去界定僧人在人世裡的地位。

（一）得見神異而知依僧

感通乃信仰佛教歷程中重要的經歷，尤其僧人更可作為自我
驗證信仰、鞏固信心的方式，並具有向他人見證佛理的功用；而
高僧深闇佛理，則用之自我修持、進而教化人民向佛。〈釋僧
朗〉重視誦讀《法華經》便能顯現神異，記云：

> （僧朗）時復讀誦諸經，偏以《法華》為志，素乏聲唄，
> 清靡不豐，乃潔誓誦之，一坐七遍，如是不久，聲如雷
> 動，知福力之可階也。其誦必以七數為期，乃至七十、七
> 百、七千，逮于七萬。聲韻諧暢，任縱而起，其類箏笛，
> 隨發明了。故所誦經時，旁人觀者視聽皆失，朗脣吻不
> 動，而囀起咽喉，遠近亮澈，因以著名。[16]

僧朗受限於天生聲氣不足，以誦經難得清亮為憾，不同於六朝時
持念《法華經》中的〈觀世音普門品〉便得廣亮的誦經聲，而是
誓言以七數加累從七十迄七萬遍為誦經之期後，獲誦經聲如雷動
的回應，至誠成自是感通發生的基礎，表現在僧人修行的誦經
上；雖然誦經屬於僧人或信徒的日課，卻因著未刻意高聲然誦經
聲亮澈遠近，使無論聖俗的聽聞者能知其中自具特異，進而將誦
經與神異加以環結，藉由僧人修行的日常，發現佛法於生活中得

16　〔唐〕釋道宣撰，郭紹林點校：《續高僧傳》，頁 1009。

以真實體現，知信佛與所依從的佛法不可思議，在欲明白、接近
這改變實況的力量，則需倚賴體現此力量的僧人，有了接近佛法
的契機。僧人則在此例中，明白在修行中外顯的感通裡，對自我
和他人的意義。

　　感通對僧人生命有實質的助益，亦可施之於生民。〈釋法順
傳〉中描一位高僧不只是否定世間「疾病」與「死亡」間正相關
的生命理解，扭轉更改易為「疾病」與「再生」新思維，而云：

> 順時患腫，膿潰外流，人有敬而唻者，或有以帛拭者，尋
> 即瘥愈。餘膿發香，流氣難比，拭帛猶在，香氣不歇。三
> 原縣民田薩埵者，生來患聾，又張蘇者，亦患生瘂，順聞
> 命來，與共言議，遂如常日，永即痊復。武功縣僧，毒龍
> 所魅，眾以投之。順端拱對坐，……尋即釋然。故使遠近
> 癉癘淫邪所惱者無不投造。順不施餘術。但坐而對
> 之。……其言教所設，多抑浮詞，顯言正理。神樹鬼廟，
> 見即焚除，巫覡所事，躬為併償。禎祥屢見，絕無障礙。
> 其奉正也如此。[17]

高僧得疾生腫已化膿而外流，依常識知其病重威脅性命，卻有敬
服高僧者明白代表接近死亡病況的膿水，必有不同於常識的生命
意義，試之果然具治病的功效；膿水可治病逆轉常識自屬感通，
也意謂高僧及他所掌握的生命奧秘，已能證明世俗習知的常理並
非至理，故在接近高僧下，就可獲得體會此奧祕的機會，亦告知

17　〔唐〕釋道宣撰，郭紹林點校：《續高僧傳》，頁 1009。

僧人「感通」亦得在自我實踐後在他人的身上再製。於是，例中
的患聾的縣民、為毒龍所魅的僧人，皆可在接近法順下難處獲得
解決。高僧領受又知悉生命的正理，自然排斥且認定其他涉及信
仰主張的邪說。

　　在〈感通篇〉中，也藉著此變異去演繹人需依佛法而非傳統
道德規範的因由，一個左右中土人民能否信仰佛教的關鍵因素。
本來佛教之規律本和中土有別，在宣教時不與中華文化的道德規
範有所齟齬，「感通」成了扭轉群眾認知和信仰的重要關鍵，在
〈感通篇〉中除了會提及早年出入儒道，最後皈依佛門的例證，
更可從不依循世俗常法的「狂僧」所突顯文化上的衝突，藉此說
明依從佛法的必要性來得清晰。〈釋賈逸傳〉即表述此義，而
云：

> 釋賈逸者，不知何許人。隋仁壽初遊于安陸，言戲出沒，
> 有逾符讖，形服變改，時或緇素。後於一時分身諸縣，及
> 至推驗，方敬其德。行迹不經，而為無識所恥。有方等寺
> 沙門慧㬌者，學行通博，逸因過之，以紙五十幅施云：
> 「法師由此得解耳。」初不測其所因也，後有諍起，㬌被
> 引禁，官司責問，引辯而答，紙盡事了，如其語焉。故徵
> 應所指，例如此也。末至一家云：「承卿有女，欲為婚
> 媾。」因往市中唱令告乞云：「他與我婦，須得禮贈，廣
> 索錢米，剋日成就。」數往彼門，揚聲陳述，女家羞恥，
> 遂密殺之，埋在糞下。經停三日，行遊市上，逢人言告被
> 殺之事。大業五年，天下清晏，逸與諸群小戲於水側，或
> 騎橋檻。手弄之云：「拗羊頭，捩羊頭。」眾人倚看，笑

其所作，及江都禍亂，咸契前言。不知所終。[18]

此傳先言釋賈逸不循常規招致外界非議，雖現分身神通，或有人因此知其有德，卻仍有無識者依俗論不恥其人；而這判定上的分歧，則賴之後發生的事件，作為最後判定的依據：先記賈逸能道出僧人將遇官司之始末，以表具預見未來的能力；但之後所錄身為僧人的賈逸竟自求娶人家女兒，並於市中宣揚，已違反世人對僧眾不近女色的既成觀感，更造成女家的困擾，導致女家加以殺害並埋於糞中，唯在三日後復活並向人言此事；至末又以玩世態度與人戲並有唱詞，卻預示隋末的亂事。三事雖異，不過在表述的方式不依常理則一，尤其次則更直接以僧人求娶最荒誕的言行，以對照世間規範／佛法對人生命的意義，自予人當依佛法、以及得解其中真理的僧人訓誨的印象。因而狂僧之「狂」，必賴「感通」方能彰顯行為下的意義，與僧人在世的價值。於是，狂僧以顛狂為法，直接戳破人生的真相，具體地說明欲求永恆生命，必須依僧而行。故〈釋智則傳〉裡，更扣住「狂」義而申說：

（智則）同房僧不知靈異，号為狂者。則聞之，仰面笑曰：「道他狂者，不知自狂。出家離俗，只為衣食，往往遮障，鎖門鎖櫃，費時亂業，種種聚斂，役役不安，此而非狂，更無狂者！」乃撫掌大笑。則性嗜餺飥，寺北有王摩訶家，恒令辦之，須便輒往。因事伺候，兩處俱見，方

18　〔唐〕釋道宣撰，郭紹林點校：《續高僧傳》，頁1003。

委分身。而言行相投，片無瑕謬。自貞觀來恒獨房宿，竟
夜端坐咳嗽達曙。余親目見，故略述其相云。[19]

引文分為兩部份，前為論述，道出世人為求生存汲汲於積聚財
富，得失之心必令自身感到的不安，在對照僧人出家可得衣食，
則可致力求取真正的生命後，便知世人已本末倒置忘卻財貨僅在
養身而非目的，方是真正的狂亂；此說自是存在對人生的灼見，
卻賴進一步的證明說者的生命境界，方能令人信服。故後者接續
證明，以分身之神通，以證自己的修為使其說法具有說服力。此
則乃作者道宣所親見，敘寫更可反映此篇對感通的撰述目的：僧
人當自知身為世人的生命導師，在致力於修為精進或向高僧習
法，可擔負起指導世人的職責。

（二）提示勿逐末而忘本

習佛的目的在於領悟佛理，以現真我，進而與佛法、佛相感
而互通，感通乃修行的歷程之一。然〈感通篇〉中亦收錄數名不
副「高僧」之名的惡僧在其中，要之這些僧人皆為聰明，卻在出
家領受佛法後，有了競逐世俗榮華及名聲的欲念，以致墮落。
〈釋明琛傳〉中記下欲以說法勝出，而忘卻當以修身和宣教為
本，至終化蛇而得惡應，而云：

琛（明琛）即出邑，共伴二人投家乞食，既得氣滿，噎而
不下。餘解喻：「何所諍耶！論議不來，天常大理，何因
頓起如許煩惱？」琛不應，相隨東出，步步歎吒。登嶺困

---

[19]　〔唐〕釋道宣撰，郭紹林點校：《續高僧傳》，頁1030。

極，止一樹下，語二伴曰：「我今煩惱，熱不可言，意恐
作虵。」便解剔衣裳，赤露而臥，翻覆不定，長展兩足。
須臾之間，兩足忽合而為虵尾，翹翹上舉，仍自動轉。語
伴曰：「我作〈虵勢論〉，今報至矣。卿可上樹，虵心若
至，則有吞噬之緣。可急急上樹。」心猶未變，伴便上
樹，仍共交語：「悔作〈虵論〉，果至，如何？」言語之
間，奄便全身作虵，唯頭未變，亦不復語。宛轉在地，舉
頭自打，打仍不止，遂至於碎。欻作蟒頭，身形忽變，長
五丈許，舉首四視，目如火星。于時四面無量諸虵一時摠
至，此蟒舉頭，去地五六尺許，趣谷而下，諸虵相隨而
去。其伴目驗斯報，至鄴說之。[20]

明琛有執於論法之勝出而撰〈虵勢論〉，果然卓然當時，卻多煩
惱；後與同伴登嶺自知將化為蛇，自悔偏離正道至終為蛇而去，
同行目睹過程，記下反例而為人所知。在此例中，明琛捨本遂
末，致使自身生成惡念而招致惡應，故撰〈虵勢論〉便獲化蛇的
直接結果，感通發生在傳主的身上。此外，另有二則屬忘卻出家
初衷，還俗後批評佛法甚至建議毀佛而入地獄受苦的僧人，透過
上述惡僧而感通他人。〈釋明解傳〉錄明解自憑才情而自傲，不
守清規並以出家為苦，還俗後並以詩作誣蔑佛法，死後託夢友
僧、畫工，道出自身不信敬佛法而入惡道，[21]〈衛元嵩傳〉亦屬
叛佛教的僧人，在欲成名伴狂走而成名，後不堪出家生活而還

20　〔唐〕釋道宣撰，郭紹林點校：《續高僧傳》，頁 984。

21　〔唐〕釋道宣撰，郭紹林點校：《續高僧傳》，頁 1077。

俗，與道士張賓密勸周武帝廢佛，後藉在地府審問武帝時間接獲
知衛元嵩當入無間地獄，以致無法招其亡魂至冥府對質，[22] 上述
二人皆屬惡例，唯所言之感通，當指人通感的對象，亦含括和具
有啟示意義之反例相通，帶來地獄的消息而知警惕。

　　此外，〈感通篇〉尚見亦欲精進佛法，卻有執於感通的宗教
經驗，以致自誤而生幻覺，罹患精神上的疾病。〈釋道豐傳〉中
附記坐禪僧以感通為寶，竟沈溺其中而未辨真偽，以致妄言而入
歧途：

　　時石窟寺有一坐禪僧，每日至西，則東望山巔有丈八金像
　　現。此僧私喜，謂覩靈瑞，日日禮拜。如此可經兩月，後
　　在房臥，忽聞枕間有語謂之曰：「天下更何處有佛，汝今
　　道成，即是佛也。亇當好作佛身，莫自輕脫。」此僧聞
　　已，便起特重，傍視群僧猶如草芥，於大眾前側手指胸
　　云：「爾輩頗識真佛不？泥龕畫像語不能出脣，智慮何
　　如？爾見真佛不知禮敬，猶作本日欺我，悉墮阿鼻。」又
　　眼精已赤，叫呼無常，合寺知是驚禪。及未發前昇輿詣豐
　　所，徑即問曰：「汝兩月已來常見東山上現金像耶？」答
　　曰：「實見。」又曰：「汝聞枕間遣作佛耶？」答曰：
　　「實然。」豐曰：「此風動失心耳，若不早治，或狂走難
　　制。」便以針針三處，因即不發。[23]

22　〔唐〕釋道宣撰，郭紹林點校：《續高僧傳》，頁 1044-1045。
23　〔唐〕釋道宣撰，郭紹林點校：《續高僧傳》，頁 996。

坐禪僧佛理的根基未深，誤認靈瑞、又不能辨識僅自己能聽到神秘耳語言自己已成佛的錯謬，致使行為乖張，經高僧道豐辨分知為失心之症而治之；沈溺且執著於此世成佛，乃這位坐禪僧心生妄念而生幻覺的主因，止息妄念乃治心之本，亦成了提醒出家人的要例。因而是篇亦囑咐僧眾，習佛目的在於超脫輪迴，而非在人間獲得生存的保障，而感通是習佛的歷程，而非目的，不應捨本逐末，以致沈淪，就此，已見道宣在此篇中藉由感通，反映、批評當時佛教庸俗化的傾向，[24]並提供了僧人「捨本逐末」的解釋。

三、佛性自有：凡為含識皆生而具備

雖然〈感通篇〉已用佛教理論中佛法之根基，已由個人在輪迴裡的積累所影響，作為人在出生後對佛法之感悟及態度已存在差異的依據，不過此篇在展示能夠出家的僧人對佛法仍有主觀意志的選擇，決定了能否持續往成佛而精進外，亦頗著墨於在感通發生時含括了佛教徒、常眾、甚而不信者的反應，說明佛性的普及特質。

（一）道俗觀見多知皈依

〈感通篇〉所錄的感通，多屬於可以目視其異的現象，無論是親身體驗或觀看他人經歷，對僧人來說都是修行生活裡重要的經驗或訊息。唯在故事中也常有道俗出入其中，在驚愕下或以異聞視之、更多是在觀看後心生善念而習佛。諸如〈釋曇觀傳〉裡

24　釋果燈：《唐釋道宣《續高僧傳》批評思想初探》（臺北：文津出版社，1992 年），頁 3。

七歲時便欣慕佛法，十六歲便顯神異以神咒助人的高僧，就能令未習佛法的俗眾雅尚其言行，[25]唯神通的示現，對道俗而言未必是信佛的必然原因，亦存在著需伴以佛法的宣揚下，方才收宣教之效，道出佛法才是個人接受佛教的主因。如〈釋慧侃傳〉便以神異教化俗眾，記下神通、說法兼用的宣教方式：

> 釋慧侃，姓湯，晉陵典河人也。少受學於和闍梨，和靈通幽顯，世莫識其淺深。而翹敬尊像，事同真佛，每見立像，不敢前坐，勸人造像，惟作坐者。道行遇諸困厄，無不救濟。或見被縛之豬。和曰：「解脫首楞嚴。」豬尋解縛，主因放之。自介偏以慈救為業。大眾集處，輒為說法，皆隨事讚引即物成務，眾無不悟而歸於道。末往鄴下，大弘正法，歸向之徒，至今流詠。臨終在鄴，人問其所獲，云得善根成熟耳。侃奉其神化，積有年稔，眾知靈異，初不廣之。後往嶺南。歸心真諦，因授禪法，專精不久，大有深悟。末住栖霞，安志靈靜。往還自任，不拘山、世。時往楊都偲法師所，偲素知道行，異禮接之。將還山寺，請現神力。侃云：「許復何難。」即從窗中出臂長數十丈，解齊熙寺佛殿上額將還房中，語偲云：「世人無遠識，見多驚異，故吾所不為耳。」以大業元年，終於蔣州大歸善寺，春秋八十有二。初侃終日，以三衣襆遙拋堂中，自云：「三衣還眾僧，吾今死去。」便還房內。大眾驚起追之，乃見白骨一具跏坐床上，就而撼之，鏗然不

25　〔唐〕釋道宣撰，郭紹林點校：《續高僧傳》，頁1110。

　　散。[26]

慧侃敬重佛像亦勸人造佛像，救助同修，已屬有德僧人；之後先
顯神通，遇被縛豬隻念「解脫首楞嚴」五字豬即解除綑綁，救護
生靈亦使豬的主人心生善念而放生；又於眾人集處說法，多有開
悟而歸佛者；將卒前居於鄴下弘法，多有信徒；在臨終時又顯感
通道出將死，並於還房內後但留鏗然不散的白骨一副，使人驚
異，鋪陳出一位竭盡心力於佛教事業亦能顯現神通的高僧一生；
然其弘法的方式主要以宣講教義為主，神通為輔，原因並非神通
不易施展，而是考量現實「世人無遠識，見多驚異」，在目睹後
未必接受佛法。代表道俗仍需有佛法的提點，方能皈依，道出眾
人知見其異、聆聽佛法下便多有領受，代表即便是俗眾，也有佛
性。

　　此外，即便是心存試探而不敬佛法的白衣，亦可能存有佛
性。在〈釋富上傳〉中酷吏趙仲舒，就刻意試探僧人的品格，記
錄下一位不信佛法心存敵意的質疑者，至終心折高僧的歷程：

> 陵州刺史趙仲舒者，三代之酷吏也，甚無信敬，聞故往
> 試。騎馬直過，佯墮貫錢，富但讀經，目未曾顧。去遠，
> 舒令取錢，富亦不顧。舒乃返來，曰：「爾見我錢墮地以
> 不？」曰見。問曰：「錢今何在？」曰：「見一人拾將
> 去。」舒曰：「你終日在路唯乞一錢，豈有貫錢在地而不
> 取者？見人將去，何不止之？」答曰：「非貧道物，何為

26　〔唐〕釋道宣撰，郭紹林點校：《續高僧傳》，頁 1017-1018。

浪認？」仲舒曰：「我欲須爾身上袈裟。」富曰：「欲相
試耳。公能將去，復有與者，可謂得失一種。」即疊授
與。仲舒下馬禮謝，曰：「弟子周朝人，官歷三代，大與
眾僧往還，少不貪者。聞名故謁，本非惡意，請往陵
州。」富曰：「大善！然貧道廣欲結緣，願公助國安撫，
即是長相見受供養也。」舒辭，歎曰：「毛中有人，不可
輕慢。」亦後不見。[27]

趙仲舒疑心釋富上自言僅需一、二錢養身便毋需多求的說法，親
以假意掉落貫錢試探富上對錢的貪念，在富上果然不為錢財所動
後與之對談，才發覺富上毋論是非己身所有的錢財、或穿著在身
的袈裟皆視為外物，並無擁有的意圖，在大為欽服下邀往所治的
陵州供養，雖為富上所拒，卻已對高僧及所代表的佛法表示敬
重。即使質疑高僧行止、佛教教義者，亦能轉變原來的立場，況
是篇中多記有目睹感通、欽敬高僧便信奉佛教的俗眾，皆在表明
人多有佛性，於接觸佛法後便得接受，皈依為佛教徒。

（二）動物亦具敬佛本性

　　動物在〈感通篇〉中亦屬於領受佛法的一群：凡高僧於寺
廟、山林說法時，除了使具野性傷人的虎、蛇之屬收攝傷人之
心，更多記錄野生動物專誠而來聆聽佛法。由此告訴僧人感通不
僅得與佛、他人產生聯結，亦可教化動物，使之同沐佛法之中；
此外，亦已將在人世得見的有情眾生，納入需予講法的對象。諸
如〈釋僧林傳〉裡，在高僧深有德行下，就得與動物無事共處，

---

[27]　〔唐〕釋道宣撰，郭紹林點校：《續高僧傳》，頁 1052。

進而以佛法教化之：

> 釋僧林，吳人，深有德素，行能動物。梁大同中，上蜀至
> 潼州，城西北百四十里有豆圍山，上有神祠，土民敬之，
> 每往祭謁。林往居之，禪默累日。忽有大蟒縈繩床前，舉
> 頭如揖讓者，林為授三歸，受已便去。自尒安怗，卒無災
> 異。其山北涪水之陽素來無猿，自林栖託已來，便有兩頭
> 依林而住。有初見者云度水來，及後林出山門，猿還泅
> 渡，如此非一。年月淹久，孚乳產生，乃有數十。有時送
> 林至龍門口，佇望而返，後往赤水巖故寺中，屋宇並摧，
> 止有叢林，便即露坐。有虎蹲於林前。低目視林，乃為說
> 法，良久便去。爾後孤遊雄悍，不避惡獸。常行仁濟，感
> 化極多。末卒于潼部。[28]

釋僧林在山林中修行，幾乎專為野獸而說法：大蟒不害之反而能知應當禮敬高僧，僧林便授與三歸戒而入佛門；自僧林進駐於此山後，先引來兩猿、後漸增為數十頭依僧林住所而居，以親佛法；亦有虎來聽僧林說法，良久方去，意謂著猿類不嫌路遠而來，而好傷他物的蛇、虎，皆能收斂野性而聽法，已然在表述佛法移性之速，以及眾生皆具佛性的深意，自告知身為僧人，理當善待萬物。

　　動物具有佛性，立基於眾生皆於輪迴中流轉，人道、獸道本相倚伏，雖形類不同，但眾生平等。〈釋僧安傳〉一則中已演述

28　〔唐〕釋道宣撰，郭紹林點校：《續高僧傳》，頁990。

其義，道出毋論動物或人身，皆是同樣的主體意識在經過輪迴
後，於不同時空下所擁有的相異生命形態：

> 釋僧安，不知何人。戒業精苦，坐禪講解，時号多能。齊
> 文宣時。在王屋山聚徒二十許人講《涅槃》，始發題，有
> 雌雉來座側伏聽，僧若食時，出外飲啄，日晚上講，依時
> 赴集。三卷未了，遂絕不至。眾咸怪之，安曰：「雉今生
> 人道，不須怪也。」武平四年，安領徒至越州行頭陀，忽
> 云：「往年雌雉，應生在此。」徑至一家，遙喚「雌
> 雉」。一女走出，如舊相識，禮拜歡喜。女父母異之，引
> 入設食。安曰：「此女何故名雌雉耶？」答曰：「見其初
> 生，髮如雉毛，既是女，故名雌雉也。」安大笑，為述本
> 緣。女聞涕泣，苦求出家，二親欣然許之。為講《涅
> 槃》，聞便領解，一無遺漏，至後三卷茫然不解。于時始
> 年十四，便就講說，遠近咸聽，歎其宿習。因斯躬勸，從
> 學者眾矣。[29]

釋僧安先是聚徒說《涅槃經》，有雌雉同來聽經，講至三卷未了
而雉不復見，僧安便道出雉已輪迴至人道，行文至此僅敘及動物
亦有佛性，故來聽法；其後則交代數年後，僧安經越州時感知當
年聽經的雌雉投生於此而為女，後果尋得除了名字亦喚前世名稱
雌雉外，也知《涅槃經》但後三卷則不解，接續起前世的部份形
象與習經成果，印證釋僧安所感知前世為雉、此世為女的生命歷

---

[29] 〔唐〕釋道宣撰，郭紹林點校：《續高僧傳》，頁 1041。

程為真，說明無論人道抑或獸道，皆是眾生於輪迴裡可能的樣態，唯佛性不得改變，皆存續在真我之中，動物有親近佛法的本質，則屬理所當然。感通在其中成了探知此訊息的手段，足以發現眾生平等、皆有佛性的原由。

貳、詮釋／證成個人生命
方能決定環境的聖俗特質

〈感通篇〉將僧人定義為由社會分別而出的群體，毋論個別僧人對佛理領受有深淺不同，但卻是可通過感通的發生以悟解、證明佛法在凡世中存在，與凡俗相較下亦稱為聖。感通或在這意圖下，不僅群眾分出凡聖之別，空間亦有共同的企圖，但仍然扣住「高僧」以人為敘寫核心的題旨，傾向由人決定聖俗的性質，表現出由僧人影響並形成特有空間場域。首先，在說明僧人面對人世之態度時，便反映佛教對此世界的觀感，進而辨分空間的意義。

一、區分主客：世界僅是自我觀照之客體

此篇中言及僧人和凡眾之互動及在世間之言行，會在其中評議世間生活的諸多規範，多指向傳統中所建構的道德規範：

（一）輕忽外在規範對我之意義

即便是僧人多循佛教戒律行事，仍不免需對世間法有所回應，尤其和含括道德意識在其中的規範相抵觸時，更需提出具說服力的理論、證據以支持己身的佛教立場。在〈釋道英傳〉中這位可顯入水六日不溺、脫衣臥冰霜上等神異的僧人，於成人後便

知當循佛法而不依俗律，具體以言行來說明自己的主張：

> 釋道英，姓陳氏，蒲州猗氏人也。年十八，叔休律師引令
> 出家，而二親重之，便為取婦，五年同床誓不相觸。素在
> 市販，與人同財，乃使妻執燭，分判文疏，付囑留累，遂
> 逃而落髮。至并州炬法師下聽《華嚴》等經，學成返邑，
> 其妻尚在。開皇十年方預大度，乃深惟曰：「法相可知，
> 心惑須曉。」開皇十九年，遂入解縣太行山栢梯寺修行止
> 觀，忽然大解。南埵悟人，北嶺悟法，二空深鏡，坐處樹
> 枝，下映四表，於今見在。因尒營理僧役，以事考心。[30]

道英遵循父命娶妻，用婚後不相觸以合於佛家不近女色的要求，
亦作營生，則於交代財產後逃離出家，輕忽干擾修行的有關俗世
之規範，明白的道出「心惑」的所在。在不以血氣身體為寶下展
現仍得生存的神通，便已證明道英的主張方可成就生命意義為
真、以及俗世娶妻以廣子嗣、營生以養身體的生命目標為偽，只
會勞其心力而已。演述世俗規範不足服膺，應實踐佛理而略世俗
規範的僧人為此篇中的常例，〈釋法空傳〉中更細緻地闡釋此
義，而云：

> 釋法空者，不知何人。隋末任雁門郡府鷹擊郎將。時年四
> 十，欻自生厭離，見妻子家宅如牢獄桎梏，志慕佛法，情
> 無已已。總召家屬，曰：「吾為尒沈滯久矣，旦夕區區，

30　〔唐〕釋道宣撰，郭紹林點校：《續高僧傳》，頁 1025。

止是供給。可各自取計，吾自決矣。」便裹糧負襆，獨詣
臺山，飢則餐松皮柏末，寒則入穴苦覆。專思經中要偈，
亦無所參問。時賊寇交起，追擊攸歸，府司郡官，所在追
掩。將至禁所，正念不語，志逾慷慨，跏坐不動，不食不
息，已經五日。守令以下莫不驚愕，因放之，任其所往。
一坐三十餘載，禽獸以為親隣。妻子尋獲，欲致糧粒。空
曰：「吾厭俗為道，以解脫為先。自今以往，願為善知
識。非尒纏縛，吾何解之。更不須相見！」於是遂絕。幽
居日久，每有清聲召曰「空禪」，如是非一。空知是自心
境界，以法遣之，後遂安靜。初學九次，以禪用乃明，終
為對礙，遂學大乘離相。有從學者，並以此誨之。不知所
終。[31]

這位年迄四十方幡然得悟出家的僧人，其啟悟出於對傳統社會結
構的認識，對他而言，已看出夫妻之倫、組成家庭皆是責任，在
對家人宣示體悟後便入山出家，生活極苦仍志誠修行，不食不息
五日仍不改其志亦得存活，感通即在此中發生；這違背生理常識
的事件成了外界知其特異的關鍵，也讓法空免去牢獄之災；三十
年後再見妻子，更確認夫妻關係乃人生的纏縛，當下斷絕往來，
又獲佛法的清聲回應。略去其中關於感通的敘述，是則錄下苦行
的真實過程，僧人應輕看而近於否定世間的社會關係，突顯
「我」的存在意義──人的心志、主體意識方能真我，並非血氣
的身體。於是，在〈釋童進傳〉裡有著更細緻地演述，而云：

31　〔唐〕釋道宣撰，郭紹林點校：《續高僧傳》，頁 1075-76。

釋童進，姓李，綿州人。昔周出家，不拘禮度，唯樂飲
酒。謂人曰：「此可以灌等身也。」來去酣醉，遺尿臭
穢，眾共非之。有遠識者曰：「此賢愚難識。」會周武東
征，云須毒藥，勅瀘州營造。置監吏力科獠採藥蝮頭、鐵
猩、蠶根、大蜂、野葛、鴆羽等數十種，釀以鐵甕。藥
成，著皮衣，琉璃障眼，方得近之，不介氣衝成瘡致死。
藥著人畜，肉穿便死。童進聞之，往彼監所，官人弄曰：
「能飲一盃，豈非酒士？」進曰：「得一升解醒亦要。」
官曰：「任飲多少，何論一升！」便取鐵杓，於藥甕中取
一杓飲之，言謔自若，都不為患。道士等聞，皆來看，進
又舉一杓以勸之，皆遠走避。或曰：「此乃故殺人，何得
無罪？」進曰：「無所苦，藥進自飲，有誰相勸？」乃噫
曰：「今日得一醉！」臥方石上，俄爾遺尿，所著石皆
碎，良久睡覺，精爽如常。介後飲酒更多，食亦逾倍。隋
初得度，配等行寺，抱疾月餘而終，年九十餘。弟子檀越
等，終後檢校衣服、床褥皆香，絕無酒氣。[32]

於此則中簡易地道出修行者不只是毋須對世上禮教為念，在明白
禮教對自我生命並無意義下，便能不為世上以養護的身體視為生
命的謬論所惑，「食毒不死」乃實踐、表述僧人否定世上以維繫
身體機能作為目的之生命觀，且知曉身體及所遭遇外在各種境
遇，皆是修行歷程中對照與超越的對象。

　　在道德的規範外，決定社會治亂、干擾個人生命的政治權

32　〔唐〕釋道宣撰，郭紹林點校：《續高僧傳》，頁 1051-1052。

力，亦是僧人應當理解並在其中學習的人生課題。

（二）否定政治權力對我之影響

〈感通篇〉中頗言政治與佛教的關係，或以僧人的角度，記敘下當居於旁觀的立場指點、預示政權的未來發展，表現超然在政治之上的地位；或又頌揚積極在俗世推動佛教信仰的帝王，即前文已提及〈感通篇下〉集隋文帝舍利建的宗教事業，指示僧人亦可循此襄助佛教事業之開展。雖篇中指示僧人當以旁觀、疏離的立場面對政治權勢，卻難掩期待君主的支持實具政治目的。[33]就前者言，可由〈釋慧雲傳〉裡所附傅大士的行蹟裡，所陳述高僧與決定世間治亂的帝王間之互動，得見是篇最習見僧人面對政治應有的態度：

> 陳宣帝時，東陽郡烏傷縣雙林大士傅弘者，體權應道，躡嗣維摩。時或分身，濟度為任，依止雙林，導化法俗。或金色表於胸臆，異香流於掌內，或見身長丈餘臂過於膝，脚長二尺，指長六寸，兩目明亮，重瞳外耀，色貌端峙，有大人之相。梁高撥亂弘道，偏意釋門，貞心感被，來儀賢聖。沙門寶誌發迹金陵，然斯傅公雙林明導，時俗唱言莫知其位。乃遣使齎書贈梁武曰：「雙林樹下當來解脫善慧大士，敬白國主救世菩薩：今條上中下善，希能受持。其上善者，略以虛懷為本，不著為宗，亡相為因，涅槃為果。其中善，略以持身為本，治國為宗，天上人間，果報

33 肥田路美著，顏娟英等譯：《雲翔瑞像：初唐佛教美術研究》（臺北：臺大出版中心，2011年），頁314。

安樂。其下善，略以護養眾生。」帝聞之，延住建業，乃
居鍾山下定林寺。坐陰高松，臥依盤石，四澈六旬，天花
甘露，恒流於地。[34]

傳弘如佛經中的維摩詰居士大顯神通，又於人世導化善俗，在人
皆知其異能下致書知禮敬佛法的梁武帝，信中揭示上中下之善
行，勸喻武帝當能行持身為本、在國大治下得安樂的果報；傳大
士便以指導者國君的身份現身在敘事裡，指點當事者武帝（國
君）的身份，亦有實踐修佛的路徑，而非屈就於人間權力下而行
事，清楚地說明身為僧人的信仰立場，及對人間弘法的宗教使
命。此篇中也著墨君主若能投入宣揚佛教的行列，則大有福報；
亦提揭僧人面對君主時，當恪盡教誨君主的責任。

　　〈闍提斯那傳〉申說隋文帝建塔事已得靈感，不只是已預知
的佛教盛事，尚感通中天竺高僧前來慶賀，而云：

　　闍提斯那，住中天竺摩竭提國，學兼群藏，藝術異能，通
　　練於世。以本國忽然大地震裂，所開之處極深無底，於其
　　岸側獲一石碑，文云：「東方震旦，國名大隋，城名大
　　興，王名堅，意建立三寶。起舍利塔。」彼國君臣欣感嘉
　　瑞，相慶希有，乃募道俗五十餘人尋斯靈相。初發祖送，
　　並出王府，路遠賊掠，所遺蕩盡，惟餘數人逃竄達此。以
　　仁壽二年至仁壽宮，計初地裂獲碑之時，即此土開皇十四
　　年也，行途九載，方達東夏。正逢天子感得舍利，諸州起

34　〔唐〕釋道宣撰，郭紹林點校：《續高僧傳》，頁 1007-1008。

> 塔，天祥下降，地瑞上騰，前後靈感，將有數百，闔國稱
> 慶，佛法再隆。有司以事奏聞，帝以事符大夏，陳迹東
> 華，美其遠度，疑是證聖，引入大寶殿，躬屈四指，顧問
> 群僚：「解朕意不？」僉皆莫委。因問斯那，又「解意
> 不」，答曰：「檀越意謂貧道為第四果人耶，實非是
> 也。」帝甚異之，乃置于別館，供給華重。[35]

就整體的敘事言，此事當在稱揚隋文帝起舍利塔有益宣揚佛法，
且在天啟石碑記錄其事、天竺高僧來賀、天地皆降祥瑞等感應，
知此事之不凡；但就僧人來說，這位由外國涉險且耗多時來到中
土的高僧，動機在於驗證地大震所獲的石碑上所記錄的佛教盛
事，自然和取得政治的權力無干，更遑論屈從權勢；這純粹的信
仰動機，道出僧人的宣教職責，以及由此所反映對於政治的看
法：以敬佛為基礎，對於宣揚佛法的政權則加以襄助，未領受佛
法的掌權者則給予指導，置身在權力運作的範圍之外。

　　於是，當政權發生相互傾軋時，僧人則能在亂局中加以提
示，使聽聞者能知情勢發展與僧人所仰賴之佛法的不可思議。
〈釋僧度傳〉便可反映高僧評議政治最習見的敘寫手法：

> 釋僧度，不知何人，去來邑野，略無定所。言語出沒，時
> 有預知，号為「狂人」。周趙王在益州，有郫人與王厚，
> 便欲反，時有告者，王未信之。至旦郫兵果至，王厚者為
> 主，在城西大街，方床大坐。時僧度乃戴皮靴一隻，從城

35　〔唐〕釋道宣撰，郭紹林點校：《續高僧傳》，頁 1087。

西遺糞而走，至盤陀塔棄靴而迴，眾怪之而莫測也。又復
將反者將紙筆請度定吉凶。便操筆作「州度」兩字。反者
喜曰：「州度與我，斯為吉也。擇日往亡，我往彼亡，重
必剋之。」時趙王據西門樓，令精兵三千騎往，始交即
退，隨後殺之，至盤陀斬郫兵千餘為京觀，今塔東特高者
是，於後方驗度戴皮相，皮，郫聲同，遺糞而走，散於塔
地。所言「州度」，反即「斫頭」，目前取驗。定後人聞
於王，遣人四追，遂失所在。[36]

　　其中先陳介不同於常僧行止之僧人，之後則接續有政治事件，繼
以僧人以旁觀者的身份加以指點或預言局勢，最後果如其言，驗
證僧人的不凡。無論是主動勸說或稱揚君主關於佛法種種的措
施，或消極的解說政局的變化，高僧皆能遵守著處身事外的準
則，不受政治權力的威迫亦不受其誘使，辨分出世間種種皆是相
對於我的外物，以我為主而外在之禮法或政治皆為客，主從關係
既明，便能辨分聖俗的差異。

二、釐分聖俗：個人啟悟決定環境之意義

　　世俗一切既是僧人的桎梏，自需分出主客並從中找出解脫的
真理，藉以明白自我本性，故視人間為俗世。但〈感通篇〉亦積
極地在人世裡形塑出信仰上具體的神聖空間，與社會如家庭、職
場、政治活動等場域有別。就此，神聖空間之構成，大凡出於高

36　〔唐〕釋道宣撰，郭紹林點校：《續高僧傳》，頁 1043-1044。

僧的意志及言行尤其從事宗教的活動時最為鮮明，[37]在其中除了對個人有實質的幫助外，亦外顯於耳目能見：

（一）神僧即現身說法，棲止地成近佛之境

〈感通篇〉中最習見的神聖場域，即高僧說法之處。如〈釋僧意傳〉中就描繪出《續高僧傳》裡頗習見的神聖場景：

> 釋僧意，不知何人，貞礭有思力，每登座講說，輒天花下散，在于法座。元魏中，住太山朗公谷山寺聚徒教授，迄於暮齒，精誠不倦。寺有高驪像、相國像、胡國像、女國像、吳國像、崑崙像、岱京像，如此七像，並是金銅，俱陳寺堂，堂門常開，而鳥獸無敢入者，至今猶尒。故〈靈裕像讚〉云：「應感而來，誠無指屬，豈神通冥著，理隔尋常之議乎。」[38]

僧意說法時有天花降於法座，習見於此書中的高僧，諸如〈釋慧聰傳〉亦於依經自唱時，天龍八部皆頭向下聽經回禮，[39]其義相同，皆形構出神聖的空間；不過是則尚且提及僧意後柱錫於陳列莊嚴佛像的佛寺，鳥獸亦知敬畏而不敢入，就此，據後文引〈靈

37　定義參伊利亞德（Mircea Eliade）著，晏可佳、姚蓓琴譯：《神聖的存在：比較宗教的範型》（桂林：廣西師範大學出版社，2008 年）中第十章〈聖地：神廟、宮殿與「世界中心」〉、楊素娥譯：《聖與俗—宗教的本質》（臺北：桂冠圖書公司，2006 年）第一章〈神聖空間的建構世界的神聖性〉。

38　〔唐〕釋道宣撰，郭紹林點校：《續高僧傳》，頁 993。

39　〔唐〕釋道宣撰，郭紹林點校：《續高僧傳》，頁 1057。

裕像讚〉語可知，佛寺之莊嚴得與高僧相感通，易言之，高僧持經說法凡可聽聞的範圍皆屬聖地，況因深解佛法，在其居所也得顯現感通，使得長久居住處成了神聖之所。〈感通篇〉中所記敘具排他性的聖處，便是高僧長久的住所。

如〈釋僧照傳〉中，僧照因好追奇，進入瀑布下的洞穴而入另外境地，在其中得遇避世的高僧並與之互動，而記云：

> ……須臾逢一神僧，年可六十，眉長丈餘，盤掛耳上。相見欣然如舊，問所從來，自云：「我同學三人來此避世，一人外行未返，一人死來極久，似入滅定，今在西屋內，汝見之未？今日何姓為主？」答是魏家，僧云：「魏家享國已久，不姓曹耶？」照云姓元，僧曰：「我不知。」……又問誦何經，照云：「誦《法華》。」神僧頷頭曰：「大好精進業。今東屋格上如許經，並自誦之，欲得聞不？」照合掌曰：「惟敢聞命。」彼遂部別誦之，聲氣朗徹，乃至通夜。照苦睡，僧曰：「但睡，我自恒業耳。」達日不眠，更為造食。照謝曰：「幸得奉謁，今且暫歸，尋來接事。」僧亦不留，但言：「我同學行去，汝若值者，大有開悟，恨不見之。既言須歸，好去！」照尋路得還，結侶重往，瀑布與穴，莫測其處。今終南諸山亦有斯事，既多餘涉，不無其理云。[40]

居於其中的僧人年齡雖望若 60 歲，卻可由誤認元魏（建國於

---

[40] 〔唐〕釋道宣撰，郭紹林點校：《續高僧傳》，頁 994-995。

386 年）為曹魏（亡於 266 年）、並以 10 歲入山為基礎，推知
至少 130 歲以上；其日常則以誦經通夜且聲氣朗徹，知為修持甚
謹的高僧；而僧照欲去僧人亦不阻止，僅以僧照未見同學為憾已
知無復相見；去後僧照果然欲再訪之卻不可得，形構出六朝仙境
的敘事結構：誤入、思鄉、歸家、回歸（無法回歸）。這如同仙
境的空間乃高僧修行之所，入者可以聽法而為神聖，但已設定成
非凡眾可以隨意進出之地，甚至在〈釋圓通傳〉中，更認定圓通
當進入佛的空間，在傳末的評語中加以演述：

> 識者評云：前者舉鑵驅僧，假為神怪，令通獨進，示現有
> 緣耳。言大和上者，將不是賓頭盧耶？如《入大乘論》，
> 尊者賓頭盧、羅睺羅等十六諸大聲聞，散在諸山渚中；又
> 於餘經亦說九十九億大阿羅漢皆於佛前取籌，住壽於世，
> 並在三方諸山海中守護正法。今石窟寺僧每聞異鐘唄響洞
> 發山林，故知神宮仙寺不無其實。[41]

傳文引述「識者」評語，可代表著作者對此事的定評：圓通得以
進入此地，乃居住其中的高僧的意旨，也說明不容俗眾進入該處
的立場；根據其間的對話，推測圓通所見即佛經中所說居於山海
各處護法、說法的尊者、聲聞、羅漢等果位的聖人。道出已證果
位的個體，並不代表就此與人世隔絕，感通同樣在成佛之後持續
發生，在佛土甚至回到人世指引僧人的迷津；尊者、羅漢在人間
諸山海的停駐處，也成了修佛者亟欲一訪之所，自是聖地。

41　〔唐〕釋道宣撰，郭紹林點校：《續高僧傳》，頁 999-100。

　　〈感通篇〉以人為核心以營構具高下的神聖空間，即高僧說
法之所、高僧修行之地以及成佛者在人世駐留地，高僧則依對佛
法悟解的高下決定神聖性，至於佛之居所自是絕對的神聖，甚至
具排擠、不容俗物的傾向，僅接納與佛有緣的修行者。

（二）佛骨為感通媒介，所在處乃禮聖之地

　　除了依高僧、佛以建立神聖空間，〈感通篇〉記下佛在卒後
所遺留下形骸即佛骨之所在處，亦屬神聖之地。其理論依據，當
和佛在圓寂前依佛骨建塔的應許有關，視佛骨為佛離世後，與俗
塵中的個人聯結的重要媒介，這亦是前文已論及道宣即便以為僧
人應超脫於政治之上，卻因著視佛骨為感通的重要路徑而大量收
錄隋文帝舍利建塔事，不免予人好涉政治的印象。

　　舍利建塔主題的敘事亦屬制式，皆先交代奉赦送佛骨、或知
見佛骨來歷的高僧的簡歷，後敘相應佛骨的諸多祥瑞，至末則就
感通說明佛骨對僧人及凡眾的生命皆具意義，傳主皆退為次要，
非傳文所重。例如〈釋智光傳〉的傳主智光僅敘及奉召送舍利而
已，未及其他，舍利方是此傳的敘寫重心，文中展示著佛骨運送
與奉養區域之特異，而云：

> 仁壽創塔，召送循州，途經許部，行出城南，人眾同送，
> 舍利於輿忽放光明，高出丈餘，傾眾榮慶。比至番州，寄
> 停寺內，其夜銅鐘洪洪自鳴，連霄至旦，驚駭人畜，及至
> 食時，其聲乃止。既達循州道場塔寺，當下舍利，天降甘
> 露，塔邊樹上，色類凝穌，光白曜日。[42]

---

[42]　〔唐〕釋道宣撰，郭紹林點校：《續高僧傳》，頁1104。

文中記下送往循州路上的諸種感應：經許部城南處舍利放光、於
番州停駐的寺院有銅鐘自以洪聲相應、迄道場塔寺時天降甘靈等
諸祥瑞等，描述出動態的神聖空間，意謂著凡佛骨之所在處，便
為神聖。神聖空間的營構，實有助於眾生對佛法的領受。在〈釋
明馭傳〉中同樣記下舍利所在寺院祥瑞屢現，凡見者皆心生崇敬
而向佛：

> 仁壽中年，勅請送舍利于濟州崇梵寺。寺基帶危峰，多饒
> 異樹，山泉盤屈，脩竹蒙天，實佳地也。剋日將下，<u>寺有
> 育王瑞像，乃放三道神光，遍于體上，金石榴色，朗晃奪
> 精，經一食頃，乃遂漸歇。又聞磬聲，搖曳長遠，寺東巖
> 上唱善哉聲，清暢徹心，追尋莫委。又，舍利函上，光高
> 三尺，狀如花樹。本送舍利，分為二粒，出琉璃瓶相隨而
> 轉，並放光明。有黃白雲從西南來，聲如雨相，流音樂
> 聲，正當塔上，凝住不動。復見二花從雲中出，或時上
> 下，大鳥群飛，迴旋塔上，又於雲中現仙人頭，其數無
> 量。</u>於此之時，莘州城人，見諸仙人從空東來，向于魏
> 州。馭當斯運，欣慶嘉瑞，說不可盡。民百捨物，積之如
> 山，並用構塔。沙門五人生逢奇瑞，捨戒為奴，供養三
> 寶。[43]

崇梵寺本處勝處，在供奉舍利後便有阿育王像放神光、東嚴現唱
清暢徹心之善哉聲、舍利函上現三尺如花樹光、群鳥迴旋塔上，

43　〔唐〕釋道宣撰，郭紹林點校：《續高僧傳》，頁1119。

而仙人亦乘雲來禮敬佛骨等不一而足的嘉瑞，透過近處的觀看、
或置身於其中則會多生感應，以致百姓以財物、沙門以身體來供
養，記下舍利所在處便營構出神聖空間，於其中易有感應，發揮
即時向化的功能。

　　唯僧人亦須至誠供養舍利，方遂其願，即〈釋淨辯傳〉所
敘：

> 辯（淨辯）乃執爐發願：「必堪起塔，願降祥感。」便見
> 岳頂，白雲從上而下，廣可一疋，長四十里，至所塔基，
> 三轉旋迴，久久自歇。又感異香，形如削沈，收獲數斤，
> 氣煙倍世。道俗稱慶，因即搆成。初，此山僧顥禪師者，
> 通鑒僧也，曾有一粒舍利，欲建大塔，在寺十年，都無異
> 相；及今送至，乃揚瑞迹，黃白大小，聚散不定。當下之
> 日，衡山縣治顯明寺塔放大光明，遍照城邑，道俗同見。
> 古老傳云：此寺立來三百餘年，但有善事，必放光明，經
> 今三度。將非帝王弘福，思與眾同，感見之來，誠有由
> 矣。辯欣斯瑞迹，合集前後見聞之事，為《感應傳》一部
> 十卷。[44]

淨辯同樣奉勅送舍利至岳寺供奉，在屢經波折下發願而獲祥瑞的
感應，形構僧人主動之發願、上天則以祥瑞相應，致使毋論觀見
的道俗皆稱慶以助，成就起塔的目的。此則中以顥禪師有舍利十
年都無異相，作為肯定僧人至誠與發生祥瑞的因果關係、及帝王

---

[44]　〔唐〕釋道宣撰，郭紹林點校：《續高僧傳》，頁1131。

弘福屬於重要的事業，其中雖同樣重申佛骨所在範圍皆為神聖，但也強調需有高僧實踐信仰，透過佛骨而以至誠相感，方能獲得來自佛、或佛法的祥瑞回應。

參、結論

本章主要依循《續高僧傳‧感通篇》中習以「聖俗」的用語與觀念作為主要線索，試圖就此釐清是篇中對於界分群體、判定空間的準則與方法，以及在這評議裡繼以探索感通在敘事裡所代表的功能和意義，以及由此所演繹出的宗教命題與意涵，藉此研議，已可得見道宣以僧人作為視角，分由社會中個體的群聚和活動的空間，辨分出人我的差別和宗教及生活環境間的不同：

其一、就社群組成言：係以佛法領受的深淺，作為劃分的準則。釋道宣在是篇中，已刻意地將眾生分為聖俗的兩種類群，方便說解僧人當予自知的規範與責任，俾利得以合宜地在世俗中活動。因此，釋道宣先以佛教的立場說明人在出生後佛性已然具有差異，成為個人能否出家、於俗世中分別而出得以稱聖的主因，就此和仍在家依從社會規劃而生活的個人相對，歸於世俗的群類。在分判聖俗後復依感通的發生，將僧眾分為神僧及常僧二類，僧人可據此對照出自我修行的階段，神僧得以明白此世的成就，常僧則能習法神僧的修行，可就此掌握應當擔負指導俗眾的任務以及方法，身著袈裟的僧侶確切知曉自身在人世中重要及超然地位，以及所當負起的重責；其次，則藉由感通發生的過程，一方面交代僧人得自知需依佛法而行，使俗眾在觀看僧人展現之感通下，進而以僧為師，親炙、理解至終領受佛法，另一方

面也需知道既入佛門為聖，便勿競逐世上虛名、財物，容有惡應
的發生，或只是追求感通的歷程，將易生妄想而招致精神上的疾
病；再者，僧人得以出家，則需明白眾生皆有佛性，無論仍未領
受佛法的道俗，抑或有意識的動物，藉著感通則能獲知眾生於輪
迴中流轉，不只是平等更皆有親近佛法的本性，皆為教化的對象
與當承當的職責。

　　**其二、就生命空間言，則以僧人修為的高下，決定空間的
性質。**在群類區別聖俗，釋道宣更扣住高僧、悟道者（佛）的
活動場域，建立起宗教的神聖空間。論述中係以僧人的角度，將
俗世的種種定義成自我對照的客體，毋論是傳統的禮教、人間的
規範及政治的權勢，可賴感通達成完成有益自我修行的功課，尤
其在面對掌握政治權勢的君主，更需以旁觀的身份以感通引導至
正途以興佛法，以利在俗世裡成就聖事，聖俗的環境本繫於僧人
修為的高下；依此，仍在人間活動的高僧、甚而已得果位的悟道
者，在說法時的特定時空、長久居止處的區域，皆因進行宗教活
動而有感通致多祥瑞，形成了宗教上的神聖空間，在例證中此空
間甚而排斥俗物的傾向，而與傳統的仙境說具相似性；另外佛骨
所在處必然神聖，唯尚指出需藉感通等宗教行為方顯神聖。

下　編

世變：晚唐五代筆記譜系之
文體定位和思維特徵

第一章　五代志怪之特質
──五代時期志怪記敘之
敘寫特色及其開展

　　志怪小說於肇始時即被劃歸在史部，[1]此分類意味在嗜異好奇的命意下，撰述者尚且存在著觀察及記錄世界變異的撰述動機，意欲從察見環境的特殊變易去尋繹其中的理則，獲取同樣活動在此世界中的個人如何自處的啟示。對照撰成於東漢的《漢書》、南朝宋的《後漢書》及六朝時所編纂等諸國史，設有專志以納漢前《春秋》學及漢代經學的符應說，[2]主觀地將災異和國事加以類比和縮合，[3]收容於特意設置〈五行志〉、〈天文

---

[1]　六朝時被今人稱為「志怪小說」的作品，《隋書‧經籍志》則收於史部中的雜傳、雜史及地理下。此圖書分類顯示了當時係將此類今人視作不經的撰述，視為史著的心態。將這些作品名為「志怪」而視作「小說」的魯迅亦指出：「文人之作，雖非如釋道二家，意在自神其教，然亦非有意為小說，蓋當時以為幽明雖殊途，而人鬼乃皆實有，故其敘述異事，與記載人間常事，自視固無誠妄之別矣。」也說明了文人在造作此類作品時的心態和旨趣，引參魯迅：《中國小說史略》（臺北：里仁書局，1992 年，《魯迅小說史論文集》），頁 35。

[2]　見陳槃：〈秦漢間之所謂「符應」論略〉，《古讖緯研討及其書錄解題》（上海：上海古籍出版社，2010 年），頁 1-96。

[3]　《漢書》、《後漢書》中已設有〈五行志〉收納漢代以五行災異以論

志〉、〈符瑞志〉、〈靈徵志〉中，試圖從自然環境和人文社會
的變異中，發現天和君主（政治）之間所存在的互動原理和遵循
理則，有著相近的記述命意和文體性質，一種極近似而非相斥的
心理活動和思維。此亦間接地說明了史官於編寫經籍志時，何以
讓「記實」和「尚虛」的兩種文類的記述，皆置納在史部之下的
分類基礎。惟志怪小說在性質和敘事上近於史書中以志異以明史
事若〈五行志〉等專志的規模，卻仍存在著部份的歧異：史志必
然僅著眼並扣合著與國家及政治的相關議題，然志怪小說則能不
拘執在此範圍中，乃就天象、事物等自然環境中發生不尋常的改
變中，比附和詮釋了個人境遇背後的可能根由，已能貼合、完整
而真切地呈現文人心中的思維活動。[4]就志怪小說思辨、理解的
方式而言，乃就變異的事物去對照出習常的軌則（常規）及驅策
變易的基準（標準）；易言之，文人心中已肯定了天地間存在著
絕對且為萬物和人類社群共通的法則，於承平之時的運作則屬
「常」，然亂世時便有著與治世時不同的呈現則為「非常」，表

《春秋》的學術事實，可參江素卿：〈從《漢書・五行志》論西漢春秋
學特色〉，《文與哲》第七期（2005 年 12 月），頁 159-180、黃啟書
〈試論《續漢書・五行志》撰作及其體例因革之問題〉，《政大中文學
報》第十五期（2001 年 6 月），頁 197-230。又六朝時所纂修的史書，
若《宋書》有〈五行志〉、〈符瑞志〉，《南齊書》有〈五行志〉、
〈祥瑞志〉，《魏書》有〈靈徵志〉，唐修《晉書》亦存〈五行志〉，
入唐後所修國史，亦多存〈五行志〉，當中多記下祥瑞及災異事以附會
國事，和今所稱的志怪小說的內容相類。

4　六朝志怪所反映文人心理的面向，除了含括了史志所關懷的世局治亂
外，尚且含括了個人的生命、生活及境遇，詳請參林淑貞：《尚實與務
虛：六朝志怪書寫範式與意蘊》（臺北：里仁書局，2010 年），頁 1-
14。

呈出由上天、國家社會及物理上具連續及共通性的「變異」，一種有異於平常以致個人感到陌生、不能理解的環境及樣態。[5]因而當逢亂世，自然界必然隨之發生可目見和聽聞到各類變異、物妖的新聞，一種有違習常知識的實例。上述六朝志怪所建立的著述規模及命意在進入唐代後，即令出現能有效表述文人文采及意想趨向的唐傳奇的新體，[6]志怪卻仍不乏文人從事撰述，其原由當與志怪用記錄為法，能直陳與記錄文人心中對未知世界的看法，真實無隱的托出一己近於現實生活中的期待有關。尤其時入亂世，更促使文人全面地檢討並陳述出一己對於這世界的理解：五代志怪之作，正是以文字去表述此時代集體思維的結果。

　　相對於安史亂後，五代更能清楚地建構出文人對於「世變」的理解和體悟，一個完整且有別於唐代與其後宋朝的特殊時空。在經歷及理解安史之亂社會的極度動盪，與意識到國勢已衰而積重難返後，文人仍可保有回復常軌的企圖及想望；然復經黃巢亂事後未久唐朝終至顛覆而入五代（907-979），已失去了原有積極的作為和期待，即使完書在宋初的著作在心態上亦在反思變亂生之由；畢竟，在七十年間迭經朝代的更迭和地方的割據，能促

5　本文所稱引及申述「常」、「非常」的概念，係用李豐楙對六朝志怪的詮解，詳參李豐楙：〈正常與非常：生產、變化說的結構性意義──試論《搜神記》的變化思想〉，收錄於李豐楙撰：《神化與變異：一個常與非常的文化思維》（北京：中華書局，2010年），頁77-129。

6　康韻梅已就六朝志怪和唐傳奇作敘述特質的考察，指出唐傳奇在文本性質、意義和撰寫命意上所存在的差別，而更能展現個人的意識，而與以記錄為主的志怪有所區隔。職此之故，若以「作意好奇」而言，唐傳奇已超越更能取代志怪的此一趨向。詳論參康韻梅：《唐代小說承衍的敘事研究》（臺北：里仁書局，2005年），頁1-78。

使文人更認真地思索和觀察著「異變」肇生的原因和面對的方式，一個出於上天的預示及寓言，且從下而上層遞的解構異變的理則、肇始的根由並發明上天的旨意，進而於紛亂的世代中尋得自處的方法。由此觀察五代的志怪著作在文體上已未若六朝時的質樸簡易，卻仍能承繼起記錄人事特異的初衷與意志，透顯著當時文人的心理反應和觀點，能作為研議五代文人群體意識的一手文本外，在信仰上，外來佛教與本土儒家及道教在思維上的既存扞格，在五代前已然相互習法、援用，於民間已形成儒釋道三教融合的形上思維，對於復入於亂世的文人而言，對於常法的內涵、及衍生而出對變、異、非常／常的判讀，已生成了不同於六朝的解讀和觀點。這些著手編寫於後唐建國（907）迄北漢覆亡（979）間為數甚夥的志怪造作雖少有完書，卻多被在古注類書引錄，除了可發覺各書表述著作者自我所注目的個別主題，尚且不分彼此清楚呈顯著共通的思考和理解的趨向。而此，透過敘事結構、論述方法及思維模式去表述、標舉出此世代文人甚而大眾的共通意識。在今所得見的志怪記錄，已足能勾勒出五代志怪敘事在文體及意識上時代亦即世變下的文化特質。

壹、屬乎史體：陳述自我抉發的歷史片段

「記實」為五代文人撰述異聞共同的思維意識與記錄法式，只是在裁錄事件時被個人撰述目的所導引，決定了鈔錄的段落並加諸自我的詮釋。這些已被個別作者再予詮釋的聞錄，多有著探尋「異」事發生因由的動機和結果，也由此，物理上的異變又多扣合、附會關乎人事、社會制度中的異動，在解讀上也將和物理

無關卻顯然並非常態的人事及社會現象視作「變異」，使得今所
存見的五代志怪的專冊，已多雜廁近於軼事的新聞。此文體的撰
述傾向，可由目前僅存《金華子》和《野人閑話》的兩篇序文中
得見端由。劉崇遠在序文中交代了撰寫《金華子》的資料來源與
撰述目的，而云：「或遇盛友良會，聞人語話，及興亡理亂，猶
耳聰意悅，未嘗不周旋觀察，冀或湊會警戒。庶幾助於理道者，
必慷慨反覆，至於逾晷不息。……因念為童時，侍立長者左右，
或於冬宵漏永，秋階月瑩，尊年省睡，率皆話舊時經由，多至深
夜不寐。始則承平事實，爰及亂離，於故基迹，或歎或泣，淒咽
僕隸。」[7]劉氏所記或來自於童年時聽聞長者的講談，或者出於
成年後和朋友雅會時的論議，這些其來有自且反覆討論的聞錄，
在於為由承平後入亂喪的原由作為注解，得以明白興亡理亂的道
理。而此，「記實」、「垂戒」便與既存史學傳統的撰述方法和
目的相合。而此景煥撰《野人閑話》時亦有意識到與史學的關
係，故謂：「野人者，成都景煥，山野之人也；閑話者，知音會
語，話前蜀主孟氏一朝人間聞見之事也。其中功臣瑞應，朝廷規
制可紀之事，則盡自史官一代之書，此則不述；故事件繁雜，言
語猥俗，亦可警悟于人者錄之。」[8]除了自謙所記乃身為處士的
野人之言，亦強調與正史專錄朝中要事有別，然而所記乃出於個
人在前蜀的親身見聞，同樣的具有警悟於人的功用。故此，強調
所記多有依據的尚實筆法又趨於用詮解異事以達到勸戒的敘事目

---

[7]　〔南唐〕劉崇遠撰，夏婧點校：《金華子雜編》（北京：中華書局，
　　2014 年），頁 255。

[8]　〔宋〕景煥：《野人閑話》（臺北：新興書局，1963 年影印張宗祥排
　　印元陶宗儀《說郛》），頁 255。

的，已和史書間存在著相近的文體特質，在敘事上亦見近於史筆的行文方式：

一、習法「微言大義」的行文策略

這些專記異事的著作，本非止於用以談助以滿足嗜奇好異的原始心理，多存在著勸戒來者的用意。在行文上，復見近於史家評議的筆調，用來評述所得見的異事。若《金華子》記云：

> 高燕公駢，雲南之功，聞於四海。晚節妖亂，嗤笑婢子之口。嗚呼！怒鄰不義，幸災不仁，亡不旋踵，己則甚之。雖自取也，然若有天道，豈不足以垂戒乎？[9]

文中批評黃巢亂起時不勤王而擁兵自立的高駢，晚節沈湎於道教任用道士而致亂，至終殞於兵禍，景煥的評述合於史官口吻和立場，甚至尚見直以「金華子曰」來作評述，繫於事末，體例更和史書相近。在敘事的結構上，亦頗得以反映本事繫以評述的陳述進程。王仁裕《王氏見聞錄》記云：

> 後唐少帝朝，清泰王起于岐陽，朝廷詔西京留守王思同統禁旅征之。王師西出之後，尋聞劇疊。雍京僚屬，日登西樓，望其捷書。忽一日，官僚憑檻西向，見羊馬城上有二大蛇，東西以首相向。為從者輩，遙擲彈丸以警之。于時一人擲中東蛇之腦，蜿蜒然墮于牆下，挺然不動。使人視

9　〔南唐〕劉崇遠撰，夏婧點校：《金華子雜編》，頁274。

之，已卒矣。其西蛇徐徐入於穴隙之間。識者竊議之曰：
「潞王乙巳生，統帥王公亦乙巳生，俱為蛇相，今東蛇中
腦而卒，豈非王師不利乎？」未逾旬日，群帥叛歸潞王，
思同腹心都將王彥暉已下，並投岐城納款。同單馬而遯，
竟沒于王事焉。蛇亡之兆，得不明乎？出《王氏見聞》[10]

引文可拆解為二：其一記敘代表王師的王思同征伐潞王時，有二
大蛇在城上各佔東西向相鬥，後東蛇死事；其二則分別錄下「識
者」的解讀和自身的評斷。二大蛇的相鬥（物理之異）本無關於
戰爭的成敗（人事之異），但在文人接受用五行詮釋事件的引領
下，已將志怪和戰爭合為一事，並在其後交代原因並作出「蛇亡
之兆，得不明乎」評斷。此觀察合於史書已有的歷史解讀，當政
權相競時時有龍蛇對峙以示成敗的徵兆。在《隋書・五行志》中
便有「龍蛇之孽」的專節，收錄政權興敗前有龍或蛇相鬥先示成
敗，以北齊武平三年所記兩蛇相鬥事，便與王仁裕所記甚為相
近：

武平七年，并州招遠樓下，有赤蛇與黑蛇鬥，數日，赤蛇
死。赤，齊尚色。黑，周尚色。鬥而死，滅亡之象也。後
主任用邪佞，與周師連兵於晉州之下。委軍於孽臣高阿那
肱，竟啟敵人，皇不建之咎也。後主遂為周師所虜。[11]

10　〔宋〕李昉編，張國風會校：《太平廣記會校》（北京：燕山出版社，
　　2011 年），頁 8204。
11　〔唐〕魏徵：《隋書》（臺北：鼎文書局，1987 年），頁 668。

在結構上同樣由事件和評述所構成，就內容言亦記兩蛇相鬥得預示政治的起落，唯在詮釋上王氏以領兵者的生肖交代兩蛇相鬥的原因，並以蛇所處方位標識出相持的兩方，至於《隋書》則用龍蛇代表君主的文化傳統，復用五行之說交代政權更迭的原理並依此標誌出兩蛇代表的陣營。在文體結構並依此寄託著垂鑒來者的命題上甚為近似，卻在詮釋的方式和角度存在差異，意指體例上已近正史唯在立論上仍回歸個人的價值判斷及取向。

二、裁翦「微諷足觀」的當時事件

五代志怪在體製上仿習著史體，也和史書以個別事件評述其中人物行為得失曲直的方式相類，惟志怪之作不止於對於操控政治權力的個人及事件而發論，尚論及非政權核心及政治無關的言動，擴張了記錄範圍更深入探究著施政和個人本身特質的關涉。就具權力者來說，在記錄上似與史冊相仿，卻在陳述時透顯著作者自身的評斷和意見，王仁裕即記有：

> 清泰中，晉高祖潛龍于并部也。常一日從容謂賓佐云：「近因晝寢，忽夢若頃年在洛京時，與天子連鑣于路。過舊第，天子請某入其第。其遜讓者數四，不得已，即促轡而入。至廳事下馬，升自阼階，西向而坐。天子已馳車去矣。」其夢如此，群僚莫敢有所答。是年冬，果有鼎革之事。出《玉堂閒話》[12]

12　〔宋〕李昉編，張國風會校：《太平廣記會校》，頁1918。

是則或似記述晉高祖將得大寶的徵應，但在此敘事結構裡，已道
出作者對此事的質疑：就徵應的生成而言，夢兆具有封閉、他人
無法獲悉內容的特質，唯有在所徵驗的對象已成事實方可檢證；
就其流傳來說，僅出於僭位者個人的自陳，易言之，此處所稱之
「夢兆」可以只是當事人的意志表陳；另從所徵應的內容來看，
亦為個人意志的執行，在上述三者皆繫於這位號為得見夢兆亦為
當事人的晉高祖下，後便繫有知其將行奪位之實又無力亦無膽識
阻止的「群僚莫敢有所答」的回應，果然在是年付諸行動。此看
似「異聞」的記錄，在敘事上直可視作野心家奪取大位的過程，
寄託刺諷的內涵。而此並非指作者自身否定物理上變異發生的而
是，而是將此歸於政治之變異，從中獲見教訓。對於屬乎常人所
未能情測的異事亦予以記敘，本為志怪書的大宗。在對象上也不
止於權力核心的成員，亦見執政各類擁有實權的官員，在異事發
生時，亦能在其中發明人世應遵循的理則，故王氏尚記云：

> 偽蜀有趙溫珪，善袁許術，占人災祥，無不神中，蜀謂之
> 趙聖人。武將王暉事蜀先主，累有軍功。為性凶悍，至後
> 主時，為一二貴人擠抑，久沈下位，王深銜之。嘗一日，
> 於朝門逢趙公，見之驚愕，乃屏人告之曰：「今日見君面
> 有殺氣，懷兵刃，欲行陰謀。但君將來當為三任郡守，一
> 任節制。自是晚達，不宜害人，以取殃禍。」王大駭，乃
> 於懷中探一匕首擲於地，泣而言曰：「今日比欲刺殺此
> 子，便自引決，不期逢君為開釋，請從此而止。」勤勤拜
> 謝而退。王尋為郡，遷秦州節度。蜀亡，老於咸陽。宰相

范質親見王，話其事。出《玉堂閒話》[13]

此則以武將王暉事為敘事主線，當他受到一、二位貴族排擠以致未得升遷時，便依照原有凶悍的性格行事故欲手刃仇人；此敘事得以轉折，在於能知見他人未來境遇的異人趙溫圭，他所指陳的並非只是王暉已被決定的命運，而是道出王暉若任憑凶悍的本性而為，必將改變原來晚成而任三任郡守的命定。性格上的規勸，乃是則所欲道出的命意。在記異中延展出在亂世中的行事法則，為五代志怪習見的筆法，尚見用以投射出道德修持在處世上的意義，開展出新的論述。在劉崇遠《耳目記》中便記載：

> 唐會昌中，有王瑤者任恒州都押衙，嘗為欒邑宰。瑤將赴任所，夜夢一人，身懷甲冑，形貌堂堂。自云馮夷之宗，將之海岸，忽罹網罟，為漳川漁父之所得，將置之刀几，充膳於宰君，命在詰朝，故來相告。儻垂救宥，必厚報之。瑤既覺。言於左右曰：「此必縣吏相迎，捕魚為饌也。」急遣人至縣，庖人果欲割鮮，理鱠具，以瑤命告之。遂投於水中，魚即鼓鬣揚鬐，軒軒而去。是夜，瑤又夢前人泣以相感云：「免其五鼎之烹，獲返三江之浪，有以知長官之仁，比宗元之惠遠矣！」因長跪而去。出《耳目記》[14]

13　〔宋〕李昉編，張國風會校：《太平廣記會校》，頁 995-996。

14　〔宋〕李昉編，張國風會校：《太平廣記會校》，頁 8415-8416。

文中可透過具有靈感的魚託夢於人的異事，道出即使身為地方官吏，仍當用仁心以待萬物的結論。尤可留意者在《耳目記》中亦見記述五明道士長於陰陽曆數，言未來事皆無差池，或異人占卜若神，[15]足知作者並非佛教虔誠信徒，是則近於佛教應驗錄卻並非宣揚佛理，而是援用了佛教應驗戒殺的常例，就此帶引出仁心以處世的原則，回歸舊有儒家的心性理解和修養工夫。由此，在這些志怪敘事中，尚可以得見其中寄寓的勸喻，近於史官褒貶人事的法式及意旨。

貳、物變本質：開展天道推衍的自然歷程

志怪原本即指對於「變異」的記述，在五代已屬「非常」的世代中此體更含括了記述者更深層的企圖和想望：身處已屬變亂的人文社會中必然伴隨著足可目見的物理變異，文人自可藉由已能掌握及操作的文化知識，觀察、解構、歸納各類異聞，毋論屬於外在物理或社會環境在遷易時所外顯的特異現象，當得以發現在其中由常而亂和由亂返常過程中的常法。也因此，在思索上便以「變異」作為思考核心，用既存的思維模式此去比況、觀察和此現象對映的主題：國家權力、社會治亂及在此易動中個人境遇。透過已生成且具有不同意義的異變，抉發引動特異發生那唯一亦屬至高的力量來源和當中理則，進一步獲悉安身立命的常法。其中影響範圍最大亦和個人必然攸關的對象，自為國家權力的變易。

---

15 〔宋〕李昉編，張國風會校：《太平廣記會校》，頁 3330-3331。

一、權力移轉的天啟

　　在傳統的文化思維中，君主的權力來自於天，當將有異動時，上天自會以天象或直用文字為方式以示天下。在六朝志怪中已將此類型予以收錄，亦成為後來志怪小說習見的主題之一。五代志怪尚見《妖怪錄》一書，即令今日未有任何佚文存世，但在此異動的世代中足能理解對「妖怪」的關注，自出於從容易目視的物理變異即妖怪的顯現，對照及檢覈舊有對此現象的解讀並進而得見當中跡軌，以探究亦屬乎脫離正軌屬的非「常」世代。而這些變異，多是環境將有甚鉅變化時方才出現。就此而言，自多屬政權的更換而導致。王仁裕記錄下前蜀將覆亡前蜀主王建所見的徵兆：

　　　　竹貓者，食竹之鼠也。生於深山溪谷竹林之中無人之境，非竹不食，巨如野狸，其肉肥脆。山民重之，每發地取之甚艱。岐梁睚眦之年，秦隴之地，無遠近巖谷之間，此物爭出，投城隍及所在民家。……忽有童謠曰：「貓貓引黑牛，天差不自由。但看戊寅歲，楊在蜀江頭。」智者不能議之。庚午歲，大梁同州節度使劉知俊叛梁入秦，家於天水。天水破，流入蜀。居數年間，蜀人又謠曰：「黑牛無繫絆，棟繩一時斷。」偽蜀先主聞之，懼曰：「黑牛者，劉之小字；棟繩者，吾子孫之名也。蓋前輩連宗字，後輩連承字為名，棟繩與宗承同音。吾老矣，得不為子孫之患乎？」於是害劉公以厭之。明年，歲在戊寅，先主不豫，合眼劉公在目前。蜀人懼之，遂粉劉之骨，揚入於蜀江。

> 先主尋崩。議者方知貔者，「劉」也，黑牛者，劉之小
> 字，戊寅歲揚骨入於于蜀江之應。出《王氏見聞》[16]

此敘事記錄下環境中發生物理及政治上之變異，且以為具有邏輯
上的前後關係，並用童謠的文字形式以為注解：竹貔大量進入秦
隴之地後劉知俊便會入蜀，後在戊寅年將揚劉氏的骨灰入蜀江，
而此安排則來自於上天；而後再起的童謠，更直接預示在劉知俊
死後，王建子孫（王建子輩以「宗」為名）將罹斷絕之禍患，意
指後唐將滅前蜀。原先活動在無人煙罕見並且有食用價值的竹貔
進入人類社會，違反獸性乃人所得以共知的特異，此特異在童謠
的出現後，令人相信其後發生另一件看似操控在人的異變；也由
此，當後來接續的童謠總接續起後來的個別事件，啟發更促使當
事人獲見上天的消息，明白政權在更易前或可見來自於天由顯
（物理之異）而隱（童謠的文字表述）。此預兆的生成，未必出
於物理上的變異，亦可以是得以知見來由，若云：

> 偽蜀主之舅，累世富盛，於興義門造宅。宅內有二十餘
> 院，皆雕牆峻宇，高臺深池，奇花異卉，叢桂小山，山川
> 珍物，無所不有。秦州董城村院有紅牡丹一株，所植年代
> 深遠，使人取之。……乃植於新第，因請少主臨幸。少主
> 歎其基構華麗，侔於宮室，遂戲命筆，於柱上大書一
> 「孟」字，時俗謂孟為不堪故也。明年蜀破，孟氏入成
> 都，據其第。忽睹楹間有絳紗籠，迫而視之，乃一「孟」

16　〔宋〕李昉編，張國風會校：《太平廣記會校》，頁 2340-2341。

字。孟曰：「吉祥也，吾無易此居。」孟之有蜀，蓋先兆
也。出《王氏見聞錄》[17]

後主王宗衍偶在其舅新宅柱上戲題「孟」字，隔年蜀破孟知祥在
成都稱帝號為後蜀，所題「孟」字，成了孟氏據蜀的前兆。此徵
兆的發生自出於偶然，但卻因著是後主所親寫，近似權位傳遞的
讖語，其中預示了入主蜀地的姓氏而視作異。但得以促成此事的
發生，在相信凡事必有徵驗的信念下必來自於天。此預設的想
法，更帶引出近於扶會的例證：

> 蜀城舊有興聖觀廢為軍營，庭宇堙毀已數十年。軍中生子
> 者奕世擐甲矣，殊不知此為觀基。甲申歲，為蜀少主生
> 日，僚屬將率俸金營齋。忽下令，遣將營齋之費。亟修興
> 聖觀。左徒藏事急如星火，不日而觀成。丹雘未晞，興聖
> 統師而入蜀。嗟乎，國之興替，運數前定，其可以苟延
> 哉。出《王氏見聞錄》[18]

依照文中陳述具有前後關係的二事而言，其一為興聖觀的重建，
其二乃後唐伐蜀滅之，客觀而言，難知兩事間存有關係；惟作者
認定前者乃後者之徵兆，在於此觀之重建，出自蜀地之主王宗衍
的主觀意識外，此觀名為「興聖觀」存有興聖（來）觀的意涵，
對照觀成後未久興聖統帥便來蜀，便有了前後接續的關係，故獲

17　〔宋〕李昉編，張國風會校：《太平廣記會校》，頁 1918-1919。
18　〔宋〕李昉編，張國風會校：《太平廣記會校》，頁 1987。

得了國家興替已為前定不得改變的結論。然此詮釋，前後關係更加薄弱，近於在鼎革後才回頭尋找所謂的先驗徵兆；正因著這詮釋上的牽強，更突顯出五代群眾相信當國家權柄有所變動前（人事之變），必然有得以知見且能辨識出為「異」或具預示性文字的現象發生，察驗其異，成了五代志怪的要題。

二、社會治亂的癥兆

社會動亂的發生，或出於天災亦有來自人禍，這些非尋常的異事本屬群眾所關懷的對象。就天災而言無論地震、颶風等變異，已是六朝志怪所收錄的對象，異的自身便會響社會的治亂。王仁裕所記下蝗蟲為害的過程，正得以拆解出人們對異變自身影響社會環境的理解及看法：

> 蝗之為孽也，蓋沴氣所生，斯臭腥，或曰，魚卵所化。……晉天福之末，天下大蝗，連歲不解。行則蔽地，起則蔽天。禾稼草木，赤地無遺。其蝻之盛也，流引無數，甚至浮河越嶺，逾池渡塹，如履平地。入人家舍，莫能制禦，穿戶入牖，井圈填咽，腥穢牀帳，損齧書腥裳，積日連宵，不勝其苦。鄆城縣有一農家，養豕十餘頭，時于陂澤間，值蝗大至，群豢豕躍而啖食之，斯須復飫，不能運動。其蝗又饑，唼齧群豕，有若堆積，豕竟困頓，不能禦之，皆為蝗所殺。癸卯年，其蝗皆抱草木而枯死，所為天生殺也。出《玉堂閒話》[19]

---

[19]　〔宋〕李昉編，張國風會校：《太平廣記會校》，頁 8638-8639。

蝗蟲大量繁殖甚而為害，和氣候的變異有關，然古人以為蝗害的
出現，蓋因惡氣所化，故自腥臭且為害人民。王氏引用舊說，後
記後晉天福末連歲發生蝗害，其害之猛連原以蝗蟲為食的十數頭
豬隻亦被嚙殺，道出蝗害凶虐至極，此天災之害自屬變異，在蝗
害後又伴隨飢荒更使民不安居；然在天福癸卯年（943 年）蝗怕
抱草木而枯死，民由危而轉安，此轉折對蝗害束手無策的群眾而
言，當為上天意志的介入以救民眾於此禍——變異本和民眾關係
密切。除了天災上天得以介入改變，為害最烈的人禍戰爭亦然。
對於戰爭的酷烈乃屬人事之變異，人們亦止能處於單方面承受的
地位，難以改變，且為上天的決定，故云：

> （權師）……又一日，臥於民家，瞑目輪十指云：「算天
> 下死簿，數其遐邇。州縣死數甚多，次及本州鄉村，亦十
> 餘人合死者……。」出《玉堂閒話》[20]

在由人所造成的變異中，以牽涉眾多生命的戰爭影響最鉅。然戰
爭的發動乃出於權力核心且屬自恃武力者的意志，即使也身為統
治階級卻屬相對弱勢，亦被動的接受此環境的更易，更遑論在政
治權力之外的個人，無任何扭轉此環境的可能。由此，戰爭的過
程及結果多由兩下武力高下所支配，也聯繫和決定在此範圍中所
有生命的歸趨，因此，敘事中能入冥獲見個人年壽脩短的權師，
就已帶出遠近州縣死亡甚多的消息。死亡出自天意，戰爭能獲活
口，天亦能如前述天災般加以轉變：

20　〔宋〕李昉編，張國風會校：《太平廣記會校》，頁 981。

西蜀將王暉嘗任集州刺史。集州城中無水泉，民皆汲於野
外。值岐兵急攻州城，且絕其水路，城內焦渴。旬日之
間，頗有死者。王公乃中夜有所祈請，哀告神祇。及寐夢
一老父告曰：「州獄之下，當有美泉。」言訖而去，王亦
驚寤。遲明，且命畚鍤，於所指之處掘數丈，乃有泉流。
居人飲之，蒙活甚眾。岐兵比知城中無水，意將坐俟其
斃。王公命汲泉水數十甕於城上揚而示之，其寇乃去。是
日神泉亦竭。豈王公精誠之所感耶？踈勒拜井之事固不虛
耳。王後致仕，家於雍州，嘗言之，故記耳。出《玉堂閒
話》[21]

城中無水泉人所共知，故敵軍亦坐待城中焦渴人死便能拿下此
城；然在王暉向天祈請下，有老父入夢告知城中有美泉可得，後
果如其言，居於城中的百姓官兵皆得飲水，敵軍見之知不能攻下
集州成便撤兵而去，當日泉水亦竭。城中泉水的出現和消失，清
楚的指向為解除圍城之禍而來，也因此改變了城中群眾看似已被
決定將死於戰爭的預想。惟無論天災、人禍等變異除了必出於天
的意志外，視作徵兆的變異，仍扣住作者自身所關懷、闡說的對
象，並用此作為核心往前探尋所謂的前兆而稱事必有徵。

三、個人境遇的預示

外在環境在變動前皆有先驗，只是人未必能知解，此為社會
遷易的基本原則。人觀察環境的變異亦在體察個人的境遇，也由

---

[21] 〔宋〕李昉編，張國風會校：《太平廣記會校》，頁 2310。

此以個人作為聚焦觀察的核心時，外在亦能察見變化，其理同於社稷。尤其參與國家權力運作的個人，更可由察見上述政權、社會易變的法式中，自能獲見自己和政治已然環結的未來境遇。劉崇遠即記云：

> 咸通中，有司天曆生姓吳，在監三十年，請老還江南。後敘優勞，授官江南郡之掾曹，辭不赴任，歸隱建鄴舊里。有寓居盧符寶者，亦名士也，嘗問之曰：「近年以來，相坐多不滿四人，非三台星有災乎？」曰：「非三台也。」「紫微星受災乎？」曰：「此十餘年內，數或可備，苟或有之，即其家不免大禍。」後路公巖、于公琮、王公鐸、韋公保衡、楊公收、劉公鄴、盧公攜相次登於台坐，其後皆不免。惟于公琮賴長公主保護，獲全於遣中耳。[22]

吳姓司天曆生能從天象獲知朝中重臣的遭遇，對於咸通時相位多更易的提問，並未正面交代觀星象的依據，而是直接斷言十餘年間皆如此外，登上台鉉者亦將有大禍，後果如其言。這些居相位者的命運和國家的興衰有關，也因此可從主要以察見國家命運的星象中獲知生命境遇的消息。除了由星象的非常察知重臣的人生，個人的生命也能由身具探訪生命奧秘的異人口中發現未來的遭遇：

> 偽蜀彭州刺史安思謙，男守範，嘗與賓客游天台禪院，作

22　〔南唐〕劉崇遠撰，夏婧點校：《金華子雜編》，頁290。

聯句詩。守範云：「偶到天台院，因逢物外僧。」定戎軍
推官楊鼎夫云：「忘機同一祖，出語離三乘。」前懷遠軍
巡官周述云：「樹老中庭寂，窗虛外境澄。」前眉州判官
李仁肇云：「片時松栢下，聯續百千燈。」因紀于僧壁而
去。翌日，有貧子乞食見之，朗言曰：「人道有初無尾，
此則有尾無初。卻後五年，首領俱碎，洎不如尾句者。」
撫掌大笑。院僧驅遍之。貧子走且告曰：「此後主人不遠
千里，即欲到來。」眾以為狂，莫測其由。後數年，守範
伏法，鼎夫暴亡，此首領俱碎之義。周與李累授官資，此
不如尾句之義也。院主僧尋亦卒。相承住持者來自興元，
則主不遠千里也。貧子之說，一無謬焉。出《野人閒話》[23]

四人詩並非詩讖，能知且直陳四人並天台禪院住持將來命運者乃
不知身份的貧子。此人依照四詩的排序，先言首領二詩的作者將
遇難故謂首領俱碎，後二詩的撰者仕途順遂故稱將遇災禍前二人
命運「不如尾句」，至於院主未久亦死新住持來自遠方，應合了
此後主人，未久自千里而來的評斷，無不精確的命中在場詩人及
主持的未來。此敘事與前述國家興亡前而有童謠的記錄甚近，意
味著對國家興亡的未來發展和走向，在變異的觀察及解讀上並無
二致，亦即在運作的方式上並無差別。惟言中國家前途的童謠多
不知來處，只能隱晦的約略知道來自於天，至於說解個人命運的
讖語則相當清楚，多來自於異人對命定生命的探訪。不過似為上
天所決定的命運，仍存在著積極面對人世的意涵，陳講為人的重

23　〔宋〕李昉編，張國風會校：《太平廣記會校》，頁 2065-2066。

要，在景煥的《野人閑話》中，交代了人將逢惡事的原由：

> 利州市廓中，有一人，披髮跣足，衣短布襦。與人語，多
> 說天上事。或遇紙筆，則欣然畫樓臺人物，執持樂器，或
> 雲龍鸞鳳之像。夜則宿神廟中。人謂之天自在。州之南有
> 市，人甚闐咽。一夕火起，煙焰亙天。天自在於廟中獨語
> 曰：「此方人為惡日久，天將殺之。」遂以手探堦前石盆
> 中水，望空澆灑。逡巡，有異氣自廟門出，變為大雨，盡
> 滅其火。掌廟者往往與人說之，天自在遂潛遁去。其後居
> 人果為大水漂蕩，始信前言有徵。出《野人閑話》[24]

能知天上事的天自在道出了州南一方人士皆行惡，已引發上天形
成降臨禍事於斯地的決定，並用神通盡滅其火而遠循，作為天自
在確能知悉上天意志的證明，其後果如其言。依此則來說，一地
之民皆被禍事，就徵兆而言，天自在能至上天觀看天意的決策，
故可道出上天的意旨，則是必然將發生的前兆，就此而言與前述
故事無別；惟尚且道出得禍的真正原因在於此地之人行惡事，亦
可視行惡乃得禍的根由亦是徵兆，此為常人所能理解和預見，惟
未涉靈怪。那麼遭遇即使多因命定，卻何繫諸個人的行事。

參、亂世意識：傾向體察個人的世俗利益

　　五代對志怪的觀察及理解，漸與論奇述異的好奇心理疏遠，

24　〔宋〕李昉編，張國風會校：《太平廣記會校》，頁 1094。

而是就現象的本身去抉發它生成的根源，在具神秘色彩的各類信仰或生命主張中，祈以對照出與自我生命權益有關的議題：生時的安全存續，死後主要的意識歸趨，為此時文人造作志怪的初衷。因此，就人本惡死求生的本能而言，具有氣息時如何在社會上立足與生活，自為首當思索的命題。

一、生命脩短：承受利益的基礎

身體為接受外在變異的主體，屬於得以知驗生命階段，對於死亡後的未知本當驚恐不安。因而死亡不啻是經驗生活的斷絕，更可能是生命全然的結束，由此來說，死生亦大代表著中華文化趨向於以理智去思考死亡的發生，尤其在動亂的世代中，未及思索或選擇生命的未來趨往，促使人們更重視一己死亡將如何、何時成為事實。以下記述，正是王仁裕對動亂中人們總關懷自我生命的側寫，在當時命定論盛興的時代即使相信無法更易生命的大限，仍是熱切的探聽那死亡確實發生的日期：

> 唐長道縣山野間，有巫曰權師，善死卜。至於邪魅鬼怪，隱狀逃亡，地秘山藏，生期死限，罔不預知之。人或請命，則焚香呼請神，僵仆於茵褥上，奄然而逝，移時方喘息，瞑目而言其事。奏師之親曰郭九舅，豪俠強梁，積金甚廣，妻臥病數年，將不濟，召令卜之。閉目而言曰：「君堂屋後有伏屍，其數九。」遂令斸之，依其尺寸，獲之不差其一，旋遣去除之，妻立愈。贈錢百萬，卻而不受，強之，方受一二萬，云神不令多取。……自爾為人廷算者不少，為人掘取地下隱伏者亦多，言人算盡者，不差

> 瞀刻，以至其家大富，取民家牛馬資財，遍山盈室。出
> 《玉堂閒話》[25]

權師能卜見他人的死亡日期，生活的區域竟成當地信仰的聚散處，足見人對死亡的關心；對於得病尤其沈痾，更有著死亡的聯想，故知死期亦能知見生病的原由，治病自具神效；得病、死亡投射出當時對生命消逝的畏懼，導引個人開始探尋人生價值及目的之探尋和理解，一如動盪的六朝。然五代儒釋道已歷經隋唐時從攻伐、交涉而會通融合的過程，脫離了早先壁壘分明的信仰堅持，在志怪中已呈現在一己信仰中去突顯個人的生命價值和選擇，並無強烈的排他性。王仁裕在總關懷外在環境及一己遭遇的變異下，已作出自我信仰的抉擇，故記云：

> 清渭之濱，民家之子，有好垂釣者。不農不商，以香餌為業，自壯及中年，所取不知其紀極。仍得任公子之術，多以油煎燕肉置於纖鉤，其取鮮鱗如寄之於潭瀨，其家數口衣食，綸竿是賴。忽一日，垂釣於大涯硤，竟日無所得。將及日晏，忽引其獨璽，頗訝沉重。迤邐挽之，獲一銅佛像。既悶甚，擲之於潭心，遂移釣於別浦，亦無所得。移時，又牽出一銅佛。於是折其竿，斷其綸，終身不復其業。出《玉堂閒話》[26]

25　〔宋〕李昉編，張國風會校：《太平廣記會校》，頁 981-982。

26　〔宋〕李昉編，張國風會校：《太平廣記會校》，頁 1333-1334。

垂釣者長於釣魚之術故以此為業且用以養家，在一天竟日未有所獲卻二次釣到銅製佛像後，自此便終身不再以此為業。其中已比對著殺害魚類和用以養生他／我生命對價、對等的省思，若佛教所言為真，魚雖為物，仍和具有人身的自己在生命的本質上相同，因此，已開始省思在死亡後生命的趨往。惟在敘事末亦未道出此人從此信佛，交代著此事僅引發著對生命的思索。

二、養身所需：維繫生命的要因

惟在中國處在分裂，政權亦屢有更迭的世代中，入朝為宦不免受到政治上的傾軋而被禍事甚至失去性命。然在中華文化儒家的入世教育，以及入唐後士人無不以得任官職為榮的社會氛圍引領下，即使身處變亂，仍然想進入仕途，況文人在從政外亦難有謀生之法，未能進入權力核心，尚得以安全度日。對於科考的關心，恐多以取得養生之資為首要考量。五代文人多投注目光在科考上，而多有記各類預知考取與否的夢兆：

> 唐天祐年，河中進士楊玄同老於名場，是歲頗亦彷徨，未涯兆朕，且祈吉夢，以卜前途。是夕，夢龍飛天，乃六足。及見榜，乃名第六。則知固有前定矣。出《玉堂閒話》[27]

進士楊玄同夢見六足龍飛天，後應驗了自己考取進士第六名的結果，成了夢兆之一例。其中自反映著士人對於考試的熱衷，屬於獲取利祿即利己的思考線索，已然忘卻儒家所要求當入世為人的

---

[27]　〔宋〕李昉編，張國風會校：《太平廣記會校》，頁 2718。

理想。在此利己思維的引導下，五代在文士之外對能領兵作戰的
人才更為需求，況在動亂中亦難循常法以求自試，已出現了自許
為君主所用而獲異象的新型，與通過文章科考而得入仕的舊例有
別：

> 梁朝將戴思遠任浮陽日，有部曲毛璋，為性輕悍。常與數
> 十卒追捕盜賊，還宿于逆旅，毛枕劍而寢，夜分，其劍忽
> 大吼躍出鞘外。從卒聞者愕然驚異。毛亦神之，乃持劍呪
> 曰：「某若異日有此山河，爾當更鳴躍，否則已。」毛復
> 寢未熟，劍吼躍如初。毛深自負之。其後戴離鎮，毛請
> 留，戴從之。未幾，毛以州歸命於唐莊宗，莊宗以毛為其
> 州刺史。後竟帥滄海。出《玉堂閒話》[28]

性情輕悍的毛璋先有其劍大吼的異事，後有持劍問自身將來仕途
並得回應的特異，毛璋便以此自許，後果然為後唐莊宗所用而為
刺史。其中皆未言及對社稷的責任、自我較遠大的抱負，只是求
得祿位而已。此現象可由五代尋見的「獲寶」故事加以理解：

> 密牧張鐩少年時，常有一飛鳥，狀若尺鷃，銜一青銅錢墮
> 于張懷袖間。張異之，常繫錢于衣帶間。其後累財巨萬，
> 至死物力不衰。即蜚鳥墮錢將富之祥也。出《玉堂閒話》[29]

28　〔宋〕李昉編，張國風會校：《太平廣記會校》，頁 1954。
29　〔宋〕李昉編，張國風會校：《太平廣記會校》，頁 1955。

張籛少年時獲得不知名的飛鳥所銜青銅錢，並恆自佩帶，後累財巨萬。得到至寶，而得養身所需，在比對前述多在探尋自身能否藉由文武不同的途徑，獲取富貴的敘事後，如此公開並屢次陳述對權位的貪戀，鉅富的祈求，對利己的極度關心和尋找，誠為五代志怪中特出亦具時代的思維傾向。

肆、結論

　　五代志怪雖在各書表述著作者自我所關注的主題，但仍舊隱然不分彼此的呈現共同的思考和理解的脈絡。透過考述文體、論述及思維不同的面向，勾勒出五代志怪敘事的文化特質。就文體的選擇和特質言，五代志怪的作者傾向習法史傳的撰述結構及命意，開發並再次詮釋一己所擇取的各類素材，聚焦在自我所關心的命題上。此有意識的習法，使得五代志怪未能有較純粹的志怪撰述，往往止於記述軼事的文字亦廁身書中。就闡述的對象和方法上而言，五代志怪由天道的常與異以理解物理及人事上的變異，分別由政治、社會及個人中由大而小的去體悟、尋求不變之常法；在論述上，志怪的作者皆相信此常法不僅在外在環境的變易得以表現，同樣的亦合於個人的境遇上，已由傳統天人觀僅應用在國家興亡的大道上，轉向對個人生命的關注。最後就思維的意識及傾向言，這些對異的探索，無法在於檢覈、觀照出個人利益的維繫，由對生存、生命的注目，延展至若祿位、金錢等養身所資，突顯著五代志怪的利己特質。

第二章　詩與事間之交涉
──孟啓《本事詩》所反映五代文人
對小說的文類見解

　　六朝文人接納並正視未能以常理詮釋的外在現象和傳聞，以
敘事的形式記錄下事件的始末，這些在今日被稱作志怪的著述卻
在當時被劃歸於雜傳，意味著這些作者並未以創作的手法及心態
從事著述，乃是較傾向記錄實聞的法式與態度為文，令其中所呈
現的思維和觀感，在擇選與剪裁故事中，雖亦展現著撰述者部份
自我的觀感與意志，卻不可掩抑在組構和觀察事件始末時的想
像，是更貼合著當時社會群體對於未能用所知常識去理解的人事
或環境變異，其中思考的歷程與原理。[1]此撰述的風尚，已讓原
本被摒棄在書寫傳統的神怪題材和命題，被納入文人撰述的體例
中，文人亦從既存的史傳體例中，採行同為記述言行的雜傳一
體，載負並傳播著變異發生的歷程。此一撰述的新體在入唐後除

---

[1]　六朝志怪小說的興起，論者若王國良、李劍國多歸於時代對「異」關注
　　及傳寫的客觀因素，和文人投入以傳記錄文的主觀原因，在主客觀的對
　　照下，便已揭示志怪在初筆時側向於「真實」、「反映時代」的書寫特
　　質。參王國良：《魏晉南北朝志怪小說研究》（臺北：文史哲出版社，
　　1984 年）、李劍國：《唐前志怪小說史》（北京：人民文學出版社，
　　2011 年）。

了被承繼而有著述外,文體上尚出現了轉折與變異,即今人所稱
唐傳奇的出現。[2]此體已從具有補史之闕志怪的敘事規模,轉向
習法記傳體宛轉記事的創作意圖和形式,在中唐時歷經古文運動
的催化與帶引後,[3]以「傳記體」敘寫異物、異人、異情與異事
等使人可喜可愕之事,內容雖多不經,又頗致力情節的曲折和文
字的修飾,尤在中唐以後文人已相仿習,視此為創作的文體之
一。魯迅撰小說史,兼用唐代已見的「傳奇」作為命名,且謂
「然敘述宛轉,文辭華艷,與六朝之粗陳梗概者較,進之迹甚
明,而尤顯者乃在是時則始有意為小說」[4],以為乃中國小說成
熟的標誌,清楚的標示出敘事文體的變異。此類撰述自別於以傳
寫聽聞為主並非全出於機杼,滿足著嗜奇好異的心理,係將陳述
故事的敘事方式及重心,轉向於表述敘事過程及結果所帶引出的
託寓與意志,[5]早於宋代的趙彥衛已見此體的形成與特質,拈出
「蓋此等文備眾體,可以見史才、詩筆、議論」[6]等足能發揮個
人見解的體例,列入文人「有意造作」文體的選擇。[7]文人不採

2　區分並定稱六朝志怪與唐傳奇始於魯迅。陳平原:《中國小說敘事模式
　　的轉變》(北京:北京大學出版社,2003 年),頁 210-213。

3　劉開榮:《唐代小說研究》(臺北:臺灣商務印書館,1966 年),頁
　　3-27。

4　魯迅:《中國小說史略》(北京:中華書局,2014 年),頁 55。

5　即如李宗為所言:「許多作者逐漸以傳奇樣式來表現更為重大的人生經
　　驗,進一步有意識地在傳奇創作中注入政治和哲理的內容。」頗中肯
　　綮,見李宗為:《唐人傳奇》(北京:中華書局,1985 年),頁 138。

6　〔宋〕趙彥衛:《雲麓漫鈔》(北京:中華書局,1996 年),卷 8,頁
　　135。

7　唐傳奇實兼有史傳(敘事主體)、抒情(詩騷特徵)的文學傳統,而成
　　為文人從事創作的新體外(見陳平原:《中國小說敘事模式的轉變》,

用抒情或議論的文體表達己見,乃採行傳「奇」一個未能見容於
文章中的概念和題目從事創作,在於此體得以造作出在現實環境
中所未能見獲的人事或場域,以突破人必圈限在物理與社會的時
空限制,在顯見自我作古的虛設事件中,獲取了跳脫可能招引的
批評甚至攻擊消極功用,尚得積極且無礙的抒發或闡釋自身的意
志與理念,傳奇乃是傳統文論所未曾規範、又得以載負既有文體
所未能展現的文人心理。[8]

　　但就此新體言,無論作者為經營故事,詳盡情節曲折,或逞
文采,鋪衍雕飾文句,亦於文末評議事件,褒貶人物,皆就原來
所仿習的史體架構敘事而開展,未逸出原有文體的形式和內容,
惟在敘事中容攝淵源更早且自具意涵的詩歌一體,使得單純的表
述一事,多了需要再去體會且屬直述心志的內容,就此更清楚的
呈現出唐人小說在發展上的新意與變革。詩歌創作不僅在唐前已
是文人表述己志的主流文體,唐代承六朝詩歌創作的成就與詩論
的傳統,文人亦用以闡發自身直接的感受,以各式的文學技巧將

　　頁 210-213),即周紹良所直指的「唐代中期之後,文藝形式已經不能
　　滿足當時的需要,在提倡古文運動和市民文的興起這兩重動力壓力之
　　下,為適應新的需要,新的文體就產生出來了,在舊的小說的老枝上長
　　出一個新芽,這就是『傳奇』文學。」(周紹良:《唐傳奇箋證》(北
　　京:人民文學出版社,2000 年),頁 3。)傳奇確然已列為創作的一種
　　選擇。

[8]　六朝志怪及唐人傳奇在意識上的表現,康韻梅已指出「顯示志怪主要在
　　體現於集體而普遍的、關乎文化的主題,而非展現作者個人的意識;傳
　　奇主要是發揮作者的個別觀點,正反映唐『有意為小說』的內涵」,此
　　差別亦能作為區分含括六朝後志怪的及傳奇文體的指標。引見康韻梅:
　　《唐代小說承衍的敘事研究》(臺北:里仁書局,2005 年),頁 60。

思緒予以揭露，更視詩乃淵源自《詩經》有著言志和刺諷的功用和意義，故將詩置於敘事文體裡，就何時（敘事進程）、何者（角色主副甚而是作者置入詩歌）、何事（敘事中單一情節、整體敘事抑或配合故事推衍而當揭露的心理）而吟詩，則呈現複雜的敘事結構，再就詩所表現的主題和所陳述心理的活動，亦存在更深刻的敘寫動機——在為何、如何援詩入事的探討中，得以發掘更深刻的撰述理念和當時文人的心理狀態。

由清人編《全唐詩》據唐人小說補輯，出現為數頗夥輯自於作者造作的神仙、精怪、鬼物等詩作，就此，足能反應唐代文人對此新體接受之一斑；[9]而在中唐後「敘事體」與「詩」文體交會的小說出現未久後除了續有造作，更有文人探討著詩與事兩者間所具有的關聯性，代表在撰述時已對此兼攝詩和事的新體有所體認，在創作外更接受且詮釋著事件和詩歌在創作上實相生更共存，其理據更可作為再續以探討文人「援詩入詩」創作心理的重要對照和探針。唐末范攄就感於「每逢寒素之士，作清苦之吟，或樽酒和酬，稍蠲於遠思矣」[10]，頗陳詩和事之間的關係而撰成《雲谿友議》；孟啟《本事詩》更直接標榜詩的本事抑本事的詩，而稱「其間觸事詠，尤所鍾情；不有發揮，孰明厥義？因采為本事詩，凡七題，猶四始也。情感，事感，高逸，怨憤，徵異，徵咎，嘲戲，各以其類聚之」[11]，相信詩必出於事故輯錄知

9　參〔清〕彭定球等編：《全唐詩》（北京：中華書局，1960 年），卷八百六十二至八百六十七。

10　〔唐〕范攄：《雲溪友議·序》（上海：上海古籍出版社，2000 年《唐五代筆記小說大觀》本），頁 1259。

11　〔唐〕孟啟撰，王夢鷗校補：《本事詩校補考釋·本事詩序》（臺北：

其本事的詩歌，尤以唐代小說為大宗，[12]歸納出文人不同的心事
與《詩經》的四始相比況，表述著將詩置入敘事文體的新意，已
被唐代文人所注目和接受。此類作品的論述或以詩論事，或由事
論詩，皆視人之境遇的「事」乃生「詩」依據，比況出小說言其
事件過程，詩歌陳言心理，以此為基礎探討兩種文類在創作上的
歷程與意義。而這屬於創作者當下時空的創作氛圍及意識，成了
深入分析唐傳奇援詩入事手法的重要理據及基礎。故本章擬以孟
啟《本事詩》為論述起點，分別就文體之敘事結構、作者之創作
命題予以探討，足以獲悉傳奇中援詩入事手法的肇興始末及及主
題的發展遷變；進而藉由唐代詩人在選取有唐一代的詩作時，[13]
以對照出作為創作主體的文人，對詩之所生的「事」採取的態
度，無論以詩論事或以事論詩，皆能更深入的辨析創作者的心靈
活動與當時文人的集體意識。

壹、敘事體歸屬文學：
「本事」乃記錄、注解創作之歷程

　　對於唐人以史傳之體，記敘下作者自出機杼用以寄託己意的

藝文印書館，1974《唐人小說研究三集》），頁29。

[12] 王夢鷗：《唐人小說研究三集》（臺北：藝文印書館，1974 年），頁
18-21。

[13] 本文所用來比照《本事詩》的唐代詩人的創作和理論，皆以唐人選詩、
評詩專集為範圍，由之方能聚焦和更深入理解孟啟在編寫《本事詩》時
對「事」、「詩」的觀感。所引文本據傅璇琮、陳尚君、徐俊編：《唐
人選唐詩新編（增訂本）》（北京：中華書局，2014 年）。

敘事,即使主張不應使用「傳奇」一詞作為小說文體的專稱,卻仍承認「唐世文士,衍六朝志怪之緒餘而益以詩才史筆,其間名篇迭出,垂範後昆」[14]的小說新意,指出唐代文人致力於小說的文采與己志的表述,不僅和六朝的小說有別,更成就了後世撰述的典範。在此新體中「益以詩才」的敘事手法,突顯著文人對於小說創作觀念的轉變和投入,在其中重新界定整起故事或其中情節單元(小說結構)對於主人翁的意義或啟發,並在賦與詩歌在敘事裡的功能下,進而帶引與釐清故事的題旨(詩歌創作),形構出新的敘事手法,及更明確的撰述動機。只是魯迅定義下「有意造作」的唐傳奇確然存在,卻仍需面對不少作品難以劃歸於傳奇抑或志怪的困難,就此,則當予確認唐傳奇的定義及範圍,方得以續以研議。孟啟《本事詩》撰於唐昭宗景福年後(893),是時傳奇已然大興。[15]孟啟在是書的自序中自言記敘詩歌創作的事件本末,與詩人撰詩立場,用以注解詩的內涵,自以傳統詩論中以詩當主體,並用相關人事作為注腳以解詩。自序中表現出與唐代詩家共通創作詩歌的立場,因事而創作,遙承自詩言志歌詠言的既有詩學體系。由此而言,已見孟啟首先依從的詩歌立場,仍自傳統而來:

14　近人多因著不易定義「唐傳奇」,而主以「唐人小說」作為此時期小說文體的專稱,此主張可以王夢鷗為代表,不過也未否定此時期的小說,確然存在著與作意好奇並巧於敘事,以寄作者心事的作品。引參王夢鷗:《唐人小說校釋(上集)》(臺北:正中書局,1991 年),頁壹。

15　《本事詩》之成書年代及孟啟之姓名考證與生平履歷,分參李昭鴻:《孟棨《本事詩》研究》(臺北:中國文化大學中國文學研究所碩士論文,1999 年 7 月)之第一章、第二章,及陳尚君:〈《本事詩》作者孟啟家世生平考〉,《新國學》,6 卷第 6 期(2006 年 11 月),頁 1-7。

一、因事生詩：藉事以標示創作者之情志內涵

　　依循作者的撰述意圖言，記敘事之本末和詩人撰詩之角度，目的在於注解詩的內涵；在論述的立場仍趨向傳統，以詩當作主體，藉由交代事件的本末和詩人撰述時的心境，作為理解詩歌內容的方法，作為詩歌的注腳。其中說明人在生活中所發生的事件，才是詩歌創作的根源，更進一步將詩人分別出當事人和旁觀者的不同；就前者言，乃直抒發己志，就後者言，則為感同身受，最後並帶出這些類別的生活體驗，是人與人間得以理解與體悟。而自己的生命體驗並予以謳歌，則是《本事詩》所拈出「情動於中而形於言」創作的直接動力。

（一）己身之履歷及體悟

　　唐傳奇主要習法傳記體的書寫方式，以特定人物為傳主，記敘其言動及其後來之境遇且自具首尾。惟在內容除涉不經外，命題又與史傳以國家大事為範圍，且其事足堪從政者借鏡有別，而是作者自己意志的表述。於是，在故事中記敘詩歌，本非單純的記錄人在活動中偶一為之的詩詠，而是和故事的開展及命意間具有關聯。傳奇本在於陳述、詮釋完整的歷程後給予讀者啟示，因而在敘事中置入詩歌，當先就故事裡敘事的發展，理解它出現的時機與原因，甚而與結局的關係；其次，則就故事給予讀者的意象和命題，去理解與詩作間的對應關係，就此，得以初步解析援詩入事的動機與意義。故就敘事結構觀察詩作的功用言，故事本以個別的情節單元所構成，應先分別與歸納出引發詩歌創作動機所應對的情節單元或整起故事：前者就形成了自成體系的創作歷程，有清楚的撰述動機，與詩作的內容相互應；後者則可對應至

整起敘事的意義,則傾向於詮釋此一人生歷程所獲得的領悟。就此,至少得以劃分出兩種不同的敘事結構。

惟唐傳奇本以傳主為敘事主軸,由之建立起與其他人物間的關係形成故事,也藉此分別出主從的兩種角色。因而在敘事中置入詩歌,在唐代仍則採取指定當中的人物作為詩歌的創作者,因此,作者置入詩歌之用意,可再由主從人物的選擇,和角色在敘事中代表的意義予以理解。在多出於作者虛構的唐傳奇裡,詩歌卻是代表人物的真實心理,在虛(虛擬的環境)和實(真實的心理)的對照中,可適切的表現出作者所欲表現的心理的訊息。故於《本事詩》中便作如是解釋:

> 顧況在洛乘間,與三詩友遊於苑中,坐流水上,得大梧葉題詩上曰:一入深宮裏,年年不見春。聊題一片葉,寄與有情人。況明日於上游亦題葉上,放於波中。詩曰:花落深宮鶯亦悲,上陽宮女斷腸時。帝城不禁東流水,葉上題詩欲寄誰?後十餘日,有人於苑中尋春,又於葉上得詩以示況。詩曰:一葉題詩出禁城,誰人酬和獨含情?自嗟不及波中葉,蕩漾乘春取次行。[16]

顧況在大梧葉題下第一首詩,在於推測、猜想宮女身心的不自由,與對愛情的渴望,亦寄託自己之心事,在此中已有比況他人、自陳心事兩種不同的視角;當顧況再次來到護城河外又興感

---

[16] 〔唐〕孟啟撰,王夢鷗校補:《本事詩校補考釋·本事詩序》,頁37。

慨，用同樣的態度和立場，申言宮女虛擲青春的苦況，與己身同情亦同悲的心理，而詩人這想法，復在獲得宮中流出同寫在大梧葉的詩中，獲得了應證，讓閨怨的女性和自悲的文人，在詩歌上有了共鳴與體悟。而這創作的理論及實踐，亦見於唐代共同的詩論主張與詮釋裡。天寶時芮挺章編《國秀集》，友人樓穎於肅宗時撰〈序〉便評「昔陸平原之論文，曰『詩緣情而綺』」，並引《詩經》之創作舊論而謂「仲尼定禮樂，正雅頌，采古詩三千餘什，得三百五篇，皆舞而蹈之，弦而歌之，亦取其順澤者」，後用陳公（希烈）蘇公（源明）語，而云：「風雅之後，數千載間，詩人才子，禮樂大壞。諷者溺於所譽，志者乖其所之，務以聲折為宏壯，勢奔為清逸。此蒿視者之目，聆聽者之耳，可能長太息也。」[17]批評當時詩人求聲響、求形式的寫詩風尚，而忘卻原來言志之初衷。由之觀《國秀集》所選，確實反映選詩者與創作者側重詩人之志的本心，其中得見選出詩人說明創作之動機，亦多本於事，如崔曙在題目中記創作的原因，題詩名作〈登河陽斗門見張貞期題黃河詩因以感寄〉，至於與張貞期之情誼和送別之感受，則由詩作來抒發，[18]然題目不免仍受限於字數，樓穎在〈東郊納涼憶左威衛李錄事〉一首，便增以詩序以說明事之本末，而謂：

> 僕三伏於通化門東北數里避暑之地，地即故倅天官顧公之

17　〔唐〕芮挺選編，傅璇琮校點：《國秀集》（北京：中華書局，2014年，傅璇琮、陳尚君、徐俊編：《唐人選唐詩新編（增訂本）》），頁280。

18　〔唐〕芮挺選編，傅璇琮校點：《國秀集》，頁338。

舊林，今貳宰君李公之別業。右抵禁籞，斜界沁園，空水相輝，步虹橋而下視，竹木交映，弄仙櫂而傍窺，足滌煩襟，陶蒸暑。獨往成興，恨不與數公共之。率然有作，因以見意。[19]

樓穎詳記創作的原因：舊地重遊，於消暑之際更憶起此地舊主的友人李公，除記當下之遊外，亦寄思友之思。事雖簡，卻已道出創作之志，便含括了創作者自身所認定的事件，故詩言志，而志亦能繫於事；由此以觀，事之記述，有助於對詩的理解。

(二) 同情理解他人境遇

就故事中人而言，詩的創作者本在陳述己志，然亦兼見旁人在對事有所感下而謳歌，自以為得以體驗、體認當事人的處境，所以代為發言。此類得以同情的陳述方式，本來便發生在「傳奇」體上，因為傳奇的造作就在於再次排列、表述他人的經歷，創作者實屬自身的觸發，甚而故事乃出於作者自造，事、詩皆出於個人的機抒。於此，詩人代人撰詩，便在得以同情他人的處境下而開展：

寧王曼貴盛，寵妓數十人，皆絕藝上色。宅左有賣餅者妻，纖白明媚。王一見屬目，厚遺其夫，取之，寵惜逾等。環歲，因問之：汝復憶餅師否？默然不對。王召餅師，使見之，其妻注視，雙淚垂頰，若不勝情。時王座客十餘人，皆當時文士，無不悽異。王命賦詩。王右丞維，

---

19 〔唐〕芮挺選編，傅璇琮校點：《國秀集》，頁322。

詩先成：莫以今時寵，寧忘昔日恩。看花滿眼淚，不共楚王言。[20]

文中交代了文人無不悽異賣餅者夫妻的經歷：兩人因寧王權力的介入而拆散賣餅夫妻，在多年後兩人相見，妻仍憶前夫、前夫亦難捨已為寧王妾的前妻，舊情的難捨，反映出兩人情感的堅貞，文人多能知解。惟文人能詩，故王維便將此情化作詩篇，聚焦於經歷中情的可貴。而這得以理解的基礎，便在於文人得以感受、瞭解他的處境與所生的情感，同情成了詩歌創作的重要基礎。代人而陳事，本為詩歌創作的舊法，亦能藉此達成刺諷的目的，自為唐人所重。代陳心事，頗見於唐人選編詩集。

殷璠《丹陽集》所收處士張潮〈江風行〉一首，詩云：

塔貧如珠玉，塔富如埃塵。貧時不忘舊，富日多寵新。妾本富家女，與君為偶匹。惠好一何深，中門不曾出。妾有繡衣裳，葳蕤金縷光。念君貧且賤，易此從遠方。三千路役思，發盡悔不已。日暮情更來，空望去時水。孟夏麥始秀，江上多南風。商賈歸欲盡，君今尚巴東。巴東有巫山，窈窕神女顏。常恐遊此方，果然不知還。[21]

---

[20] 〔唐〕孟啟撰，王夢鷗校補：《本事詩校補考釋・本事詩序》，頁34。

[21] 〔唐〕殷璠選編，陳尚君輯點：《丹陽集》（北京：中華書局，2014年，傅璇琮、陳尚君、徐俊編：《唐人選唐詩新編（增訂本）》），頁140。

是詩自是張潮代思婦而寫，道盡原為富家女委嫁貧壻便傾力持家，卻在家富後良人另有新歡以致淹留他方的苦痛，詩中自有記事，卻顯然並非身為男性的張潮所能深刻體悟，卻能情深而動人，故殷璠評此「潮詩委曲怨切，頗多悲涼」[22]，亦深以張氏所陳之詩意為然。上引已於詩中陳事，雖然代言也未另陳事之始末，仍得以鑑別與知悉詩之情緻，故於詩集中代人作詩，以表其情者，毋論詩之長短，多於詩中提及情之所興，且皆以事為由，如《才調集》引鄭準〈代寄邊人〉及盧弼〈薄命妾〉云：

> 君去不來久，悠悠昏又明。片心因卜解，殘夢過橋驚。聖澤如垂餌，沙場會息兵。涼風當為我，一一送砧聲。

> 君恩已斷盡成空，追想嬌歡恨莫窮。長為薜花光曉日，誰知團扇送秋風。黃金買賦心徒切，清路飛塵信莫通。閒憑玉欄思舊事，幾回春暮泣殘紅。[23]

兩首分為思念征夫與追想情人所作，故首則由思婦之口陳提及沙場的徵召，次則便從情人之心事記下信音遼渺前的往事，雖未盡知事之始末，卻必知兩人之思，必有來處，且得以由一己之經歷，以度他人之過往。而知詩必生於事，於知事之後便得揣知其情，而得代作。於是，寫詩在於陳述己志，而志生於事件，由此便能知鑑他人經歷所生之情，才能代人寫詩，以抒其志，基於

22　〔唐〕殷璠選編，陳尚君輯點：《丹陽集》，頁 140。

23　〔五代〕後蜀・韋縠編，傅璇琮校點：《才調集》，頁 1153、1156。

此，若得詩之本事，有助於詩意之甄別。

二、由事知情：由故事示範閱讀時之理解進路

復次，孟啟除了界定了「事」在詩歌創作中的價值與定位，且以為詩歌的創作並非皆在抒發個人經驗的情緒，而是有著抒發己志及代人陳述的不同創作進路；依循這對詩作創作動機的詮釋，便已意謂著人雖不同情性卻有的共通性，當人生中遭遇相近的歷練時，毋論階級或身份皆會有相同情緒的反應與感受的興發，點出詩人具「感同身受」的能力。惟這說法，除了可用於說明詩人具備抒寫他人境遇感受的能力，自然適用於交代讀者能夠藉由知道詩創作的背景後，進而更精準、深刻的掌握詩中人物的情感，與詩歌的意境。於是，詩生於人生中的個別際遇，文學上就能用此際遇（事）以釋詩，惟《本事詩》更清楚的展示事和詩不得分割，言事方能知詩。故就敘事的層次言，其一乃示範讀者的閱讀方式。其二則在這實例的示範後，使讀者能知讀詩之本事的方法，且依此去理解書中所言的詩與事，便能獲見詩何以發生與如何解讀詩作，而此，形成了由事解詩的閱讀過程與傳統。

（一）讀者／讀事可知詩

依循傳奇的敘寫脈絡，便可略見作者及預設讀者的閱讀思路。就傳奇言，故事即為全文的主要結構，藉情節帶引讀者進入敘事裡的情境中，更順理成章進入詩造作的時空之下。故敘事尤其與詩有關的情境營構，自是作者亦是要讓讀者應予留意的要項。在《本事詩》中除向讀者展示本事外，亦提供了詩的「讀法」。故云：

> 劉尚書禹錫罷和州，為主客郎中，集賢學士。李司空罷鎮
> 在京，慕劉名，嘗邀至第中，厚設飲饌。酒酣，命妙妓歌
> 以送之。劉於席上賦詩曰：鬒鬢梳頭宮樣妝，春風一曲杜
> 韋娘。司空見慣渾閒事，斷盡江南刺史腸。李因以妓贈
> 之。[24]

文中交代了詩人見妙妓與寫詩的原由，並用詩的內容，聯結起與
詩人與妙妓間的情感關係。在閱讀本事之後，知劉禹錫乃應邀至
李司空處，僅是單純一見美人便傾心，清楚地交代妙妓之美貌與
一己純粹之愛慕，與情之所生之始末，復由劉禹錫見美人於一瞬
與司空平夙皆見的對照，除了說盡司空之幸外，也引出禹錫自身
雖有幸目睹卻無緣長伴，徒留遺恨而心傷。此詩雖為應酬之作，
對妙妓之美與司空之幸不免有所溢美，惟在事之引導而與詩對
讀，實更深刻的瞭解事與詩共呈一見鍾情的感受。

　　由是，當讀者能夠掌握詩作的創作之原委時，雖不免限制了
讀詩時的想像，卻得以更深刻的進入作者創作的意境裡，而這體
悟不僅孟啟已知鑑，亦是唐代詩人與讀者了然於胸的看法。高適
〈燕歌行〉為《河岳英靈集》、《又玄集》、《才調集》收錄，
皆有序，以陳寫詩之由，其云：「開元二十六年，客有從元戎出
塞而還者，作〈燕歌行〉以示適，感征戍之事，因而和焉」[25]，

24　〔唐〕孟啟撰，王夢鷗校補：《本事詩校補考釋·本事詩序》，頁
　　46。
25　〔唐〕殷璠選編，陳尚君輯點：《河岳英靈集》（北京：中華書局，
　　2014 年，傅璇琮、陳尚君、徐俊編：《唐人選唐詩新編（增訂
　　本）》），頁 213。

時高適三十五歲，雖為和作然在盛唐卻已有感於征戰之事，更見
此詩之意；又如《才調集》收白居易〈初與元九別後忽夢見之及
寤而書適至兼寄桐花詩悵然感懷因以此寄〉，以極長的題目寫下
醒來仍記夢得元積故寫詩抒懷的創作原由，另顧況在〈悲歌六
首〉之序所陳：「情思發動，聖賢所不能免也。師乙陳其宜，延
州審其音，理亂之所經，王化之所興也。信無逃於聲教，豈徒文
彩之麗，遂作此歌」，[26]出於情思而有作，皆在表明自身的創作
動機甚而已涉及個人經歷，對於讀者言，獲知創作事由的原委或
僅有部份，皆有助於對詩的領略，《本事詩》之主張，亦與此
同。

（二）閱讀／以同情解詩

　　文章的解讀，需要在共同的時代及文化背景中進行，尤其傳
奇自以文人的身份及認知進行撰寫，作者已將潛在的讀者範圍，
設定在相同的階級，方能理解故事所拈出的文人心事。於是，這
些被限定讀者身份的記錄，就無可避免的鎖定在文人生活才能注
意、體認的經驗。故云：

> 天寶末，玄宗嘗乘月登勤政樓，命梨園弟子歌數闋。有唱
> 李嶠詩者云：富貴榮華能幾時，山川滿目淚沾衣。不見秖
> 今汾水上，惟有年年秋鴈飛。時上春秋已高，問是誰詩，
> 或對曰李嶠，因淒然泣下，不終曲而起，曰：李嶠真才子
> 也。又明年，幸蜀，登白衛嶺，覽眺久之，又歌是詞，復言

26　〔五代〕後蜀・韋縠編，傅璇琮校點：《才調集》，頁 937、986。

　　李嶠真才子，不勝感嘆。時高力士在側，亦揮涕久之。[27]

李嶠詩的內容，直陳自己對於人生的體驗：富貴的無常，對自然
的嚮往，卻無奈的在時光有限又已流逝下，徒留感慨。詩中表述
著出仕與歸隱的矛盾、抉擇，屬於文人才能理解的命題；玄宗歷
經大亂過程，對士人取得仕宦與回歸回園的心情，有了深淺不同
的同情瞭解甚至於是人生體悟；就讀者言，亦需是文人身份方能
生成感同身受的了悟外，當文中僅交代李嶠作詩，其後記下玄宗
在安史之亂前聽此詩已淒然涕下、亂時登高而歌是詞更生感歎，
已用玄宗的經驗對照李嶠之前未曾提到的人生體驗。而這僅見提
示生活過程的敘事，便能令同為文人的讀者明白詩及事。而這主
張，則見於唐人對於詩並擴至對詩人生平之評述裡。殷璠《河岳
英靈集》評常建、薛據詩作，皆多據其生平以解釋其詩作風格的
形成。若評陳常建云：

> 常建
> 高才而無貴仕，誠哉是言。曩劉楨死於文學，鮑照卒於參
> 軍，左思終於記事，鮑昭卒於參軍，今常建亦淪於一尉，
> 悲夫！建詩似初發通莊，卻尋野徑，百里之外，方歸大
> 道。所以其旨遠，其興僻，佳句輒來，唯論意表。至如
> 「松際露微月，清光猶為君」，又「山光悅鳥性，潭影空
> 人心」，此例十數句，並可稱警策。然一篇盡善者，「戰

27　〔唐〕孟啟撰，王夢鷗校補：《本事詩校補考釋・本事詩序》，頁
　　52。

餘落日黃，軍敗鼓聲死」，「今與山鬼鄰，殘兵哭遼
水」，屬思既苦，詞亦警絕。潘岳雖云能敘悲怨，未見如
此章。[28]

殷璠在解詩前，先簡單將常建歸於「高才而無貴仕」一類，詩作
旨遠興僻皆源自這相同的人生際遇，由之再去解讀〈吊王將軍
墓〉、〈宿王昌齡隱處〉、〈題破山寺後禪院〉之警句。殷璠自
題為「進士」知未考取，故能及接受所謂高才無位的困境和心
理，故於讀詩時感觸特深，即使進士及第，亦能明白科考不售的
失落，此是這社會階級共通的文化和思維。由是，在評薛據詩
時，也先言其性格與境遇，而謂「據為人骨鯁，有氣魄，其文亦
爾。自傷不早達」[29]，再由此評其詩，其解詩的路徑與立場亦同
於常建。將詩的解讀，從所有人共通的生命歷程和情感反應的抒
發，又縮小範圍至文人所獨有的文化及由之而生的經歷，故直接
記錄創作動機或過程，更易於讓同為文人的讀者解讀詩作，並形
成有唐一代讀詩的既有方式，在《本事詩》亦於唐人選錄唐詩詩
集中有所表呈。

貳、詩直陳人的意志：
藉「詩歌」發現、聚焦敘事之命題

　　以詮釋的目的言，《本事詩》以詩為主體，以事來詮釋詩

28　〔唐〕殷璠選編，陳尚君輯點：《河岳英靈集》，頁213。
29　〔唐〕殷璠選編，陳尚君輯點：《河岳英靈集》，頁225。

意；然而就此書的敘事內容與文體表現來說，事自然成了敘寫的主體，詩則退為事之附庸，成了事件發生後評議其事甚至收束全篇。此敘寫方式反映當時詩人對於「敘事體」的新觀感，以為「言事」便足以發明人的情感，至少代表了記敘事件具有文學價值的可能，至於因事而寫的「詩」，則發揮標識事件意義的功能，詩成了提示事件內涵的重要線索。

一、由詩事之情感抒發和對照，以省思自我之言動

《本事詩》自有詩，而成了作者解釋故事的立場；詩題之闡發，乃事之所感的實質內容，自需對讀。在本書中，係將故事定位成生命的不同情境，提供故事中的主人翁在不同情境中作出選擇，再利用結局反映及彰顯此選擇背後，作者意欲表述特定的價值或理念。而在其中安排人物創作詩歌，可用以陳述此角色真實的心跡，或陳述個別情節下的情緒，或連綴出動態的心情或心志之變化，就此皆能夠強化作者所要展現的意志。

（一）描摹情感之發生以注解個人的情志內涵

傳奇本以敘事為主體，記敘人的生命經歷，而詩乃就事而創寫，自然在陳述事件對人的影響；相反的依詩意而找尋事件動人之處，乃屬解「事」的方式。此類敘事，在《本事詩》裡，便有著當抽離詩後雖不影響故事的完整，卻使得事件殊乏意趣的例證，若以下所記之事，顯然因著詩作而有記錄的價值：

> 劉尚書自屯田員外左遷郎州司馬，凡十年始征還。方春，作贈看花諸君子詩曰：紫陌紅塵拂面來，無人不道看花回。玄都觀裏桃千樹，盡是劉郎去後栽。其詩一出，傳於

都下。有素嫉其名者，白於執政，又誣其有怨憤。他日見
時宰，與坐，慰問甚厚。既辭，即曰「近者新詩，未免為
累，奈何？」不數日，出為連州刺史。其自敘云：貞元二
十一年春，余為屯田員外，時此觀未有花。是歲出牧連
州，至荊南，又貶朗州司馬。居十年，詔至京師，人人皆
言有道士手植仙桃滿觀，盛如紅霞，遂有前篇，以記一時
之事。旋又出牧，於今十四年，始為主客郎中。重遊玄
都，蕩然無復一樹，唯兔葵燕麥動搖於春風耳。因再題二
十八字，以俟後再遊。時太和二年三月也。詩曰：百畝庭
中半是苔，桃花淨盡菜花開。種桃道士歸何處？前度劉郎
今獨來。[30]

詩自記劉禹錫先詩因詩招忌而被誣陷詩中多寄怨憤，為主事者外
放連州刺史，但當他再來歸時，在自陳自己這些年因著被嫉其名
者排擠而外放十四年，如今再回京城，當年詩中所言的桃花早已
無存，而再進一詩，歎息著如今來歸，卻已人事皆非。敘事裡清
楚的道出劉禹錫被人所誣諂而離京，但他最終回到長安時而詠
詩，卻無怨懟之語，僅感慨人事遷變之鉅。若無詩，雖不影響故
事卻無法呈現詩人即其中主人翁之心志，便削弱了故事的深度。
此事中的詩作，為五代後蜀韋縠《才調集》收於卷五繫於劉禹
錫，並增有題目〈自朗州至京戲看花諸君子〉、〈再遊玄都
觀〉，[31]當據《本事詩》所錄本事而擬，清楚地道出文人讀者在

30　〔唐〕孟啟撰，王夢鷗校補：《本事詩校補考釋・本事詩序》，頁
　　53。
31　〔五代〕後蜀・韋縠編，傅璇琮校點：《才調集》（北京：中華書局，

明白詩人的生命經歷，尤其和宦遊相關的題目，能夠掌握當事人的創作心態及詩作的命題，惟重點在詩，而非事件之始末。故由詩，得以發明事件歷程所蘊含更深刻的生命感受，甚而啟悟。

　　而《本事詩》所揭示以全事注解詩的手法，為後來的《才調集》所接受，故於卷第五收元稹〈會真詩三十韻〉，並在卷第十收崔鶯鶯〈答張生〉一首共四句，[32]顯然鈔自〈鶯鶯傳〉，代表韋縠於讀〈鶯鶯傳〉一事，在得解詩中人物之情思後，錄傳主崔鶯鶯與元稹之作，正向地示範由讀其事、誦其詩而得其心事的歷程，在認可此書寫之法後就輯錄在《才調集》裡。

（二）敘寫人生境遇之歷程來探索生命的原理

　　循此思維，能知在傳奇的世界裡，「事件」被定義成生命中所遭遇到具因果首尾的過程，將人生理解成由前後相續的事件所組構，其中，被記錄下成為得以傳誦的事件，必屬於能與他人共鳴、且能形成人生啟示的故事。回歸敘事的文本，本就會讓這事件中的角色獲得啟示，且改變之後的行為。故云：

> 丹陽陶弘景，幼而惠，博通經史，觀葛洪神仙傳，便有志於養生。每言仰視青雲白日，不以為遠。初為宜都王侍讀，後遷奉朝請。永明中，謝職，隱茅山。山是金陵洞穴，周迴一百五十里，名曰華陽洞天。由是稱華陽隱居。

2014 年，傅璇琮、陳尚君、徐俊編：《唐人選唐詩新編（增訂本）》），頁 1070。

32　〔五代〕後蜀・韋縠編，傅璇琮校點：《才調集》，頁 1062、1212。按元稹撰〈鶯鶯傳〉，他在故事中亦出現便以「元稹」的身份撰〈會真詩三十韻〉。

人間書疏，皆以此代名。惟愛林泉，尤好著述。先生嘗曰：
我讀外書未滿萬卷，以內書兼之，乃當小出耳。齊高祖問
之曰；山中何所有？弘景賦詩以答之，詞曰：山中何所有？
嶺上多白雲。只可自怡悅，不堪持寄君。高祖賞之。[33]

陶弘景聰惠而博通經史，唯性愛林泉，先是為儒生而在人世為
官，卻在讀了葛洪《神仙傳》後志向有了轉折，其後確然辭官入
山修鍊，謂順從本性且從事自身愛好的著述。此生活的領悟與轉
折自不易以言語表述，於是在文末提及陶弘景回覆齊高祖對修鍊
之佳處為何時，道出「只可自怡悅，不堪持寄君」一種僅能自我
體悟而難以言說的境界。敘事裡所表述的生命轉折，雖僅交代了
陶弘景愛尚自然的性格，與在讀了《神仙傳》後便志在養生，卻
成了其後持續修道的基石，並持之以恆。道教的求取不死，成了
他對生命的理解，與人生至終於目標。於詩中寄託生命的意境與
體悟，乃詩家常事，唐人於選詩時已予留意。《河岳英靈集》所
收閻防〈宿岸道人精舍〉詩即云：「早歲參道風，放情已寥廓。
重經因息侶，遂果巖下諾。斂跡辭人間，杜門守寂寞。秋風翦蘭
蕙，霜氣冷淙壑。山牖見然燈，竹房聞搗藥。願言捨塵事，所趣非
龍蠖。」[34]詩雖頗言遠離人間之道教精舍的勝處和道教的教義，
實則道盡己身對於人生的認識，頗有濃縮事件與詩意於詩中的意
味；另所錄崔署〈登水門樓見亡友張貞期題望黃河作因以感興〉
一首，於題目中已言創作之動機，在於憶友兼抒懷，詩則有云：

---

33 〔唐〕孟啟撰，王夢鷗校補：《本事詩校補考釋・本事詩序》，頁
　　71。

34 〔唐〕殷璠選編，陳尚君輯點：《河岳英靈集》，頁 269。

> 吾友東南美，昔聞登此樓。人隨川上去，書在壁中留。嚴
> 子好真隱，謝公耽遠遊。清風初作頌，暇日復銷憂。時與
> 交友古，跡將山水幽。已孤蒼生望，坐見黃河流。流落年
> 將晚，悲涼物已秋。天高不可問，淹泣赴行舟。[35]

詩除了記此次遊歷，更以詩歌精緻的結構語言，傳達更有深度的
情思：友人之逝在使人感懷外亦對照著己身生命之有限，當欲跳
脫此生命大限的困境時，更深知此是古今皆難免除的煩憂，面對
奔流而去的時光自感人之無力與渺小，悲及憂成了難以亦無法排
解心境。於是，為何創作的「事件」，僅是注解著詩人創作的動
機，但經由詩歌對詩人心境的鋪陳，令這登樓思亡友的習見之
事，有了深刻的生命體悟，形構完整的創作類型，這亦是殷璠評
其作「署詩言詞款要，情興悲涼，送別登樓，俱堪淚下」[36]的主
因。由是對照《本事詩》的事、詩兼寫，唯在寫出陶弘景自小迄
長大後對於道教生命的志向和追尋下，才能領悟陶氏面對手握大
寶的帝王，欲獻山中白雲的深意，使得看以平凡的生活過程，在
詩的提點下發現生命的歸趨及原理。

二、從闡釋刺諷詩之撰述因由，
言以文人履行之職責

惟詩歌創作的傳統，文人尚祖述著《詩經》裡變雅變風的刺
諷命題，乃就士人所具有入世的職責和自省，藉詩以批評世風與

35　〔唐〕殷璠選編，陳尚君輯點：《河岳英靈集》，頁 256-257。

36　〔唐〕殷璠選編，陳尚君輯點：《河岳英靈集》，頁 254。

政治。在傳奇極盛的中唐，自存在著以帝王施政良窳作為命題，檢視著有國者的個人特質與操守。《本事詩》中雖不乏刺諷之題，卻頗疏離此類論述動亂形成的重大主題，乃偏重文人當行與不當行的探討，雖轉移關注的焦點，卻深具文人本色，即雅正的回歸。編成於天寶時之《河岳英靈集》亦於序中陳言「貞觀末，標格漸高。景雲中，頗通遠調。開元十五年後，聲律風骨始備矣。實由主上惡華好樸，去偽從真，使海內詞人，翕然遵古，南風周雅，再闡今日。璠不揆，竊嘗好事，常願刪略群才，贊聖朝之美，爰因退跡，得遂宿心。」[37]亦標舉國風之雅，迄貞元初高仲武編《唐中興間氣集》則在自序裡申言「詩人之作，本諸於心。心有所感，而形於言，言合典謨，則列於風雅。……唐興一百七十載，屬方隅叛渙，戎事紛綸，業文之人，述作中廢。……且夫微言雖絕，大制猶存。詳其否臧，尚可擬議。古之作者，因事造端，敷弘體要，立義以全其制，因文以寄其心，著王政之興衰，國風之善否。豈其苟悅權右，取媚薄俗哉！」[38]義正詞嚴地道出編撰此集承繼風雅之重任外，亦自覺當於詩中微言臧否，以振王道於亂世之中，其義皆與《本事詩》之主張契合。藉與兩書對雅正詮釋與聚焦主題和方式的對照，自可反映孟啟重「事」之初衷及定位，以及《本事詩》之論述重心。

（一）雅正之原理：交代回歸雅正的方式和歷程

　　透過分析裁詩入篇的傳奇之作中，詩歌共通而不易的敘事命

37　〔唐〕殷璠選編，陳尚君輯點：《河岳英靈集》，頁156。

38　〔唐〕高仲武編，傅璇琮校點：《唐中興間氣集》（北京：中華書局，2014年，傅璇琮、陳尚君、徐俊編：《唐人選唐詩新編（增訂本）》），頁451。

題、以及因人而異的論說題目，就此足能揭示小說中的時代性質，與具有個人色彩的自我意志，藉此，能明白作品內涵染乎世情而得遷變的內在原委。對世事的批評，成了文人必然創作的主題。在《本事詩》中亦多注目。若記云：

> 唐武后時，左司郎中喬知之，有婢名窈娘，藝色為當時第一。知之寵侍，為之不婚。武延嗣聞之，求一見，勢不可抑。既見即留無復還理。知之憤痛成疾，因為詩，寫以縑素，厚賂閽守以達。窈娘得詩悲惋，結於裙帶，赴井而死。延嗣見詩，遣酷吏誣陷知之，破其家。詩曰：「石家金谷重新聲，明珠十斛買娉婷。昔日可憐君自許，此時歌舞得人情。君家閨閣不曾難，好將歌舞借人看。富貴雄豪非分理，驕奢勢力橫相干。別君去君終不忍，徒勞掩袂傷紅粉。百年離別在高樓，一旦紅顏為君盡。」時載初元年三月也。四月下獄，八月死。[39]

此詩道出武延嗣欲滿足個人的色慾，不僅拆散佳偶，更在窈娘殉情後迫害喬知之，使其家破人亡。在喬知之的絕命詩裡，除了自比石崇為綠珠死的舊事，更指謫政治豪門的橫行及跋扈，一如社會詩的行文和命題。唯敘事已清楚的言盡兩人的恩愛與不幸的遭遇，但在詩歌的對映下，更清楚的表述出詩人（創作者）多處政經的劣勢，及刺諷的對象則立於權力的一方，相對於遭遇的慘

39　〔唐〕孟啟撰，王夢鷗校補：《本事詩校補考釋·本事詩序》，頁 32-33。

烈，但詩人仍能婉約而近雅正的撰詩，以達到刺諷之旨，成了
《本事詩》中推崇亦以為乃寫詩的重要原則，亦相信和《詩經》
之風雅之道相合。於詩中寄寓刺諷，《河岳英靈集》亦以風雅形
容。若評儲光羲詩便云：「儲公詩，格高調逸，趣遠情深，削盡
常言，挾風雅之道，得浩然之氣」，並依之評其詩。由此觀是集
所收光羲〈猛虎詞〉「寒亦不憂雪，飢亦不食人。人肉豈不甘，
所惡傷明神。太室為我宅，孟門為我鄰。百獸為我膳，五龍為我
賓。象馬一何威，浮江亦以仁。綵章耀朝日，爪牙雄武臣。高雲
逐氣浮，厚地隨聲震。君能賈餘勇，日夕長相親」**40**，「不食
人」、「傷明神」而武功之盛，歌詠猛虎之品德及特長，見詩作
以正大為要，仍寄有刺諷——猛虎之威勢，或可吞食百姓，或可
用以安邦，所用不同，皆繫於一心。

　　故〈猛虎詞〉雖仍寄微言，但立意清楚，能否得知光羲作詩
背景實皆無妨詩意的理解，然讀者在見得「猛虎」一詞必知與刺
諷政治有關，雖達成寫詩的目的，卻不足動人；至於《本事詩》
更於詩作外，交代了事之始末：由事而情生，於體會詩人之心事
下，更能明白詩旨，與觀詩能知興廢的文論本意。《本事詩》評
選詩事，確然合於皈依雅正的準則，在敘寫詩人創作背後的故
事，更令人身歷其中，得以更明確地表向詩人們示現興感之由，
與體會詩意之法，若能知此，便能掌握〈國風〉之閱讀方式，與
造作過程。

（二）變詩之功能：以釋刺諷文學的目的與作用

　　唐傳奇盛於帝國由盛轉入衰的中唐，自不免對政治不安而動

40　〔唐〕殷璠選編，陳尚君輯點：《河岳英靈集》，頁 239、241。

亂已生的世代多生關注，入晚唐後此關注的傾向更為明顯，「陳述世變」更成了詩事皆有的傳奇共通的命題，表述著具獨特性亦具共通性的個人困境，進而以詩抒志，甚而有指謫、導正世風的目的。對於這樣的創作模式，是傳統文人所熟悉肇始自《詩經》中的「變風」、「變雅」理論，於《本事詩》裡，復保存下此類論題的撰述空間，故云：

> 開元中，頒賜邊軍纊衣，製於宮中。有兵士於短袍中得詩曰：沙場征戌客，寒苦若為眠。戰袍經手作，知落阿誰邊！畜意多添線，含情更著綿。今生已過也，重結後身緣。兵士以詩白於帥，帥進之。玄宗命以詩遍示六宮曰：有作者勿隱，吾不罪汝。有一宮人自言萬死。玄宗深憫之，遂以嫁得詩人，仍謂之曰：我與汝結今身緣。邊人皆感泣。[41]

此篇記敘著變詩裡習見的征戰主題，惟依循故事的文本，只知見兵士在外征戰的辛勤，和宮人身處宮內的寂寞，與舊有因良人出征而寫的閨怨詩，有著男女本不相識的差異。如今卻因宮人借為戰士製衣將詩藏在衣中、為不特定的戰士所收藏，後報予玄宗後成就美事，事頗奇巧，本屬奇聞。然而卻在詩揭露了因帝王之需求，令戰士勞苦的守邊、宮人年少便孤寂在宮中服役，而微寄刺諷之意，自能對照孟啟在自序裡自陳法式《詩經》之旨。

41　〔唐〕孟啟撰，王夢鷗校補：《本事詩校補考釋·本事詩序》，頁35。

如同前文所引高仲武在《中興間氣集》裡的自序所言,自覺
於大亂後當振《詩經》中之變風功能,或稱張繼詩之比興之深,
亦用此深許韓翃之作,反映了同在國勢日危時詩人的創作和解詩
傾向。而高仲武在評蘇渙詩作時,此傾向最顯,其云:

> 渙本不平者,善放白弩,巴中號曰白跖。實人患之,以比
> 莊蹻。後自知非,變節從學,鄉賦擢第,累遷至御史,佐
> 湖南幕。崔中丞瓘遇害,渙遂踰嶺扇動哥舒,跋扈交廣,
> 此猶蛟龍見血,本質彰矣。三年中作變體律詩十九首,上
> 廣州連帥李公勉,其文意長於諷刺,亦育有陳拾遺一鱗半
> 甲,故善之。或曰:「此子左右嬖臣,侵敗王略,今著其
> 文可歟?」答曰:「漢策載蒯通說詞,皇史錄祖君彥檄
> 書,此大所以容細也。」夫善惡必書,《春秋》至訓,明
> 言不廢,孟子格言。渙其殆類此乎。豈但不可棄雕蟲,亦
> 以深懲賊子也。[42]

蘇渙先是知錯能改而從學,後為崔瓘從事,然又扇動哥舒晃叛亂
為朝廷所誅,節自有虧。然高仲武以為不當因人廢言,此為孔孟
聖賢之義,不僅詩當予存,況詩長於刺諷仍可讀誦,其人、其詩
皆可為賊子所戒。這位勸人自立為王,揮兵向京的亂臣賊子竟獲
選家青睞,自與論述中所引「變體律詩」合於仲武的選詩準則有
關。檢仲武於書中所引蘇渙〈變律詩〉三首,皆在刺喻世風,深
得變風之旨。下引二首,便能知其特色:

---

[42] 〔唐〕高仲武編,傅璇琮校點:《唐中興間氣集》,頁 491-492。

毒蜂一成窠，高掛惡木枝。行人百步外，目動魂亦飛。長
安大道旁，挾彈誰家兒。右手持金丸，引滿無所疑。一中
紛下來，勢若風雨隨。身如萬箭攢，宛轉迷所之。徒有疾
惡心，奈何不知幾。

養蠶為素絲，葉盡蠶不老。傾筐曾對空林，此意向誰道。
一女不得織，萬夫受其寒。一夫不得意，四海行路難。禍
亦不在大，禍亦不在先。世路險孟門，吾徒當勉旃。[43]

第一首以具體的意象，記敘小兒竟以彈弓射道路旁的毒蜂窠卻不
計後果，以諷世上尤其具決定權力的官吏，行事未知輕重；次首
則先陳百姓事桑農之苦，蠶不吐絲，婦雖僅能歎息，卻事涉社稷
之安定，其後復再敘身為文人當以天下為責的心事，皆清楚的與
世道艱難有關：人世多存亂源，人民生活苦痛，而收束於自身的
責任。不僅詩人自己明白創作之旨，唐代選家亦然。

　　而此詩合於人世而作的創作觀，彰顯傳統詩觀與文人職責，
亦存續於《本事詩》裡，只是孟棨表現的手法，與蘇渙代表的傳
統路徑有別，而是在實際的征戰實境中，帶出詩人創作的心事，
較諸文人擬作代陳征戰之苦的思婦詞，在表現方式和題目擬作
上，皆有區別，令詩不能離事而存，使事、詩之記敘，更具意
義。

43　〔唐〕高仲武編，傅璇琮校點：《唐中興閒氣集》，頁 493。

三、藉由詩事不同文體之並陳，釋文體之離合同異

在傳統的文論裡，史傳與詩歌分繫於「散筆」、「韻文」之
首，就文體而言自是截然有別，惟在功能中卻皆兼具「刺諷」、
「評議」甚而可「言志」，反映創作者自身的立場，成了兩種文
體間交會的理論基礎：小說仿習傳記，亦頗帶入以近乎史官的見
識，但多循傳統的道德論來褒貶傳主的得失善惡；至於詩歌則憑
藉人物在故事的特定處境下，削弱了道德性而依照個人的視角，
抒發心志和評述事件。因而，由文體的特質而言，可先觀察在敘
事中史官評議的立場與標準，以及進行的手法和原則，以釐清在
既有的敘事體中得以妥切處理的論題；其次，復就詩歌所得以發
揮的觀感和評述，檢視其中所表述的思維與說法，與展現的策略
及進程，再與前述傳記體相互對照，就能夠明白「援詩入事」在
於補足既有敘事文體所難達到文學效果的實際內容，且發明敘事
體與詩歌得以交涉的原因。

即使是見於唐傳奇已繫於特定角色的詩歌創作，亦是作者所
自寫，尤其故事裡虛設人物又和作者身份相類，若有詩歌之作亦
多反映作者的心事。循此脈絡，這些詩歌反映著已知作者身份與
經歷的人生體驗，可依照「知人論詩」的脈絡予以分析。

（一）就創作之歷程言，本是一體之兩面

傳奇中未必有詩，但詩之撰述，必出於人對事件有所觸發，
方才得以創寫。因此，就創作的履歷言，實為一事卻用不同的形
式加以呈現。就創作的歷程言，可由以下事例予以理解：

博陵崔護，姿質甚美，而孤潔寡合。舉進士下第。清明

日，獨遊都城南，得居人庄。一畝之宮，而花木叢萃，寂
若無人。扣門久之，有女子自門隙窺之，問曰：誰耶？以
姓字對，曰：尋春獨行，酒渴求飲。女入以杯水至，開門
設床命坐，獨倚小桃斜柯佇立，而意屬殊厚，妖姿媚態，
綽有餘妍，崔以言挑之，不對，目注者久之。崔辭去，送
至門，如不勝情而入。崔亦睠盼而歸，尔後絕不復至。及
來歲清明日，忽思之，情不可抑，徑往尋之。門墙如故，
而已鎖扃之。因題詩於左扉曰：去年今日此門中，人面桃
花相映紅。人面如今何處去，桃花依舊笑春風。後數日，
偶至都城南，復往尋之，聞其中有哭聲，扣門問之，有老
父出曰：君非崔護邪？曰：是也。又哭曰：君殺吾女。護
驚起，莫知所答。老父曰：吾女笄年知書，未適人，自去
年以來，常恍惚若有所失。此日與之出，及歸，見左扉有
字，讀之，入門而病，遂絕食數日而死。吾老矣，此女所
以不嫁者，將求君子以託吾身，今不幸而殞，得非君殺之
耶？又特大哭。崔亦感慟，請入哭之。尚儼然在床。崔舉
其首，枕其股，哭而祝曰：某在斯，某在斯。須臾開目，
半日復活矣。父大喜，遂以女歸之。[44]

崔護於清明日踏青偶遇姿容甚麗的少女，至其家後便以言語挑
逗，少女對崔護亦頗屬意；隔年崔護再次來訪不見少女，於門上
留詩言己傾慕之意；數日後再訪少女竟死，其父言少女自見崔護

---

[44] 〔唐〕孟啟撰，王夢鷗校補：《本事詩校補考釋·本事詩序》，頁 50-
51。

後便甚傾慕，當在見門上留詩後絕食而死，在崔護哭喪後少女竟
復活，後結連理。故事完整，且詩歌更點出此事情感的真摯。拆
解此篇，便可得見撰述的原理下圖所示：

作者重組的事件	事件之始	背景發生	重大母題	當事人旁觀者	心有所感	獲得啟示
文學創作（詩歌）					詩作	詩作

作者重組的事件，成了理解此事過程的重要依據，至於詩歌依照
事件的發展而被記敘，亦屬同一個事件而無別，於是事與詩之
間，不過是一事在不同階段、甚至故事收梢標示出人物的心理活
動，成了另一種故事的注解，明白記錄本事及詩，實為個人情感
採不同的表現路徑。

（二）就創作之選擇言，皆屬文學之場域

在傳統文學中，係以詩作為文學創作的主體，在此觀念下即
使事、詩共存且以事為主要部份，卻不免將事看待為解詩的一種
方式。惟考量這期的文人對記「事」的關注和投入，孟啟將詩、
事並列，復交代事之始末，並相信這與詩互通的記事，與詩同樣
地具有相同的功能能夠激起情感。

　　　　開元中，有幽州衙將姓張者。妻孔氏，生五子，不幸去
　　　世。復娶妻李氏，悍怒狠戾，虐遇五子，日鞭箠之。五子
　　　不堪其苦，哭於其葬。母忽於塚中出，撫其子，悲慟久
　　　之，因以白布巾題詩贈張曰：不忿成故人，掩涕每盈巾。
　　　死生今有隔，相見永無因。匣裏殘妝粉，留將與後人。黃

> 泉無用處，恨作冢中塵。有意懷男女，無情亦任君。欲知
> 腸斷處，明月照孤墳。五子得詩，以呈其父。其父慟哭訴
> 於連帥。帥上聞，勅李氏杖一百，流嶺南，張停所職。[45]

雖然陰陽兩隔，但心疼子女被後母凌虐的親生母親，竟由墓中走
出安慰子女，後留詩予丈夫以揭後妻虐子之惡，父親得信後因此
請鈞長處罰妻子。故事雖涉靈異，然文中將母愛主題清楚的表
述，讓人一讀即知而得感動；然詩以十二句道盡已身為鬼的生
母，對於子女被後母欺凌的無奈和感傷，同樣地能夠達成表述母
愛的動人。就此而言，事既能完成和詩相同的文學效果，那麼記
事得入文學的領域，亦是可以接受的觀念了。

參、結論

唐末孟啟《本事詩》之作好以小說為事例，評議且詮釋事與
詩的關係，其立場並非以撰寫、評議小說或者當時稱之傳記的目
的，而是以新的路徑去挖掘詩歌創作的要旨。即使如此，孟啟於
探索詩歌創作背後的動機時，認定往往是詩人的生命過程或事
件，在發掘、再塑此動機時又不免縮限於單一事件裡而稱為「本
事」，必須與詩作對看。此趨向意謂當時小說創作者已有意識的
創作自身會有所感發的事件，其後的詩作成了故事的作者自注，
彰顯其自身的感受，頗與文體成熟後出現的各種評論專書相類。

45　〔唐〕孟啟撰，王夢鷗校補：《本事詩校補考釋・本事詩序》，頁
　　81。

故從在相同氛圍下活動的詩和詩的評議者，在著作中所提揭詩題
亦是事的分類，可提供更深刻解讀小說作家對於創作題旨的心理
活動，成了分析詩與事件重要的線索：

其一、何事生詩：個人境遇的說明

《本事詩》致力探討「因事寫詩」，明確的指出詩歌創作與
特定事件具有正相關，或在文末繫予評議，故直接採情志若情
感、事感為目以繫事，皆認為詩歌之作，乃因事而發。先就外在
環境而言，這些被詮釋過的事件，更能清楚的表現和聚焦外在環
境中的特定改變，方為當時文人所看重，才以詩寄託心志，緣
此，便能夠作為探討傳奇中，所取用的生活的素材。

其二、何詩言事：文人心志的表述

就創作者內在的心理活動言，這些被標識出情思，自是文人
所重的感受，回應了前述文人看重的境遇。這些被標識出的心理
感受，本應代表著當時文人共通亦能理解的情緒，在這些情感中
陳述他們對於不同情境下真實的心理活動，呈現出「事」乃外
在，「詩」則內心，互為表裡的創作心理。故就這些例證中所獲
知的故事特質及詩歌主題，用以續予探討援詩入事的傳奇之作，
在故事摹畫及詩歌創作的同異，在對比中能彰顯文人心理的時代
特質，及甄別出自具一格的個別人格。

第三章　定命論述之脈絡
──《感定命錄》所展演
五代命觀之心理特質

　　「定命」不僅是唐人小說中習見而重要的命題，在中唐時更出現了以「定命」為名、且用輯錄時聞之手法撰成的專書，嘗試用閱讀或聽聞自古籍與新聞的事蹟、甚而是自身現實生活的經驗，聚焦並反覆印證「定命」的意義和真實；時入晚唐編纂定命實例的專書風氣更熾，體現出定命觀不僅於此時已然成為民眾的集體意識，亦突顯著在動亂的世代裡，人們更熱衷於探索、理解自我境遇休咎發生的原理，真切地映現於變異的世代中群眾所呈現的共同焦慮。

　　由文學的發展觀察，正能發現此題所具備的時代特質：就志怪小說之文體言，仍用直筆而書的傳統法式，依循著六朝時「故其敘述異事，與記載人間常事，自視固無誠妄之別矣」[1]的撰述態度，真誠相信這些輯錄來的內容皆屬真實；唯就小說之命題言，六朝對命多有探索，但在敘事上與唐代的定命解讀具有根本

---

[1]　此為魯迅對六朝志怪作者心態的說明，見魯迅：《中國小說史略》（北京：中華書局，2010 年），頁 22。

的差異，[2]反映著志怪之體迄唐代已然出現新意，一個有別六朝看待人生之視角與認識的方式。此命題生成於中國思想發展大開闔的世代後：漢末佛教傳入的輪迴及報應觀、本土新興宗教道教的尋求不死與承負觀，在六朝近四百年各家崇奉者對於人生信仰的論諍及交會後，入唐後漸生新的生命思辨和理解，而定命的生成正是這文化變革及交會後，新生的生命見解及態度。

在這些定命的專冊中，熱切亦清楚的將唐代已被認定為定命的實例予以收錄並作詮解，詳加記錄這些發生在過去及近時關乎人生境遇的人事物，在這些證據中用定命的邏輯選擇和串連前後事件，且相信之間具有關聯且出於刻意的安排，用以印證著唐人對於生命的體認：個人在任何時空下皆受到來自於絕對意志的外在力量導引及影響，在各敘事中申說著共通的意念；惟在由晚唐進入五代後，除全佚後蜀的馮鑑《廣前定錄》承鍾輅強調命乃前定的思維，仍可由專書之命名裡，獲見當時人對生命歷程的觀察和立論有了轉折，增以「感」字在定命的詞彙前以標識全書題旨，不再只在宣講定命的真實和特質，更用以突顯含括被記錄之人物、是書作者及讀者等不同身份的「人」，在面對既存且主宰自我境遇的意志及力量時，皆在得「感」之下獲知自處與面對境遇的態度與方法，適能真切的反映了世道多難下的人生觀感。本文係就撰成於五代的《感定命錄》作為主要探討的基礎，就此去

2　李劍國根據《太平廣記》中之定數門十五卷全引自唐五代作品的情形，指出：「而反映士人的壽祿婚姻等等『前定』、『命定』及相命的故事卻是在唐前很少見於小說而在唐人小說中屢見不鮮的。」足見此說之流行乃肇自唐代。引見李劍國：《唐五代志怪傳奇敘錄（增訂本）》（北京：中華書局，2017 年），頁 86。

闡述在世變下已聚焦在自我生命境遇的定命記錄中，在論述心態上的轉折以及從中耙梳出之探索主題，且可作為知鑑命定論之發展與志怪小說嬗變之跡痕。

壹、解讀人生：
中晚唐定命專書關注個人之人生利益

　　定命觀在六朝已然流衍，在入唐後更為盛興且逐漸形構更具體的運作原理及體系，直迄中唐時才出現專事集結「定命」故事，作為此觀念的注解，即活動天寶時的趙自勤所撰的十卷《定命論》，編寫專書證成定命的真實性，不只是反映此觀念的流行，更道出文人的正視，而近於信仰──幾未見儒者出面駁斥這無稽之說。此部書《新唐書・藝文志》中小說家著錄，鄭樵《通志》亦收，書名皆作《定命論》，清楚地交代此書撰述的目的和體例，在於說明定命理論的內容，並引實證作為注解。雖然顧況序戴孚《廣異記》中則謂「趙自勤《定命錄》」，概鑑於是書內容以時人事件為旁證並為大宗，且古人引述他人著作未必翔實，且此書又非談論大道之作，以「錄」代「論」可以理解其中原由，另對照大中時另有呂道生撰《定命錄》與趙書同名，知趙自勤的原著必以「論」題書名。按《新唐書・藝文志》裡小說家於著錄呂道生之《定命錄》二卷，並云：「大和中道生增趙自勤之說。」乃增擴趙自勤之著作而來，鑑於呂書單行、書名又未增有「續」、「廣」、「後」等字，趙氏原作當名《定命論》，在呂氏書未面世前引用可名《定命錄》。呂道生撰《定命錄》而趙氏之作亦可用此稱名，可見二書之佚文已然相混，未能區別，不然

今引作《定命錄》之佚文共有 68 則，實非二卷書所能容，故二書當可合觀。中唐的《定命論》乃以定命為題旨編寫成專書的濫觴，具開創之地位，唯入晚唐的《定命錄》續寫後，輯錄命定專書的風氣始熾更蔚為風潮，大致來說，此類著作具有鮮明的創作動機及清晰的故事主題，循此便可觀察此風氣所反映文人對人生的觀感。

一、創作動機：表述人生利益已定的消極立場

　　此類專著之創作理念和立場，可先由書名予以觀察。此類作品所標舉的題旨，交代著人生境遇被決定的消極態度。中晚唐定命的專書，於書名中已寄對命運的詮釋立場，由此理解自我過往及未來的境遇，及所關懷人生的議題。先有天寶時《定命論》的面世，以個別的事例注解人的一生已定的論點，迄近八十年後後的大和年間，方有呂道生繼承這書名惟直錄有例證而名《定命錄》，說明唐代對人境遇的詮釋重點在於「命運已定」，之後有溫畬《續定命錄》之續作，增益新例以證此說之不誣，於敘寫時更趨細密地交代定命之不可違，所收多為長篇近傳奇的篇幅，在編寫的主旨上係承繼此傳統，單方面且簡易地說服他人當知曉、接受此觀念；與呂道生《定命錄》約同時編寫成鍾輅之《前定錄》，略去「命」而增以「前」，擴展已定至萬事萬物，也拈出時序上的「前」定，向世人說解、突顯人僅能單方面接受而無法和萬事已定的環境對抗，過著無法轉圜的消極人生。另外未能確知年代的劉愻《知命錄》，則交代個人主體當知命運的想法，皆反映出在命運已定的前提下，文人所展現對自身境遇的不同解讀態度。首部撰專書闡釋定命的趙自勤，在《太平廣記》中便有三

則引《定命錄》記錄他的事跡，據此便足以理解他深信定命而編
寫《定命論》的原因。[3]所錄三事皆與趙自勤之祿位有關，無論
是〈潘玠〉裡潘玠申言出身得官必先有夢之預示，〈路生〉中路
生二次預言趙自勤官祿及相關人等之升貶，還是〈馬生〉記瞽者
馬生摸骨知趙自勤年壽官祿，[4]皆突顯了命運已定的說法。在論
述的方式上，三則皆以有識者先言預示的內容，而後得驗的敘事
模式。以〈馬生〉的敘事為例，便能得見趙自勤撰書的態度和原
因之一端：

> 天寶十四年，趙自勤合入考。有東陽縣瞽者馬生相謂云：
> 「足下必不動，縱去亦却來。於此祿尚未盡，後至三品，
> 著紫。」又云：「自六品即登三品。」自勤其年果不入
> 考。至冬，有敕賜紫。乾元二年九月，馬生又來。自勤初
> 誑云：「龐倉曹家喚。」至則捏自勤頭骨云：「合是五
> 品，與趙使君骨法相似。」所言年壽并官政多少，與前時

3　李劍國謂：「（趙自勤《定命論》）佚文已難考見，臺灣王國良《唐代
　　小說敘錄》云《廣記》所引《定命錄》潘玠、馬生二條（按：尚有路生
　　一條，因脫出處，故王氏不及）皆載自勤事，而呂道生《定命錄》乃增
　　趙自勤之說，故疑二條即《定命論》舊篇。按呂書誠為增廣趙書之
　　作，……然增者實續作之謂，否則不得原書十卷經增反減為二卷，故王
　　說非是。」但李劍國的說法已有預設，乃《定命錄》不只擴寫《定命
　　論》且二書流傳時必定已匯合一書，此說自存疑義，〈潘玠〉、〈馬
　　生〉及〈路生〉三則可能乃趙自勤自寫，即便乃呂道生所增入，亦必有
　　所據，三則內容可作為探討趙自勤撰書的動機。引參李劍國：《唐五代
　　志怪傳奇敘錄（增訂本）》，頁233。
4　上引三事，分見〔宋〕李昉編，張國風會校：《太平廣記會校》（北
　　京：燕山出版社，2011年），頁4576、3328、3421。

所說並同也。[5]

此則乃記二事，前者乃記能探知天命的瞽者馬生於天寶十四年
（755 年）預言將入考之趙自勤將留於京師得任六品官、後將遷
三品賜紫之高位，預言後一年內皆如其言一一應驗，建構起「預
言」、「如其言」證明定命存在單純的敘事結構；而四年後乾元
二年（759 年）馬生復來，自勤欺馬生目盲而詐稱自己乃奴僕身
份，馬生於摸骨後則答以官至五品與之前所相趙自勤相似，預言
內容和之前所言相同，實為檢測、驗證馬生所言為真，在此則
中，道出人之年祿在出生後便被決定，常人雖難知曉，卻可從具
有獲知此奧秘能力的異人口中探得消息。上引乃作者趙自勤自身
的經歷與詮釋，其中自道出他編撰此書的原委及立場。

　　其次就目前所存作品的而言，雖大部份僅存佚文難見全豹，
卻仍有鍾輅所編之《前定錄》保留下自序，乃作者編寫動機的一
手資料。序文裡鍾輅除了交代定命的思想淵源及運作原理，也說
明了他自身對於人生境遇的詮釋，他以為：

> 人之有生，修短貴賤，聖人固常言命矣。至於纖芥得喪、
> 行止飲啄，亦莫不有前定者焉。中人以上，固有不聞其
> 說，然得之即喜，失之則憂，遑遑汲汲，至於老死，罕有
> 居然俟得，靜以待命者，其大惑歟。餘頗愚迷方，不達變
> 態審固天命，未嘗勞心，或逢一時偶一事，泛乎若虛舟觸

5　〔宋〕李昉編，張國風會校：《太平廣記會校》，頁3421。

物，曾莫知指遇之所由，推而言之，其不在我明矣。[6]

就命的內容而言，僅規範個人的年壽及貴賤，但在開展時乃擴及
生活中細瑣的活動，故視個人的存在及活動作為敘事與定命主
線，在面對及接受外在環境時所引生理及心理上的各種反應及結
果，依照當時的集體意識和敘事者個人判定，讓前後事件具有因
果關係且彼此接續而稱之謂命，但面對「命」，人僅能處在單向
接受的地位，不容更易；就命定的來源觀之，則借用孔子所盛言
來自於天之「命」亦即「天命」，命既來自於天雖不能改變卻能
夠予以體察，此意義在於理解一切既屬命定，人就當處順而待
命，若不達此旨便惑於本命；就感知的能力言，聖人本可知命而
言命，中人以上雖知有命卻又汲汲於所獲悉的訊息，愚者更莫知
致徒然勞心，故鍾輅認為在獲知人生前定這奧秘下，就可免去個
人執著、勞心於人生所得，而生成患得患失的心理。這也是鍾輅
於所記記〈鄭虔〉一事中，借能知命定的鄭相如之口，再言：
「夫子云：『其或繼周者，雖百世可知也。』亦庶幾於此，若在
孔門，未敢鄰於顏子，如言偃、子夏之徒，固無所讓」[7]，深信
定命的命論即聖人所論。總之，作者無論是以定命為題旨，抑或
用前定為範圍，皆相信著人於出生後的一生已然被決定，依照著
個人的經歷和知識，重新組構出前後事件相續的人生，在明白一
啄一飲，無非前定的至理下，雖在態度上趨於消極，亦具備不會
因得失以致掛懷於心的正面功用。

6　〔唐〕鍾輅：《前定錄》（北京：中華書局，1985 年《叢書集成初
編》本），頁 1。

7　〔唐〕鍾輅：《前定錄》，頁 1。

足知定命觀本出自民間信仰亦映現著群眾所理解的天人關係，認定「天」乃由天庭及其掌控的冥府所形構出的官僚體系所組成，執行上天的意志，至於「人」只能單方面接受上天的決定，難以改變。此簡易的信仰模式，乃出於專制體系中社會的集體意識，仿製亦投射著中華文化中統治者（君主）對下位者（群眾）用主從規範與制度，[8]在此文化思維的制約下，多採取服從、接受此至高意志的決定。故所稱定命，或謂已被「先定」的個人「命運」，強調定命的真實存在，或指「決定」此「命令」之意志不容變易，表述定命的必然發生。在議題上，則扣住與個人的生命利益，要之反映在年壽、祿位及婚姻的三項主題上。

二、關懷重心：聚焦人生利益命題的發生階段

至於此類專著的主題，無非是個人的年壽、含括科舉在內的仕途、婚娶等內容，未表現在對國家、社會治亂的關心。依前文之探討，這些作者雖已指出命可知不可改變，在明白此理後當放下得得失之心，但反而讓此時文人的心事欲蓋彌彰：此理論正可撫慰、回應生命挫敗後對自我的否定，及揮之不去的失落感。依此，上所言年壽、仕途和婚娶或稱三類，實則皆以我的利益為核心，表現著文人在世時對掌握權利重視的心理。因著說出重利不重義的心事，違背了讀書人重義不重利的傳統，此類作品尚且詮解命運時，多認定與儒者的主張相通的原因：認定此說乃出於聖

8　自漢代已甚強調三綱的順從邏輯及價值，要求下位者（兒子、臣下、妻子）對上位者（父親、君主、丈夫）的絕對服從，成了政治的意識形態，亦影響後世的倫理和價值觀。詳論可參杜維明（Tu Wei-ming）著，陳靜譯：《儒教》（臺北：麥田出版社，2002 年），頁 127-131。

人，命定則為至理，依此，可方便的於作品中，指出決定一己命運的意志來源，出自所有道德及價值的根源即上天，故欲理解自我的命運，便須扣問和體察上天及其意志的傾向，讓個人的命運，有了更神聖的根源，也讓這功利的論題，獲得討論空間。至於探討此主題的原因，可分由主要的三項內容考察。

首先，則言年壽。中國的傳統文化中並無來世之說，人在死亡後留下魂魄，則賴後人的祭祀方得血食以存續，使得本土文化多視年壽為最大的利益。即便佛教傳入中國宣揚輪迴之說，更在唐代成為中國最風行的信仰，卻仍然無法動搖中土人民仍重年壽的思維。在中華文化裡，以較理性的方式思考人的存在，故重身體保養，為求個人意識的永續，方才在先秦時生成神仙家，於漢末又衍生成道教信仰，皆是鑑於人必死亡的事實而生成的思維和宗教。故人大限的來臨，代表了人生的終點，如何預知此階段何時到來，成了持人生定命的作者們必然關懷的論題。《定命錄》所收〈李太尉軍士〉一事乃記長安里巷的傳說，這位在李太尉麾下的士兵於朱泚之亂時被殺而身首異處，死後七日得活事，但受刃處甚癢且頭頂隆起等不同先時，後才道出被刃後入冥，因年壽未盡，冥司以桑木自腦釘入喉連接首及身體後還陽，[9]身首被斷卻得活、身體之異樣也入冥境遇相合，皆證明了此事不誣，也道出年壽乃上天所訂，由冥司的專責單負責執行。此為年壽定命的基礎依據。但記敘的要角為文人時，談及生命大限時又多交代官祿，不會涉及入冥描寫官方管理人間年壽的實況，如記云：

9　〔宋〕李昉編，張國風會校：《太平廣記會校》，頁 6442。

蘇味道三度合得三品，並辭之。則天問其故，對曰：「臣
自知不合得三品。」則天遣行步，視之曰：「卿實不得合
三品。」十三年中書侍郎平章事，不登三品。其後出為眉
州刺史，改為益州長史，敕賜紫綬。至州日，衣紫畢。其
夜暴卒。出《定命錄》[10]

文中的蘇味道僅交代他自知命中不應得三品的要職，未說明他何
以得知，或從他三度當得此等級的高官皆推辭下，推得此結論；
至於手握任命官員的武則天，則由他行走的姿態得知這天命的訊
息，同樣也未解釋判定的依據，或許二人本非窺探個人全幅定命
的異人，僅能較寬泛獲悉人一生得官位上限的定命內容，據此，
將授予「三品官位」這命中所無官位的必然性，成了生命到盡頭
的預示，方才在出任的前一日晚上就暴斃而亡，「至州日，衣紫
畢」成了將死的重要線索，此則可視作由官位推測年壽將屆之一
例。文人本以任官作為一生的職志，故於推測壽命時，往往也交
代任官的經歷，不過亦可能在欲知官位下，帶出年壽當盡的訊
息。諸如《前定錄》記敘裴諝參與房安禹為眾人相祿位時，多涉
年壽，在判語中得見思考的脈絡，如謂：「先謂仕佳曰：『官當
再易，後十三年而終。』次謂器曰：『君此去二十年，當為府寺
官長，有權位而不見曹局，亦有壽考。』次謂撰曰：『君今歲名
聞至尊，十三年間，位極人臣。後十二年，廢棄失志，不知其所
以然也。』次謂某曰：『此後歷踐清要，然無將相。年至八

10　〔宋〕李昉編，張國風會校：《太平廣記會校》，頁2081。

十。』」[11]所相諸人皆先言官職，後多繫年壽甚至直言為官之後
的命終之年，道出文人多欲探知、祈求一生中在何階段、能有的
官位，鋪排出以求官為目標的人生歷程及生命價值。因此，在探
知官祿時也將將無意地獲得年壽脩短的訊息，在出人意表下，更
顯定命的難以更改。如記云：

> 車三者，華陰人，善卜相。進士李蒙宏詞及第，入京注
> 官。至華陰，縣官令車三見，誆云李益。車云：「初不見
> 公食祿。」諸公云：「應緣不道實姓名，所以不中。此是
> 李蒙，宏詞及第，欲注官去。看得何官。」車云：「公意
> 欲作何官？」蒙云：「愛華陰縣。」車云：「得此官在，
> 但見公無此祿，奈何？」眾皆不信。及至京，果注華陰縣
> 尉。授官，相賀於曲江舟上宴會。諸公令蒙作序，日晚序
> 成，史翽先起，於蒙手取序看。裴士南等十餘人。又爭起
> 看序，其船偏，遂覆沒。李蒙、士南等，並被沒溺而死。
> 出《定命錄》[12]

承前述，文人視官職乃人生至為重要的過程亦是目標，探詢定命
便為了掌握自己有限的一生中當得的祿位，那麼最後當得的官職
就可視作將死的徵兆，就此，例證裡的車三是位知他人定命的異
人，作為解說定命的全知全能者便不受人的欺瞞，先是聽聞「李
益」名姓便知未得官位，揭穿前進士李蒙以假名李益欺騙的試

11　〔唐〕鍾輅：《前定錄》，頁3。
12　〔宋〕李昉編，張國風會校：《太平廣記會校》，頁3320-3321。

探；李蒙等眾人在知車三之異能後，方告以實名並問能否得華陰縣官之職，卻獲「得官無祿」不合常理的測命結果，人所難明白卻在事後方才醒寤：李蒙果得此職（得官）卻在授官前一日因翻船意外而死（無祿），說中李蒙短暫而無任官的一生，及此族群的人生總與官祿息息相關，那麼當此時的定命故事出現「不應得卻得」、「有官無祿」等訊息時，便預示著生命的終點，間接透露年壽當盡的訊息。

其次，則言仕途。如前言，生命脩短乃所有人的共同關懷，只是知識分子又多欲探知生命下一階段有關官祿的消息，接受定命觀者自好刺探這難以掌握又心繫於此的利益議題，如記云：

> 唐奉御田預，自云少時見奚三兒患氣疾，寢食不安。田乃請與診候，出一飲子方劑愈。三兒大悅云：「公既與某盡心治病，某亦當與公盡心，以定貴賤。」可住宿，既至曉，命紙錄一生官祿，至第四政，云：「作橋陵丞。」時未有此官，田詰之。對云：「但至時，自有此官出。」又云：「當二十四年任奉御。」及大帝崩，田果任橋陵丞，後為奉御。二十四年而改。出《定命錄》[13]

田預自陳年輕時曾延醫治癒奚三兒的氣疾，奚三兒以預寫下田預一生官祿為答謝，使田預毋庸煩惱未來仕途的起伏，得以心安理得的生活。不過對田預而言即便深信定命，卻也未必信賴眼前這

13　〔宋〕李昉編，張國風會校：《太平廣記會校》，頁 2085-2086。

位自言能預見他人命運卻尚需他人協助的奚三兒，這也是在預言
裡斷定田預將獲當時未有的「橋陵丞」一職並任二十四年任奉
御，引田預詰問的原因，「尚待後驗」是田預檢覈奚三兒預言的
方法，果然在睿宗崩逝後出現此職，他也任奉御二十四年才改任
他職，方知所言不假。由預言說中了當事者將任當時未有的官
職、任職的年限，最能說明定命為真、人可探知，此外，也交代
定命的規範及執行，乃就個人在一生的各階段當有特定的作為，
由於皆由天意形成後交付冥界執行，預言的方法大凡依此思維表
述，能探知預言者也多由具神祕色彩的方士、術士、異人以及宗
教人士。至於尋常人在生活裡無意的與冥界接觸以致獲見人生的
訊息，人雖知其異但資訊卻未獲「專業」能知定命人士解讀下，
自是零散亦不能確知其中的意涵，如入夢乃唐人習見與冥界接觸
的方法，也是獲得定命訊息的途徑，帶出的訊息也多不能解，如
記云：

> 趙良器嘗夢有十餘棺，並頭而列。良器從東歷踐其棺，至
> 第十一棺破，陷其腳。後果歷任十一政，至中書舍人卒。
> 高適任廣陵長史，嘗謂人曰：「近夢於大廳上，見疊累棺
> 木，從地至屋脊。又見旁有一棺，極為寬大，身入其中，
> 四面不滿。不知此夢如何？」其後累歷諸任，改為詹事，
> 亦寬慢之官矣。出《定命錄》[14]

例證中的二位當事人夢見異象不知其然，事後才知與自己未來為

14　〔宋〕李昉編，張國風會校：《太平廣記會校》，頁 4572-4573。

官的有關訊息：首則趙良器夢棺（官）並踐棺而行，在第十一時棺破陷腳（十一任），後果然任十一任官並卒於任上，毋論趙良器當時是否明白其中意涵，不過所獲資訊和透過知命異人陳述定命的方式相同，或透露這些異人所能知見的景象便為如此，不過具解讀及探求更深的能力；但高適夢得身在大廳見疊累棺木（官），自入較諸他棺更為寬大的棺木中（獲寬慢之官），亦在事後才知所夢的意義，卻非談定命習見的形式，皆道出人多或無意中探得定命，不過多屬片面也少能當下能解，說明了常人雖大凡難有主動探知或解讀異象的能力，卻仍可在無意下獲悉自己的未來發展，道出定命非特定群眾所專有，且與所有人生命相關，社會中人各有命，為官者亦在上天的安排中。

官祿既決定在天，任何人皆無法干預，即令手握權勢者亦然。在溫畬《續定命錄》所記〈裴度〉乃速寫下李師道遣刺客欲取宰輔武元衡、裴度二人性命的實況，刺客大呼欲取裴度首級，刀中裴度所戴京師流行的揚州氈帽令裴度墜馬、乘驂以身護度而免死，詳記過程的原因，在於突顯李師道誅殺裴度的意志甚堅，卻屢次下手時總法得手，後繫以裴度在事件後仍任重臣為結，此則何以被作者視作定命之一例，於比對書中其他例證後可知是則認定裴度遇兇險皆無恙的原由，在於定命中仍有官職未履，方能不死，錄其最後數語如下：

……（裴）度賴帽子頂厚，經刀處，微傷如線數寸，旬餘如平常。及昇台袞，討淮西，立大勳，出入六朝，登庸授鉞。門舘僚吏，雲布四方。其始終遐永也如此。出《續定

命錄》[15]

文中自是認定裴度追隨京中時尚戴著厚帽此為上天造成的「因」，用以對應刺客下刀處僅受微傷，在未久後傷便平復的「果」，維繫裴度的性命，在於使其得任高位影響當世的天命，若死亡則已定的天命無法實現。如此解釋，自是使所謂的天命內涵，多在詮釋官祿的有無及官秩。

　　最後，則談婚姻。此為定命多涉及的議題，然皆未記下相戀的過程或男女的態度，意謂著定命裡所指稱的婚娶，乃與人生目的即官祿的定位相當，乃生命中的歷程之一；況且唐代婚姻的締結，多會影響文人未來的仕途，此類故事在論及婚配時，便不免涉及科舉或任官，而非單純的男女結二家之好。以下所錄冥吏特意於夢裡告知崔元綜未來的婚配訊息，後果如其言一事，直接排除相戀的內容，再扣合祿位而記云：

　　崔元綜任益州叅軍日，欲娶婦，吉日已定。忽假寐，見人云：「此家女非君之婦，君婦今日始生。」乃夢中相隨，向東京履信坊十字街西道北有一家，入宅內東行屋下，正見一婦人生一女子，云：「此是君婦。」崔公驚寤，殊不信之。俄而所平章女，忽然暴亡。自此後官至四品，年五十八，乃婚侍郎韋陟堂妹，年始十九。雖嫌崔公之年，竟嫁之。乃於履信坊韋家宅上成親，果在東行屋下居住。尋勘歲月，正是所夢之日，其妻適生。崔公至三品，年九

---

[15]　〔宋〕李昉編，張國風會校：《太平廣記會校》，頁 2173-2174。

十。韋夫人與之偕老，向四十年，食其貴祿也。出《定命錄》¹⁶

此則敘事的方法，乃先引出由人決定、又合於世俗規範的婚娶，冥吏於夢中指示婚娶對象的人家以及適才出生而已的訊息，醒後竟發生欲娶之婦暴亡致娶妻未成；迄五十八歲時方與侍郎韋陟十九歲堂妹議婚，女雖嫌崔公過老竟嫁之，在成親時崔元綜至韋宅憶起即十九年前所夢場景、所娶即夢裡嬰兒，就此已比對出人的決定／上天的決定、人以為相合／上天所指配的關係，最後一切皆循定命，否定人的決定和作為；最末繫以兩人的婚後四十年的共同生活：崔元綜任官三品、韋氏（崔夫人）食其貴祿，在官祿上有了交集。婚姻中的二人關係，建立在官祿之上。於是，推算女性的婚配，亦以此為基礎，故云：

蘇某，信都富人，有女十人，為擇良壻。張文成往見焉。蘇曰：「此雖有才，不能富貴。幸得五品，即當死矣。」魏知古時已及第，然未有官。蘇云：「此雖形質黑小，然必當貴。」遂以長女嫁之。其女髮長七尺，黑光如漆，諸妹皆不及。有相者云：「此女富，不吃宿食。」諸妹笑知古曰：「只是貧漢得米旋煮，故無宿飯。」其後魏為宰相，每食，一物已上官供。出《定命錄》¹⁷

16　〔宋〕李昉編，張國風會校：《太平廣記會校》，頁 2245。
17　〔宋〕李昉編，張國風會校：《太平廣記會校》，頁 3442-3443。

文中有二位能就面相推見定命者，一為蘇某，用此決定女兒所嫁的對象，選擇了進士及第卻未任官又形質黑小的魏知古，認定他必當貴，否定世俗如蘇某其他女兒的判斷；而此，第二位相者，便補充此女的婚姻對象極富，可不吃宿食，二人在觀看女性的婚配，同樣亦以對象官祿作為判定原則。雖然，在蘇某的說法中，似存在著父親手握依男性命中官祿決定女兒婚配對象的權力，不過蘇某既能相人，想當然亦知此女當貴，才決定由她嫁予知古，此推想復由略晚寫成的《前定錄》中所記婚姻前定事為佐證。武殷婚配一事較諸其他各篇更為複雜，今僅撮其中主要段落予以說明，其云：

> 武殷者，鄴郡人也。嘗欲娶同郡鄭氏，則殷從母之女。姿色絕世，雅有令德，殷甚悅慕，女意亦願從之。因求為婿，有誠約矣。無何，迫於知己所薦，將舉進士。期以三年，從母許之。至洛陽，聞勾龍生善相人，兼好飲酒，時特造焉。……生曰：「此固非君之妻也。君當娶韋氏，後二年始生，生十七年而君娶之。時當官，未逾年而韋氏卒。」……後十餘年，歷位清顯。每求娶，輒不應。後自尚書郎謫官韶陽，郡守韋安貞固以女妻之。殷念勾龍生之言，懇辭不免。娶數月而韋氏亡矣。其後皆驗，如勾龍生之言爾。[18]

其一、引文首段交代世間良緣建立的基礎原理，武殷欲娶姿色絕

18　〔唐〕鍾輅：《前定錄》，頁 4-5。

世又有令德的從母之女,這位世人眼中男性的佳偶也鍾情於武殷,唯從母設下三年考娶進士的要求,由此同樣說明女性包括其家屬擇偶亦重仕途,與前文所述相同,也因此當武殷考取後此婚配就會締結;其二、次段則交代定命的說明方式,由具相人的勾龍生作為傳遞天命的中介者,以命令的口吻道出武殷當娶二年後才出世的韋氏、十七歲時出嫁、婚後不滿一年而卒,不只完整交代韋氏的一生,也間接指出人在出世前的種種也在定命裡;第三、第三段則記武殷之後所遇皆如勾龍生所言,在謫官陽時郡守以女嫁之,因憶起當年預言自己十九年後於為官時娶十七歲的韋氏女,且在嫁他未滿一年便死亡,想推辭以避悲劇的發生卻仍娶之,婚後數月韋氏果亡,代表命定可知、但不可改。故事中亦反覆交代文人之婚配總與官祿有關,所謂定命,亦聚焦於此而已。

　　三項似分立的主題,實皆環繞、依據在有限的年壽上,於人世中所獲取的利益,在記敘中或將婚姻和從政獲得權力視為具因果的正向關係,或以任官的期限和官秩推算年壽終期,皆道出這些定命的例證在於陳介在人生有限的時光裡,終究可獲得多少具體的利益:定命視為人一生中利益的總和。雖名定命,但撰寫的目的,仍在於勸喻人應知道萬般皆是命下,在進取之間若所求仍不可得,就要接受萬事不可強求,在當下獲得心境的平靜,跳脫心理的牢籠。消極的以為人生已定,定睛於自我的生命境遇及主題,又僅關注現世的利益獲得與內容,乃中晚唐的定命專冊中反覆演述的題旨,和對人生的態度,而在進入五代後更有了質的轉變,即《感定命錄》的出現,而此,足以反映五代定命觀特質及轉折。

貳、發現命運：
以感知能力來詮解定命的存在和結構

　　中晚唐湧現專收定命故事的專書在進入五代後，表現方法及論述主題開始有了變化，可由撰成此時的代表作《感定命錄》中得見。從原先敘事突顯著個人和定命間的聯結，更在其中拈出對如何及為何與定命「感通」，自與中晚唐的專書有了命題上的區隔，其後《續感定命錄》的繼作，亦反映五代「定命」論題在觀看角度與關懷對象的時代特質。

　　《感定命錄》或作《感定錄》，《宋史・藝文志》著錄「鍾輅　《感定錄》一卷」[19]，然鍾輅所撰乃《前定錄》，非此書，其後書目除鄭樵《通志略》鈔引《宋史》外未見著錄，是書亡於南宋；其撰成時間，可據《太平廣記》引此書有「自武德至天祐，恰二十世」句[20]，唐亡於天祐四年三月唐哀帝禪位於朱溫，然沿用此年號迄二十一年，可知《感定命錄》成書時已入五代，李劍國復據修於後晉劉昫《舊唐書》頗引此書，定書成於梁唐中，可為定論。[21]僅在撰成後迄北宋得傳，幸賴《太平廣記》引錄 22 則，李劍國據《古今類事》、《詳註昌黎先生文集》補 2 則共得 24 則，[22]在原書僅一卷下今所得佚文，當近於全書。這部輯錄自隋迄唐末故事又拈出「感」之意義的定命專冊，內容或

19　〔元〕脫脫：《宋史》（臺北：鼎文書局，1986 年），頁 5225。

20　〔宋〕李昉編，張國風會校：《太平廣記會校》，頁 1914。

21　李劍國：《唐五代志怪傳奇敘錄（增訂本）》，頁 1476。

22　李劍國：《唐五代志怪傳奇敘錄（增訂本）》，頁 1479。

如學者所指出「事簡文寡，殊不可觀」缺乏文學上的價值，[23]道出此書體例的特徵。本書取用多有所據，或為突顯個人觀點，容有對內容予以刪節，也因此更能反映唐代定命說在進入五代後，本質上所產生的變異。對人能知命的論述多援自儒家，挽合近於附會自先秦以降儒者對「知天命」的闡述，至於命之前定則汲用部份漢時命定的觀念，但本質上皆存在歧異，卻是晚唐迄五代對於命的共同理解。《感定命錄》在記錄及表述上自然承繼起中晚唐時對定命的解析和看法，惟在論述的重心已移向個人主體的感知闡釋，在選擇的實例及論述的方法中如實映現。故就事例即敘事中的人物的角度，以及對事例描述及詮釋的敘事者進向讀者傳達訊息的效果來說，皆可獲悉其中的變異及特質，足能回應在此時空下解讀人生的特質。

一、識者／未識者對照下所演繹出的定命特質

以定命作為記錄和論述的對象，在其中就必須揭示已然決定的人生內容及後來應驗的結果。此記錄原則乃用單一的個體及其生命作為主線，遭遇的人事物及相對的回應則建起命的結構和內容，在其中能夠辨識出過程中遇合的普徧通例及個案原則，便屬於有識之士，至於認為人的境遇出於偶合、甚至不知曉有所謂命者便被歸於無識者，為這敘事中對記錄人物的主要區隔及分類目的；但在得以聽聞此類事件並能感到當中確然有命定存在，亦未必得知其所然者，成了此類敘事中未予明說的類別，亦是撰述者真正想要說服／提點的對象。由此，在敘事策略上，便由識及未

23　李劍國：《唐五代志怪傳奇敘錄（增訂本）》，頁 1479。

識者的對照，以演繹命乃真實存在外必須並理解知感的重要和必
要性。依此，交代命的真實及內容、感知的方法和意義，為此敘
事當予說明的要題，首要記錄下得以感知命運者的身份和事跡，
以及詮釋感知能力的真實與內容。

（一）知命乃識鑒之一端

定命思維由傳統信仰衍生，故易被群眾所接受，文人階級更
用文字加以記錄更予廣傳外，復援用此階級所熟悉且被視作正道
的儒學知識詮釋定命，在取用傳統信仰與儒家經典下，務求達成
將人生中各種看似偶合的事件，合宜／合理的繫予已被事先的決
定中。故在詮釋人何以能知見自我生命的境遇上，就附會於儒家
的知命之說。於是，便將「知命」拆解成「能知」、「命」兩
項，能知肯定了個人對命的感通能力，至於命則將原來含括道德
意識在其中對君子的成命（命令），理解成關於上天對個人利益
的命定，此詮釋的方法自不免近乎附會，卻由此獲得了人對命運
得以知解的典籍來源，至於對得以感通的內容與方法，便回到原
先對於定命的解讀。因而對照定命原來的設想，本闡釋著生命依
循特定的安排而進行，知解其中已被決定的內容（命）最後並得
到，應驗（定），成了必然的敘事結構，其中必須有人破解、環
結起看似前後無關的經歷，最後獲知定命的訊息。也因此在敘事
中亦往往有著能獲知個人經歷的意義和未來歸趨的能識者，向他
人交待難以情測的定命內容。故謂：

> 長慶中，青龍寺僧善知人之術。知名之士靡不造焉。進士
> 鄭朗特謁，了不與語。及放榜，朗首登第焉。朗未之信
> 也。累日，內索重試，朗果落。後卻謁青龍僧，怡然相

接，禮過前時。朗詰之，僧曰：「前時以朗君無名，若中第，卻不嘉。自此位極人臣。」其後果歷臺鉉。出《感定錄》[24]

　　宗教信仰的過程與內容本含括了神秘經驗與預示，在仍具血氣時探索生命的本質，明瞭人在死亡後的歸趣，也因此群眾對於修鍊者多理解成擁有神秘力量、且能憑藉此力量去理解、掌握生命奧秘的個體。而「命」則指稱人自出生迄死亡的過程，對修行者而言，屬於明白生命奧秘後，進入已能掌握自己人生、並且努力著超脫生死的生命階段，故能理解自我生命過往及未來的歷程。而個別的生命過程，顯然在運作或本質上共通的理路和特質，才能由理解自我的人生後，同樣精準的理解他人的生命，成了故事中青龍寺僧能知鄭朗何時中第的理論基礎。青龍寺僧有知人之術，此能力便被劃規或理解成來自於個人對於佛教信仰的修習所得，方能體察或探索常人所未知悉的外在訊息；且定命本歸屬於傳統信仰的體系中，修行者往往被視作在此信仰官僚體製中具有干預、質問司掌個人命運等冥吏的權力和能力，因此舉凡道士、日者、欽天監、巫覡等和信仰有關的身份，亦依此思維成了能夠察知命運的人物。只是就常人來說，少有通解自我甚而引伸至他人生命的理則，亦不能具備修行者的宗教身份可主動與冥府的官吏互動，但在這些得以感知命運的個體中，獲悉了察驗纖微特異而推見生命將要發生境遇的法式，成了屬於常人感通自我命運的能力與方式。

24　〔宋〕李昉編，張國風會校：《太平廣記會校》，頁 2191。

　　而此，在《感定命錄》中，便記錄下尋常身份也得感通命運
的實例：

> 有進士李嶽，連舉不第。夜夢人謂曰：「頭上有山，何以
> 得上第？」及覺。不可名「嶽」。遂更名「言」。果中
> 第。出《感定錄》[25]

　　在敘事中已將夢見有人告知不第的原由在於姓名屬乎異，而
李嶽亦依夢中所獲知的訊息而改名，其後竟中第便認定乃出於改
名的結果，由此突顯著此判斷及認定的真實性，就此，便能用這
結論去環結並解釋進士李嶽之前連舉不第的過程和原由，成了具
有因果而前後相續的定命之例。此敘事思維可視作前述定命觀察
的開展：就定命運作的過程來說，自具有信仰的神祕性，故需由
入夢的方式獲得啟示，夢中出現給予啟示者多屬管理的冥吏，為
求任務即完成定命而和人互動，透露當事者有關的訊息，常人雖
無特殊的感通能力亦能從留意周遭的變化獲取命定訊息；就感通
定命的能力而論，個人既受到上天意志的左右，身旁自有冥吏正
在對己執行冥府所交付的工作，觀察外在環境的變化並思索與自
己過往、當下及未來的可能聯結，則是可操之在我──具有靈性
的人類本具感通自我命運的能力。

　　對此能力的解讀，多依循宗教的神祕經驗予以詮理，但在五
代已出現近於比附人事的遠見：來自於知識、經驗積累後的理智
判斷，而被視作定命的一例，與已見的例證有顯著的差異：

25　〔宋〕李昉編，張國風會校：《太平廣記會校》，頁 2189。

> 開元二十一年，安祿山自范陽入奏。張九齡謂同列曰：
> 「亂幽州者，是胡也。」其後從張守珪失利，九齡判曰：
> 「穰苴出軍，必誅莊賈。孫武行令，猶戮宮嬪。守珪軍令
> 若行，祿山不宜免死。請斬之。」玄宗惜其勇，令白衣效
> 命。九齡執諮請誅之。玄宗曰：「豈以王夷甫識石勒
> 也。」後至蜀，追恨不從九齡言，命使酹於墓。出《感定
> 錄》[26]

其中自以張九齡為能識的人物，至於識的內容則反映在對安祿山
的推斷中：首次見安祿山就得知此胡將為禍唐代，且禍由重鎮幽
州而起，其後張守珪遣安祿山討契丹失利而奏請斬之，張九齡循
軍命如山的原則准守珪之請，且在玄宗免祿山死罪後仍堅持當予
斬殺，知其「識」之高卓，安祿山在免除死罪後不久果然逆反，
應驗了張九齡預先的推定。此則合於定命先有預示（張九齡預
示）後果得驗（張祿山逆反）的敘事結構，但獲知此因果除了出
於張九齡原有的優異資質和人格特質，更需要在從政的履歷中累
積知人的能力，況張九齡堅持玄宗斬當除去安祿山的目的亦在於
防止安祿山為亂以安社稷，易言之，將發生的亂事並非命定，而
是在位者錯誤的政治決斷。然而在此敘事中，卻先認定安祿山反
逆乃屬定命，至於張九齡的預示和諫言則被理解成預見定命的識
見，納入了與能知定命相近識者的天生資質，以及與神秘主義相
去甚遠累積治國經驗而生成的推理智慧。相對於《定命錄》所錄

26　〔宋〕李昉編，張國風會校：《太平廣記會校》，頁 2454。

〈張守珪〉之定命事，側重在交代所獲官職皆如相者所預言，[27]
以申定命之不可違的命意有極大的差異。

　　此一轉折，讓藉由學習、浸染而可得的治世才能也置諸感通
定命的能力之中，一方面劃出能力的差別，個人壽夭位祿的判斷
需由宗教未可知的神秘方式加以訪知，社會治亂的識鑒則由教育
及從政資歷的智識累積能夠察覺，另一方面更讓具有神秘性的感
通定命之能力，得以落實在得以理解、推求的常理中，不再僅限
於宗教信仰的探知而已。

（二）人生要事必有徵兆

　　感知定命的能力雖取決於個人先天的資質和後來學識或修行
的積累，未必人皆得窺得其中奧秘，但就與個人有關的定命內
容，仍可在日常中細加體察而獲知將發生在一己身上的事件。由
於唐人所定義及理解的定命，乃是個別事件在特定的時空下逐一
發生，那麼各事件間或有前後相續卻非常人所能理解的關係，依
照此原則，已被命定的事件在發生上就必然有前後不得更易的聯
結。在此理解下，人總關懷著攸關於己的重要利益，就文人來
說，自己能否及何時考取功名，就成了至為重要亦多方探詢的定
命題目：

> 貞元中，有舉人李顏方就舉，聲價極振。忽夢一人紫衣
> 云：「當禮部侍郎顧少連下及第。」寐覺，省中朝並無姓
> 顧者。及頃，有人通刺，稱進士顧少連謁。顏驚而見之，
> 具述當為門生。顧曰：「某纔到場中，必無此事。」來

---

[27]　〔宋〕李昉編，張國風會校：《太平廣記會校》，頁 2093。

年，顏果落第。自此不入試，罷歸。至貞元九年，顧少連
自戶部侍郎權知貢舉，顏猶未第，因潛往造焉。臨放榜，
時相特囑一人，顏又落，但泣而已。來年秋，少連拜禮部
侍郎，顏乃登第。出《感定錄》[28]

　　一如定命由冥吏執行的常例，李顏在應考前也因入夢而獲知
自己考取功名的訊息：以「在名為顧少連任主考」作為前提才可
得考取，意指顧少連進士及第且任禮部侍郎的官職成了李顏考取
的充要條件。此設定並非意指他人的意志干預著自己的定命內
容，由李顏曾拜訪尚未考取及任貢舉時的顧少連的敘事中，便排
除了人為的因素，而是表述個人的未來會由他人既定境遇所帶
引，敘事中試圖反映著上天設計、執行所有的人命定體系所具備
複雜又精確的特質，人即使在得知命定的內容下仍然難去干預，
只能靜待事件的發生。

　　此例證的敘事角度和方式，突顯著身為文人亦為考生的李顏
其生命過程的陳述，登第的與否及其發生，就上天對個人、社會
整體的計畫以觀，必有他人亦已命定且與自我有關的事件先行，
此事件無關於人與人間的關係及好惡，而是就定命建構的規模予
以觀察和詮釋，他人及自我事件間排除了習見的社會互動與因果
關係，卻體現及建立起由上天支配與訂立下整體定命的運作規
模，用發生的次序環結他人和自我命中將發生的事件，雖微具時
序的觀念，卻無設立或規範在特定時間上發生的想法。由此對文
人來說，欲知悉人生要事的發生，一如前文所引無不在探究、體

28　〔宋〕李昉編，張國風會校：《太平廣記會校》，頁 2143。

察事之先驗，由此，在下述同樣想獲知科考成敗的事例中，進士
李固言亦在入夢後取得來自官方的可靠資訊：

> 元和初，進士李固言就舉。忽夢去看榜，見李固言第二人
> 上第。及放榜，自是顧言，亦第二人。固言其年又落。至
> 七年，許孟容下狀頭登第。出《感定錄》[29]

　　李固言得以考取進士，與許孟容的知見有關，[30]但在深信定
命的人而言，乃出於天意且固言已有感應：於夢中得見榜單第二
名為李固言，後放榜雖果如所夢，然考取者為「李顧言」容有一
字之別，後在文末尚記「許孟容下狀頭登第」的結果，終於和李
固言有關卻未交代預言的內容，顯然敘事有所缺漏。檢《太平廣
記》卷二百七十八〈韋詞〉引晚唐溫畬《續定命錄》，記韋詞在
公署夢得李故言將「明年及第狀頭」一事，比對後可知《感定命

29　〔宋〕李昉編，張國風會校：《太平廣記會校》，頁 2189。

30　據孫光憲所記，李固言個性長厚又未習參謁，為親表柳氏昆仲所謔反為
　　促成被許孟容所接見並相知，後許孟容知禮闈時李固言應進士，因此狀
　　頭及第。（參〔宋〕孫光憲撰，賈二強點校：《北夢瑣言》（北京：中
　　華書局，2002 年），頁 43。）然而晚唐五代多將李固言考取狀頭並任
　　丞相附會於定命或鬼神之說，段成式記有蜀民老姥知見他將狀頭及第和
　　任丞相、（〔唐〕段成式撰，方南生點校：《酉陽雜俎》（臺北：漢京
　　文化事業有限公司，1983 年），頁 215-216。）賈緯則載胡盧先生、聖
　　壽寺僧能預陰府事故知李固言將考取並為相（用〔宋〕李昉編，張國風
　　會校：《太平廣記會校》，頁 2189 引《唐年補錄》。）至於馮贄謂李
　　固言狀元及第乃柳神之助，（〔後唐〕馮贄編，張力偉點校：《雲仙散
　　錄》（北京：中華書局，1998 年），頁3。）相去更遠，皆可見李固言
　　事流衍甚廣亦頗駁雜。

錄》的李固言事，係為補充說明此則以突顯是書感定的命題。
〈韋詞〉所記李固言之故事如次：

> 元和六年，京兆韋詞為宛陵廉使房武從事。秋七月，微
> 雨，詞於公署，因晝寢，忽夢一人投刺，視之瞭然。見題
> 其字曰「李故言」。俄於恍惚間，空中有人言：「明年及
> 第狀頭。」是時元和初，有李顧言及第，意甚訝其事。為
> 名中少有此故字者，焉得復有李故言哉？秋八月，果有取
> 解舉人具名投刺，一如夢中，但「故」為「固」耳，即今
> 西帥李公也。詞闕夢中之事不泄，乃曰：「足下明年必擢
> 第，仍居眾君之首。」是冬，兵部侍郎許孟容知舉，果擢
> 為榜首。……。出《續定命錄》[31]

　　此則的敘事，係以有人夢得他人的定命結果，故在《感定命
錄》以著墨當事人得以感通的撰寫習例下，就需要重新理解、重
組並再詮釋並非以當事者作為主要敘事的《續定命錄》，以達成
突顯個人對於自我命定感悟的目的。由此解讀是則的內容，已由
旁人李詞夢得李固言得中榜首的定命結果，且在夢中已先預演接
見李固言以及當下聽到他將在明年及第狀頭的傳言。以李固言作
為敘事主線，李詞便退居次要僅有傳遞天意的身份，成了李固言
間接獲得官方訊息的途徑；在此理解下，《感定命錄》再回到李
固言自身的感應上，科考前他夢見自己考取第二名，放榜後卻是
「李顧言」而非「李固言」，在見李詞後並獲知自己將在明年考

31　〔宋〕李昉編，張國風會校：《太平廣記會校》，頁4586。

取狀頭，「李顧言」先考取進士成了自己定的先驗，亦回應著
《續定命錄》冥吏傳遞訊息時已然存在姓名書寫的錯誤。[32]在此
補充的記錄中，寄寓著人生的要事必然有其先驗，當細察便能得
見的意涵。

（三）命雖有定仍存轉圜

　　既認定上天操作的個人命運不容纖微差錯，人本處在被動而
僅得接受的消極立場，於是探知個人定命內容亦即在事件發生之
先獲知的目的，或在於讓個人無論是發生的當下抑或事後的詮
釋，皆讓人得以接受此既定的決定和事實。惟在定命的操作上皆
視作如封建體制系統中由上（天）而下（冥吏）的行政流程，於
行政末梢的冥吏負責執行，一方面憑著著帶有逾越常人的能力暗
地操作，一方面又採取間接及直接的方式推動定命發生。顯然仿
造自人間處置社會關係和維護秩序官僚的定命系統，在理解和面
對時亦有相同心態，故容有「人為」操作的空間。亦即天意不得
更易，乃指稱對上天成命的內容和傳達不得違逆，卻因著冥界和
陽世擔任執行者皆擁有自我的人格和社會的關係，在操作和落實
在個人上時或被干預就存在著更改和權變的可能，例如：

　　　　天寶十四載，李泌三月三日自洛乘驢歸別墅。從者未至，
　　　　路旁有車門，而驢徑入，不可制。遇其家人，各將乘驢馬
　　　　群出之次。泌因相問，遂並入宅。邀泌入。既坐，又見妻
　　　　子出羅拜。泌莫測之，疑是妖魅。問姓實，潛令僕者問鄰

32　兩則中元和初（六年）考取進士者《感定命錄》為「李顧言」，《續定
　　命錄》作「李故言」，雖有顧、故之別，但必指同一人。

人，知實姓實。泌問其由，答曰：「實廷芬且請宿。」續
言之，勢不可免，泌遂宿，然甚懼。廷芬乃言曰：「中橋
有筮者胡蘆生，神之久矣。昨因筮告某曰：『不出三年，
當有赤族之禍，須覓黃中君方免。』問：『如何覓黃中
君？』曰：『問鬼谷子。』又問：『安得鬼谷子？』言公
姓名是也。宜三月三日全家出城覓之。不見，必籍死無
疑；若見，但舉家悉出衷祈，則必免矣。適全家方出訪
覓，而卒遇公，乃天濟其舉族命也。」供待備至。明日請
去，且言歸潁陽莊。廷芬堅留之，使人往潁陽，為致所
切，取季父報而還。如此住十餘日，方得歸。自此獻遺不
絕。及祿山亂，肅宗收西京，將還秦，收陝府，獲刺史實
廷芬。肅宗令誅之而籍其家。又以玄宗外家而事賊，固囚
誅戮。泌因具其事，且請使人問之，令其手疏驗之。肅宗
乃遣使。使迴，具如泌說。肅宗大驚，遽命赦之。因問：
「黃中君、鬼谷子何也？」廷芬亦云不知，而胡蘆生已
卒。肅宗深感其事。因曰：「天下之事，皆前定矣。」出
《感定錄》[33]

　　胡蘆生身為唐代得知定命的箭垛式的博識人物，[34]對此事發

---

[33]　〔宋〕李昉編，張國風會校：《太平廣記會校》，頁 2127-2128。

[34]　胡蘆生主要活動於中唐，段成式《酉陽雜俎》已記其「三世為人」其血
　　得以療鶴事（段成式撰，方南生點校：《酉陽雜俎》，頁 19-20。）後
　　復為杜光庭《神仙感遇傳》所收（〔唐〕杜光庭撰，羅爭鳴輯校：《神
　　仙感遇傳》（北京：中華書局，2013 年，《杜光庭記傳十種輯
　　校》），頁 455-456。）卜算神準，李冗《獨異志》即記有劉闢問官祿

生自是全然掌握及理解，辨識具有權威及有效性，亦可代表天庭
的官方說法，故由他所直陳竇廷芬將滅族的推斷中，獲見定命容
有變異的樞紐：此事是由「黃中君」決定並發付執行，為此事件
在人間執行定命的關鍵人物。胡蘆生採取譬喻近於謠讖的方式道
出命定中的人物，黃中君即指可穿黃色龍袍即當時的皇帝肅宗，
至於鬼谷子則用以代稱先人塋墓在清河谷前鬼谷的李泌，[35]身為
帝王的肅宗握有國家至高的政治權力，看似意志自主下實已受到
不知究詰的力量所導引，形成並作出合乎天意的決策，卻也因著

於胡蘆生而神準事，（〔唐〕李冗撰，蕭逸點校：《獨異記》（上海：
上海古籍出版社，2000 年，《唐五代筆記小說大觀》），頁 911-
912。）後唐佚名《原化記》更輯胡蘆生卜筮若神數事，（〔宋〕李昉
編，張國風會校：《太平廣記會校》，頁 942-945 引《原化記》。）足
見此生因能知個人之命定在當時已有盛名。

[35] 此則未交代黃中君、鬼谷子的身份，然對照撰成晚唐康駢《劇談錄》所
記相型故事，文末交代「德宗曰：『囊言黃中君，蓋指於朕，未知呼卿
為鬼谷子，何也？』或云：『李相先塋在河清谷前鬼谷，恐以此言之
也。』」就可獲知所指的對象（〔唐〕康駢撰，徐凌雲點校：《劇談
錄》（合肥：黃山書社，2000 年，《唐宋筆記小說三種》），頁 8）。
按《劇談錄》所記雖和《感定命錄》為一事，不過人、時甚多不同，若
竇廷芬寫作竇庭芝，時間則由安史亂後向後推移為朱泚之亂，帝王也必
須由肅宗改為德宗；約成於五代《鄴侯外傳》當中亦記此事同於《劇談
錄》或襲自此書（〔五代〕佚名：《鄴侯外傳》（揚州：江蘇廣陵古籍
刻印社，1989 年，《歷代小史》），頁 291。）《舊唐書》在〈安祿山
傳〉中有記天寶十四年：「陝郡太守竇庭芝走投河東。賊使崔乾祐守陝
郡。臨汝太守韋斌降于賊。」〔五代〕劉昫：《舊唐書》卷一百上，頁
5370。）所指事與《感定命錄》相合，唯作竇庭芝和《劇談錄》同。李
泌事肅宗、代宗及德宗三朝，於肅宗、德宗皆有重用，未知孰是。然已
得推知主角當作竇庭芝、故事皆指同一定命事，但記錄的來源應不同，
以致事亦見差別。

相同的原因，既掌控人間絕對的權力，得以更易此人將形成的意志就足以規避將發生的厄運。胡蘆生即根據察知得在那時已能影響肅宗意志的李泌，方才要竇廷芬接近、祈求鄭侯代己去動搖肅宗將要形成的命令，至終證成了定命的確然存在，尚交代了當定命的決策交付人間的掌權者時，其意向的變化，成了左右進而改變定命的充要條件，使得此則並非採行接受定命的習見敘事，讓命定在發展中有了轉圜。

　　改變定命的機會，存在於上述出於決定及執行定命掌權者的意志，然在思索定命內涵時，更已觸及到面對時所應當採取接受／更易的態度和立場，審視著舊有亦具影響力，訴諸在自力創造或增進生活良窳的信仰文化，在與定命間所存在思維上的當然扞格，在下述的個案中已然選擇及安排：

> 李太尉在中書，舒元輿自侍御史，辭歸東都遷葬。太尉言：「近有僧自東來，云有一地，葬之必至極位。何妨取此？」元輿辭以家貧，不辦，別覓，遂歸啟護。他日，僧又經過，復謂太尉曰：「前時地，已有人用之矣。」詢之，乃元輿也。元輿自刑部侍郎平章事。出《感定錄》[36]

　　陰宅風水之說在唐代甚為風行，出自祖先信仰中先人對長眠陰宅感受的良惡，進而歸返子孫居住處給予相對報處應的質樸思維，其後再與地理上靈山福地的說法結合，先人墓塋的選擇幾近決定其後人的窮達。此說自將個人的未來繫於風水的決定，就和

36　〔宋〕李昉編，張國風會校：《太平廣記會校》，頁2205。

命定由上天絕對掌握存在差別，在此敘事裡便已處理此矛盾，將
此可能轉移命運的契機重置在定命的設計中：僧人能辨識出葬地
的價值，先人葬於此後人能至極位，舒元輿因家貧無力購地卻在
無意中將先人葬於該處。其中並未否定甚至證明風水和個人發展
間具有絕對的關聯，而是用突顯著當事人在對將來所生成刻意／
無意的態度，和未來發展去推斷結果出於人為（個人）／上天的
意志。由此，風水之好壞似出於葬先人於何處的個人意志和決
定，在此故事中則解釋成出自上天的安排，那麼已將風水視作、
收納在定命生成的機制中，那就在舒元輿的例證裡，無論是先人
葬處、後登位極，皆是天意的決定。對照前文述及更名後以取功
名，也應解讀成作冥吏在執行時發現姓名和定命的內容不合，以
入夢為法要求當事人李嶽去山的部首以合既定的天命，並非肯定
人能夠藉由改名便改變命運。就此，代表定命之所出的天意不容
改變，唯定命係由人間的權力者自行形成意志並執行時，方才存
在極微的更易機會。

　　《感定命錄》不僅由被記錄的人物，演繹著人總被上天決定
未來境遇的定則，並由社會上習見的宗教人士擔負能識人物，交
代著定命的真實和存在，與定命發展的歷程和原則；在個人本來
難以掌握自我未來、亦不得究詰其中或然存在的原理，在觀看這
些人物生命及作者詮釋下便易於接受，由此去檢視自己的生活經
驗，對照、理解個人尚未實現的人生要事。

二、敘事者／讀者能生共鳴引動出的閱讀經驗

　　對「命」的解讀，毋論已在先秦時用理解天之命令的內容，
和其中所引帶出身為人所應遵循內容視作個人所當遵循的「命

定」，或迄漢又興起注目於自身，以理性辨分出自身體質即存在先天壽夭的條件，和外在影響生命的自我作為及直接決定生死福禍不可違抗的突發罹難下，方才決定了個人「性命」，雖皆稱命，但前乃天命、後為性命，在內涵及命題上皆有差別；入唐後所生成的定命觀在關懷對象上，和漢相近皆扣合住壽祿的脩短薄厚，不過在詮釋命的必然時則歸於天意。因此，原先在漢時具相對理性的性命說法，只用了未能情測又不能更易的天意決定作為說明，趨向於未具有道德或理論根據的解讀，在加深神秘色彩下卻為群眾尤其尚智的知識份子所接受，可就《感定命錄》的敘事態度和手法所能引動的情感予以理解：在態度上，撰者本著探知自我利益的訊息作為撰述對象和命題，契合著眾人總留心於攸關個人權益的心理，在手法上亦採取用了相同的生活經驗及文化基礎，在和讀者生成共鳴下，更得以認同、相信在書中所陳述的例證也會在自我的生命中出現，在閱讀以先獲得教訓；依循著中華文化中習見對未來特定事件預測的習慣，在書中檢視亦在自我的生活中驗證定命的存在：

（一）記錄個人生活以及文化共有的經歷

由唐代記錄定命的命題總圍繞在現實中實質的利益以觀，其興起和個人欲明白在未能掌握的環境中，「能否」和「何時」得以取得及完成期待，《感定命錄》在題材上自不例外，唯在敘事時更聚焦在徵兆的如何測試並作有效的辨識。定命本來便深植在傳統信仰而具有偶像崇拜的宗教意味，除了前述的體察生活中纖細的變化以知命定外，更不免仿傚起問卜的驗證方式，用事之奇偶作為請示上天意志的媒介，以獲得天啟：

> 唐燕公高駢微時為朱叔明司馬，總兵巡按。見雙鵰，謂眾
> 曰：「我若貴，矢當疊雙。」乃伺其上下，果一矢貫二
> 鵰。眾大驚異，因號為落鵰公。出《感定錄》[37]

　　此則中已認定「一矢貫二鵰」不能單靠個人箭術的高明便能
達成，尚且存在更多若鵰飛行路徑等不可掌控的因素在其中，令
依賴單純人為力量成功的機率陡降，此不確定性的結果，在高駢
向眾人宣告此乃對上天對他富貴與否設問的回應下，成為單方面
向上天扣問的途徑，且提供了貴則疊雙，未疊雙則為否定讓上天
回覆的方法。其後高駢若真能富貴，自可以聯結並證明當時獲得
「一矢貫二鵰」出於上天，且此早已確定的意志亦不容更改。然
高駢已因耽湎神仙方術而獲譏，用此近似的方式去占測未來富貴
也當非個案，卻未見高駢其他占驗亦獲得相同結果的記錄，更遑
論載錄未能得驗的射覆進而辨證此說的荒謬無根；卻可從此事中
獲取此次占卜事本身具有的特異性，以及占得的結果合於後來發
展方被選擇並連結起關係的資訊，此說法更在唐人本深好用射覆
卜驗來事的風俗，合於當時人的文化氛圍與思維脈絡而成立。
　　依此方式尚可推見國祚的長短，得見在唐時的流行：

> 唐李郃為賀州刺史，與妓人葉茂蓮江行。因撰骰子選，謂
> 之葉子。咸通以來，天下尚之，殊不知應本朝年祚。正體書
> 葉字，廿世木子，自武德至天祐，恰二十世。出《感定錄》[38]

37　〔宋〕李昉編，張國風會校：《太平廣記會校》，頁 1590。

38　〔宋〕李昉編，張國風會校：《太平廣記會校》，頁 1914。

當時天下流行的博戲又稱葉子，便將「葉子」逐一拆成「廿
世木子」再合為「廿世李」，以應唐代二十世的年祚，此說自是
附會，卻充份反映唐五代時人隱然形成的共識，在未知原因的引
導下透露著上天的意志，而被當時人所接受。也由此，個人亦在
生活中有意識的檢擇近似的經驗，作為此事例的輔證，加深了人
生有定的信念。與上天除了採取卜占間接的方式交通，個人的定
命又攸關社稷治亂，上天則會用天氣與異象予以回應，故有：

> 隋李密即會眾，屯洛口，設壇，大張旌旗，告天即公位。
> 其夜，狐狸鳴於壇側。翌日，臨行事，大風四起，飛沙拔
> 木，旗竿有折者。其後果敗。出《感定錄》[39]

李密以宗教儀式設壇向上天告知將即公位，當下便有生物狐
狸在壇側鳴叫的回應，隔日行事時復有非尋常拔木狂風吹折旗竿
的天氣變異，這些難歸在祥兆的異事就被視作有意志在其後驅
使；而野生的動物、天氣的變化皆非人所能指揮操控，意志及力
量就必歸於上天。此思維似援引了天人感應說，然無上天用異象
給予擁有社會權力者警示、以達到制約個人政治施為目的之意
味，而是由當事人向上天的稟告，而上天以人們已然熟悉的異象
符號予以回應。在這具災異形式的回應中，脫去了批評個人德行
或政治作為等原有的文化意涵，乃是單純的告知在獲得公位後將
接續著敗亡的命定結果。由此，《感定命錄》記錄亦說明無論是
個人平日好用射覆預測自我的未來，或者人在生命重要關口中所

---

39 〔宋〕李昉編，張國風會校：《太平廣記會校》，頁 2016。

發生、看見的異象，這些在生命中常有的生活經驗，皆是察驗得
知定命的途徑，由之便更易於生成共鳴進而思索甚至接受感定的
可能和定命的存在。

（二）由定命詮釋人皆難掌控的人生議題

　　由生活及文化的共同經驗及基礎闡述感知定命外，此類記錄
之所以傳述不絕進而細究感定的可能方式，在於所表述的對象，
皆屬於人們至為關注卻又難以掌控的人生課題。在中華文化中本
無精靈不滅的看法，無論是祖先祭祀讓死後亡魂仍能獲取血食，
神仙崇敬直接獲得肉身不死，或是用三不朽取得在他人意識長久
存續，皆是因應著人在死亡後立即面臨主要意識消亡的疑懼，故
視死亡為畏途亦投注最多的關注。但生命的脩短總被外在環境所
影響支配，屬於自我生命氣息的延續除了取決於天生體質的強
弱，本受到疾病、意外等無法逆料和預見的外在因素所干預，復
在晚唐五代動盪的世代中增加來自戰亂的風險。因之，生命的終
結大凡取決於外在複雜而非既有知識所能分析出的成因，自我所
難以掌握卻又極其關懷的題目：

> 袁孝叔遇異人得書，云：「每受一命，即開一幅。」累
> 任，皆驗。一日晨起巾櫛，一物墜鏡中，如蛇而有四足，
> 驚仆而疾，數日遂卒。然留書尚多，其妻開視，皆空紙，
> 最後一幅畫蛇蟠鏡中，異哉！出《感定錄》[40]

---

[40] 〔宋〕委心子編：《分門古今類事》（臺北：新興書局，1977 年，影
　　印清光緒五年刻本），卷三，葉 13。

　　作者以記錄作為說明定命過程代表的異人，給予袁孝叔數幅扣合未來要事的書函為開端，也用前後相續的事件排序出對象的生命歷程，卻結束在似蛇而四足的神秘動物墜入鏡中以致驚嚇得病而死。袁孝叔的死已歸於未能究詰原由的力量，後尚且留下留書讓原本人及家人以為此疾不足為意，卻死於此疾的伏筆，以帶引出人且無法掌控自我生命，以及難用常識理解命定的結論。文中且突顯著得人得以獲知個人壽命脩短、需留意獲悉相關訊息的見解，故有「異哉」之歎語。此事乃據《前定錄》而來，刪去至孝的袁孝叔母親得病時，夢老父約於石壇授可治母病藥，孝叔赴約並迎老父歸家，老父以靈藥治母病當日得痊等行孝始末，且刪削此故事大部份交代定命為何與再證定命不誣等的對話和描述，[41]僅保留定命的故事梗概，說明證明定命為真非陳述的核心，在透過文末增加「異哉」二字的感歎語得見，作者所欲表述的重點在於最末異事的意義及個人當有的解悟。此則可再對照中唐《定命錄》裡所錄甚為相類的故事，得見在表述上的差別，其云：

> 張嘉貞未遇，方貧困時，曾於城東路，見一老人賣卜。嘉貞訪焉。老人乃黏紙兩卷，具錄官祿，從始至末，仍封令勿開。每官滿，即開看之，果皆相當。後至宰相某州刺史，及定州刺史。病重將死，乃云：「吾猶有一卷官祿未開，豈能即死？今既困矣，試令開視。」乃一卷內並書空字，張果卒也。出《定命錄》[42]

41　〔唐〕鍾輅：《前定錄》，頁 12-13。
42　〔宋〕李昉編，張國風會校：《太平廣記會校》，頁 2097。

　　此事以張嘉貞個人問卜賣卦老人，老人以黏紙二卷預記嘉貞
一生得官終始，嘉貞之後果得官且在任官期滿後開視皆如其言，
在此經歷下嘉貞對老人所言自是信服，說明命定實有方可預知，
最後綴以嘉貞病將欲死，但他依據之前的生命體驗與對老人的絕
對折服，在仍有一卷未開說明當記有官職當上任而病就當瘳，在
開視下僅寫空字，說明老人認定、預知病前乃最後的官位，當事
人同樣也獲知且接受此訊息的內容，之後「果」卒道出張嘉貞臨
終前了然於心的心事，也合於作者、讀者對於定命不可更易的想
法。在此敘事裡，如實地交代當事人知定命具體內容、之後亦如
預般逐一發生，知定命及定命發生的始末，皆不著墨在人當
「感」知的地位上；至於《感定命錄》所記袁孝叔一事，僅由數
句交代異人預言之神，卻在袁孝叔晨起盥洗時，有如蛇四足之物
落於鏡中後病卒，異事乃此則敘寫的重心，因為它標識著孝叔將
死的時間，其妻在開視僅最後一幅畫有蛇在蟠鏡中餘皆空白，亦
再驗證此異事的意義，那麼妻子不只對照出袁孝叔當需感知外，
也以「異哉」記下作者自身的慨歎，指出當知人生一切即便是壽
命也早已命定，在知曉生命是一連串前後相續的事件所構成下，
留心自身境遇尤其遇其異事，便可感知，一改之前強調定命不可
改單一概念的表述方式。

　　只是人的壽命，自始迄終人皆無法掌控，至於看似操之在我
的科舉、任官及境遇，一個文人最為關心的題目亦然，已被未可
干預的天意所操控、決定。如已入仕途的杜悰便知此理，留意自
身未來的各種消息，而有記云：

　　杜悰通貴日久。門下有術士李生，悰待之厚。悰任西川節

度使，馬埴罷黔南赴闕，取路至西川。李術士一見埴，謂
悰曰：「受相公恩久，思有以效答，今有所報矣。黔中馬
中丞非常人也，相公當厚遇之。」悰未之信也。李生一日
密言於悰曰：「相公將有甚禍，非馬中丞不能救，乞厚結
之。」悰始驚信，發日，厚幣贈之，仍令邸吏為埴於闕下
買宅，生生之費無闕焉。埴至闕方知，感悰不知其旨。尋
除光祿卿，報狀至蜀。悰謂李生曰：「貴人至闕也，作光
祿勳矣。」術士曰：「姑待之。」稍進大理卿，又遷刑部
侍郎，充鹽鐵使。悰始驚憂。俄而作相。懿安皇后宣宗幽
崩。悰懿安子壻也。忽一日，內牓子索檢責宰臣元載故
事。埴諭旨。翌日延英上前萬端營救。素辯博，能迴上
意，事遂寢。出《感定錄》[43]

杜悰乃杜佑之孫出身顯貴，娶岐陽公主又二次入相，然當時牛李
黨爭最烈又得無事，其生平所遇自為篤信命定的唐人所關注。此
則先見載於《東觀奏記》卷上，《感命定錄》鈔引，據此文所
敘，杜悰即使貴顯，仍能明白「知命」的重要性，故在持節西川
時禮敬術士李生，為此事論述的基礎：李生的提點，成了杜悰得
以轉危為安的原因。李生先是要求杜悰當厚待馬埴，因為他在杜
悰將遇大禍時足以救護之的關鍵人物，杜悰聽從建言，厚贈將回

---

[43]　〔宋〕李昉編，張國風會校：《太平廣記會校》，頁 3426-3427。此則
明鈔本《太平廣記》作《感定錄》，今據改。李劍國考云：「談愷刻本
注出《前定錄》，明鈔本作《感定錄》。《蜀中廣記》卷七八亦引作
《感定錄》。」知出《感定錄》無誤。參李劍國：《唐五代志怪傳奇敘
錄（增訂本）》，頁 1479。

闕下的馬埴金錢外，並於京城代置宅邸方便安身，俾利當杜悰得
難時相助；果然埴受重用最後位居相位，而握重權，而杜悰亦被
先前伏誅丞相元載事，將被橫禍，曾受李悰恩的馬埴博識長於辯
解而勸宣宗，其事遂寢。在重視個人需感知下，此時予能二項重
要訊息，一是能探知個人命運的異人乃真實存在，其能力不只得
兼知一人以上的命運，亦能明白命的發展軌則，才能給予他人更
全面、周到的行為建議，二是人應明白定命真實存在，透過自
覺、或仰賴異人力量感知一己之命，方能順遂而避禍。感知其
命，才得以做出明智的決定。

　　如此，在突顯個人需感知之下，人對於所謂「未知」、「難
掌握」的生命議題，有了另一種掌握的方式，雖然仍是預先知道
自我境遇的內容，方便做出合於定命、又得以安身的抉擇，卻也
透露出當定命不如人意時，五代文人已思索或得改變的可能，令
「定命可知不可改變」走向思索「定命可知或可改變」的思維。

參、關懷自我：
用此生利益探索既定生命軌則之意義

　　在接受儒家入世為人諱言談利的教育理念下，定命事例卻總
圍繞科名及壽祿等契合人身利益的議題，反映著文人公開對切身
利益極度關懷的態度，不但不隱藏身為文人質疑置仁義於利益前
教示的心理，更在檢覈儒家在現實中能否落實甚而產生作用時予
以否定。也因此定命觀的形成、流衍及發展，意謂著世變逐漸影
響、轉變著群眾的思維，在生命財產總遭遇到外在不能掌控的威
脅下，投注更多眼光思索自身安全與權益的保護和維繫，不免開

始思索「入世」為人及「保身」為己的差別及意義。在此引導下，文人始將自己已習得的文化知識和邏輯，重新解讀舊籍和資訊以構築出用自我的存在和利益為核心的定命理論，無論是權力的移轉、國家的治亂以及活動在其中個人的境遇，皆以「個人」和「定命」著這定理的脈絡所決定及開展，主要目的乃落在個人如何理解此世代出現原由，就此以祈在此動亂的環境中尋得跡證並獲得安身立命的常軌，保全性命更獲得養生之資及人身安全的官職，接受已成事實的結果，反映了此世代的文人對自我生命及在社會中存在意義的認識和定位。

由於定命是以關懷並探索自我年壽祿位等利益作為的基礎，就此已得以在漢時的選擇或命理等有關民間文化中獲得直接的理論支持，在擇選後多以亦以個人的「命」作為理論來源，即三命說。

一、直接關乎個人利益的人之壽祿

人必須具有血氣的身體方得以接受外在具體的利益項目，故以身體強健、由此所決定存續長短、個人性格和才智能力等要素決定個人未來的發展，和在各活動中所生成境遇的內容，在不考量其他未能掌握的因素下，個人天生而成身體與資質的高下，便已決定可預測個體在未來社會中的可能身份與階級。此客觀合宜的推理，成為中華文化中對自我及社會關係理解的基礎，並在考量及評斷社會既存的需求後，自我亦可推斷他人的未來境遇，而視為「本命」，天生而成又影響未來的發展；只是復被個人一己行為所影響，和大環境不可抗力所左右，分別稱「隨命」及「遭命」，除了壽命的長短又和星辰信仰有關多摻有神秘色彩外，在

思維的進路上是近乎客觀而理性的理解，為群眾甚而知識份子所接受，成為唐代定命論理解個人命運的思想基調。在觀察上，已可區隔出在生存時，以權力的取得和喪失作為近乎唯一的項目，另外接受利益的終止即死亡，也多在失去權力後而來臨，在思考的基調上合於漢時的舊論。

（一）「祿位」乃切身利益的代表

　　定命在個人出生後便已發生，即使是前後聯結起個別事件作為理解和建構命運，然在事例上《感定命錄》只定睛在祿位的取得上，少予陳述其他得以證成同樣意涵的命題，並意圖加強、擴張、再詮釋本命的地位和內容，俾利和天意（天命）相互印證，演繹難以違抗既有的定命。

　　在以下薛勝的事例中，就直接指陳上天的意志凌駕在個人天生而成的天賦及努力，亦在這敘事中彰顯文人的自我實現，止於取得政治上的要職：

> 蕭華雖陷賊中，李泌嘗薦之。後泌歸山，肅宗終相之。唯舉薛勝掌綸誥，終不行。或問於泌，泌云：「勝官卑，難於發端。」乃置其〈拔河賦〉於案，冀肅宗覽之更薦。肅宗至，果讀之，不稱旨，曰：「『天子者君父。』而以天子玉齒對金錢熒煌乎？」他日復薦，終不得。信命也。出《感定錄》[44]

　　當權要李泌推薦蕭華即使他曾在安祿山佔有長安時任其官

---

[44]　〔宋〕李昉編，張國風會校：《太平廣記會校》，頁2112。

職，之後具有絕對權力的肅宗仍委予丞相重任，更可突顯此模式乃晉身的常例，作為其後所引述薛勝事的比照；薛勝有文采尚撰有〈拔河賦〉為時人所傳，[45]更同樣的有李泌推薦，在當時人的理解下此模式同於蕭華，自能獲得高位，卻因著之後李泌再留薛勝名篇以期用文學之才，打動握有權力肅宗的意志，只是肅宗讀至賦中「天子啟玉齒以璀璨，散金錢而瑩煌。勝者皆曰予王之爪牙，承王之寵光」[46]句時，道出文人視天子（權力）和金錢（利益）具共同的價值和意義的心理自生不悅，導致薛勝終其生不被重用的結果。此結果違逆了社會既有的意識及期待，只有歸於命定亦強化著命定力量的難以與其抗衡，然其中更透露文人的心理真相，自我的生命只有在取得祿位後才有意義，此意義並非指在取得權力後實現儒家所給予知識份子對社會的責任，而是未被明說在晉身後就能取得養身的憑藉、宗族的興盛，和與之而來對自我的作為肯定，並相信人生目標的已然實現。

　　只是就定命的觀察和詮釋中，個人所持稟的天賦多屈服在外在既存的環境下成為對立關係，來自於五代制度崩壞和社會紊亂所造成的不穩定性，以致關心著自我權益的維護，也因此《感定命錄》所以為的定命，多止於指稱在失去生命前的官祿，生命復和官祿有著幾近共存的聯結：

45　薛勝在玄宗時撰成此賦，而有名於當時。《封氏聞見記》記云：「進士河東薛勝為〈拔河賦〉，其辭甚美，時人競傳之。」就可得見。〔唐〕封演撰，趙貞信校注：《封氏聞見記校注》（北京：中華書局，2005年），頁55。

46　是文收於〔宋〕李昉等編：《文苑英華》卷八十一（北京：中華書局，1982年），頁368。

韋執誼相貶太子賓客，又貶崖州司馬。執誼前為職方員
外，所司呈諸州圖。每至嶺南州圖，必速令將去，未嘗省
之。及為相，北壁有圖。經數日，試往閱焉，乃崖州圖
矣。意甚惡之。至是，果貶崖州。二年死於海上。出《感
定錄》[47]

　　其中所陳述的嶺南（道）在唐代已了政治的符號，寓示著失
勢、失敗甚而死亡的結果。嶺南道在唐代開發的區域有限，中央
官吏派任至屬今日海南島上各州水土更難適應，還得面對人為和
環境上所帶來的死亡威脅，[48]身為中央官員的韋執誼自具備此認
知，能察覺嶺南道對他個人在仕途和生命上的意義。在此敘事
中，似只在記錄韋執誼在祿位的升榮降謫，事實上更用此交代著
他生命的起伏終始；此意謂著文人何以政治生命難和生理上的性
命分開，在於唐代已將生命的價值寄託在科考的成敗上，在進士
及第後又置於仕途的晉身，趨向將人生的目標置諸自我利益的取
得。對於接受命定並進一步想理解其運作原理和本質的文人來
說，在檢視過往歷史或新聞時，就選擇了政途和生命扣合且重大
的事例，韋執誼的罷相即是如此，[49]是已被這些深信定命者依照

---

[47]　〔宋〕李昉編，張國風會校：《太平廣記會校》，頁 2169。

[48]　嶺南道各州多有瘴氣，貶謫至此的官員受病而亡甚為常見外，另在至任
　　所途上尚存在有來自中央再下誅殺命令的可能，故嶺南道幾成了從政者
　　的禁忌。

[49]　元和初黜八司馬，為當時重大的政治事件，韋執誼即其一。（參唐末、
　　五代記錄黜八司馬事有〔唐〕佚名撰，夏婧輯校：《新輯玉泉子》（北
　　京：中華書局，2014 年），頁 122-123。）《感定命錄》僅錄此人，係
　　因此人政治及壽命結束時間最近而合於此書的命題。

自我亦自私的心理去作擇選的結果，復以此作為主要的標準，反應且被記錄在《感定命錄》中。

（二）「死亡」即承受利益的終止

「死生亦大」道出了在中華文化中對於生命的真實定義和想像：人在死亡後，無論是意志隨著失去身體而不存，抑或留下意志（魂）卻仍存在未得血食同歸於消亡的可能，以致生成藉由修鍊肉體而得長存的神仙信仰，皆反映著在此文化中的尚智精神和傾向，對個人身體及生命的重視。在此文化的影響下，即使主張生命在輪迴流轉惟賴超脫的佛教思維，經六朝交融入唐以後，持奉者仍以保全、延續在人世的性命，作為佛教應驗的記錄大宗，道出重視生命誠為中土傳統、共通且歷時不易的文化意識。生命的喪失，代表了個體停止在社會上的活動，和持續接受外在環境所給予的對待或刺激，定命至此自須終止：

> 唐杜牧自宣城幕除官入京，有詩留別云：「同來不得同歸去，故國逢春一寂寥。」其後二十餘年，連典四郡。後自湖州刺史拜中書舍人，題汴河云：「自憐流落西歸疾，不見春風二月時。」自郡守入為舍人，未為流落，至京果卒。出《感定錄》[50]

由於強調對自我命運的感通，故在敘事中鈔引杜牧所撰兩詩〈宣州送裴坦判官往舒州牧欲赴官歸京〉及〈隋堤柳〉中的警句，但細繹兩首詩的意境，首則乃送別詩，有同來卻無法同歸的

---

50 〔宋〕李昉編，張國風會校：《太平廣記會校》，頁 2048。

喟歎本合於相別的題旨，次則乃自抒情懷，大中五年九月杜牧卸任湖州刺史回朝任官，詩中即寄一己將回長安未能再見來年春天的景緻，與前兩句寫景相合，[51]雖然內容亦皆取自杜牧生平和著作，卻難掩抑此則附會的鑿痕。杜牧乃宰輔之子，身家顯赫且年少即因長於詩賦而聞名於世，在進士及第後仕途卻不順遂，在其志難申其志下卒於長安。在社會既有的階級身份和才能上，若循常例杜牧自能申其志而得高位，就結果言卻非如此，自成了定命論當予考察的對象：在檢覈的方式上，是先將生命和仕途等一齊觀，從進入中央為官開始記錄定命的內容，並且用在京為官和外放任職將生命的起伏區分為二個階段，復用杜牧在該階段中的境遇去尋繹得以呼應的詩句，毋論是寂寥抑或流落，皆標識著杜牧對於自已所期待與現實政治地位及身份所生成的落差，和無法抵抗的既有環境與其所形成、決定的個人處境的真實心境，並在生命結束前未得改變。

　　此思考方式反映的是持信定命的文人，指陳出生命脩短決定了文人實現自我的經過，而此亦即從政實現生命意義的歷程。惟此歷程，已排除了儒家入世為人的價值觀，止於對年壽及權位的表述：

　　　　元和中，宰相武元衡與李吉甫齊年，又同日為相。及出
　　　　鎮，又分領揚、益。至吉甫再入，元衡亦還。吉甫前一

51　兩詩的題名、內容及撰寫時間的考證，參〔唐〕杜牧撰，吳在慶點校：
　　《杜牧集繫年校注》（北京：中華書局，2008 年），頁 357、430。另
　　外，次首詩之文字略有差異，且杜牧自湖州回長安是調任考功郎中知制
　　誥，隔年才遷中書舍人，然不影響本文論述，不贅引。

年，以元衡生月卒。元衡以吉甫生月遇害，年五十八。先
長安忽有童謠云：「打麥，麥打，三三三。」既而旋其袖
曰：「舞了也。」解者曰：「以為打麥，刈麥時也，麥打
謂暗中突擊也，三三三謂六月三日也，舞了謂元衡卒
也。」至元和六月，盜殺元衡，批其顱骨而去。元衡初從
蜀歸，熒惑犯上相星，云：「三相皆不利，始輕末重。」
月餘，李絳以足疾免，明年十月，李吉甫暴卒，又一年，
元衡遇害。出《感定錄》[52]

　　皆任宰輔的武元衡、李吉甫因同年、年壽又近，在重視政治
履歷及享壽長短的文化中，則不免產生兩者間具有牽涉的想法，
成為定命論者當予探討的議題。在是則中已先認定任官和生卒兩
者出於命定且二者間呈正相關，在探討上就試圖採取用比較的方
式，檢視並釐清出兩人生活過程中命定如此的原因和癥兆。文中
比較出兩人的相似處，就年壽言除了同年外，李吉甫的生月乃武
元衡的死日，武元衡的生月李吉甫在該月亡，但李吉甫早武元衡
一年死；在仕途上，兩人同日為相，出京分別領皆屬重鎮的揚
州、益州職等相當；兩人在死前皆得凶兆，先有熒惑犯上的星
相，後有長安流行預言武衡將死的童謠，但在細繹後文中所稱兩
人生辰和年壽只是稍有相近，仕途雷同而已，卻被暗示及詮釋年
壽和官祿有其關聯，一個被先定的結果。文中反覆演繹的是官位
必繫於年壽，即使不明白當中運作的原理，讓獲得政治上的權力
成了生命的唯一目標，在從未論及有關「身後」的歷史評價和褒

52　〔宋〕李昉編，張國風會校：《太平廣記會校》，頁2178。

貶，直接忽視了儒家所重視的自我完成，突顯了表彰生命即使已
被決定，如何明白在這過程中利益來源及取得的定則。

二、間接影響自我生命的社會變化

命定論基於個人的生命而作演述，將政治權力附於個人的生
命歷程，且被上天所決定；此解讀似和唐前所流行的天人感應理
論有關，然在思維的結構上仍得以區分出不同。就既有的天人感
應而言，僅就君主和他所組成權力核心的行為而立說，施政的良
窳上天皆將會給予人所無法操控的祥瑞或災禍等異象加以回應，
惟施政有失又在屢次給予災異示警後仍未自覺而改善，上天便將
形成權力更迭的意志和決定，使另一個掌有大權的個人興起。在
原理上仍具有與天互動、有「自作自受」的意涵，不過單就上天
已形成決定後，無論對於執政者或取而代之的繼起對象而言，確
實和定命說相近，但從敘事的脈絡和進程予以檢視，已與自身的
作為無關，僅訴諸個人早已預定的命運。在理路上先以個人作為
理解的主體和起點，權力及其代表的政治權位則為客體，由此予
以理解：

（一）以個人權利之得失詮釋易鼎的發生

有別於中晚唐定命專冊只記錄個人生命若年壽、官祿等題
目，《感定命錄》更將國家大位的傳遞及更易，容攝在個人的定
命中；此企圖可由文中以同樣的態度看待年壽和大位中得見：

> 宣宗晚歲，酷好長年術。廣州監軍吳德鄘離京日，病足頗
> 甚。及罷，已三載矣，而疾已平。宣宗詰之，且言羅浮山
> 人軒轅集醫之。遂驛詔赴京，既至，館山亭院。後放歸，

> 拜朝散大夫廣州司馬，堅不受。臨別，宣宗問理天下當得
> 幾年，集曰。五十年。宣宗大悅，及至晏駕，春秋五十。
> 出《感定錄》[53]

　　宣宗在登基後自會視天下乃他個人所有，方以擁有者的態度
詢問能知命定的軒轅集自己尚可持有天下的時程，在死後方才放
下權力的政治傳統下，在思維中本來就會將在位（政治權力）和
之後的享壽（政治歷程）等同；在軒轅集答以五十實指宣宗享年
而非在位的年數時，在宣宗誤認成在位時間得見，天下便是理解
成極大且絕對的權力，本質和意義與官祿無別，和前述文人將年
壽和祿位總等一齊觀的想法相同。權位的傳遞既出於定命，政權
的更迭亦在上天的預設中。此想法和在位者的施政和接替者的行
止無任何關涉，而是單純出於上天的命定而已：

> 唐則天之在襁褓也，益州人袁天綱能相。士彠令相妻楊
> 氏，天綱曰：「夫人當生貴子。」乃盡召其子相之。謂元
> 慶、元爽曰：「可至刺史，終亦屯否。」見韓國夫人曰：
> 「此女大貴，不利其夫。」則天時在懷抱，衣男子衣服，
> 乳母抱至。天綱舉目一視，大驚曰：「龍睛鳳頸，貴之極
> 也。若是女，當為天下主。」出《感定錄》[54]

　　袁天綱依據面相屬於天生而成的本質，作為辨分武士彠四子

53　〔宋〕李昉編，張國風會校：《太平廣記會校》，頁975。
54　〔宋〕李昉編，張國風會校：《太平廣記會校》，頁921。

未來境遇的基礎，與漢時所稱的本命相近，命運乃在出生後就被決定，但此面相或得以判讀出個人的命運，在於上天在決定個人命運下在人身上所留下的證據，讓能識者得以就此推得定命的內容；依此將刺史（官位）、大貴（利祿）和天下主（絕對權力）同列，認定三者性質相同而為命運的內容；由此，武則天得以稱帝亦即權位的更易，就解釋成個人命定中本可取得的一種利益，與失去或獲取大位兩造的道德皆無涉。故此，就此自能生成由個人命定的結果，無關於個人言行，由此詮釋著權力的更替。武氏稱帝除了從個人天生而成的身體察見定命，自可從決定的來源即上天的意志獲得訊息，依據則為天象：

> 唐貞觀中《秘記》云：「唐三世後，有女主武王代有天下。」太宗密召李淳風訪之。淳風奏言：「臣據玄象推算，已定。其人已生在陛下宮內。從今不滿四十年，當有天下。誅殺子孫殆盡。」太宗曰：「疑似者殺之，何如？」淳風曰：「天之所命，必無禳避之法。王者不死，枉及無辜。且據占已長成，在陛下宮內為眷屬。更四十年又當衰老，老則仁慈。恐傷陛下子孫不多。今若殺之為仇，更生少壯，必加嚴毒，為害轉甚。」遂止。出《感定錄》[55]

李淳風和前述的袁天綱皆為唐代能識定命的箭垛人物，所陳自代表上天官方命定的開展公式；由上天決定武氏特定的個人將

55　〔宋〕李昉編，張國風會校：《太平廣記會校》，頁 3301-3302。

在既定的時間代唐自立，且在既有的形勢下遵照天意取奪他人的性命，一如前文所述；惟文中尚且提及此命定改變的可能。然本文的敘事而言似留有改變伏筆，但李淳風已先聲明天命已然形成則無規避之法，強加改變只會加劇意欲躲避原有定命所帶來的傷害，更違背出於個人所要達成的意志。意指在社會中具有絕對權力的個人即使獲知定命的內容，若影響、涉及的層面過大再影響更多人的命運，如造成朝廷、社會的紛擾間接使管理定命系統更增工作負擔和難度，就必須遵行上天的意志不可遽於改變，否則上天再形成具懲罰性的命定以示天意之不可違。由於將世事皆視為個人命定的結果，因此朝代的更換可從個人生命的跡象若面相之屬可供觀察，或直接解讀意志來源的上天如天象。若然，就可引申出社會的治亂，亦是個人命運中被決定的結果而已。

（二）以單方接受之地位理解國家的治亂

政權的更迭止用個人的定命予以詮釋，就與執政者在自我的操守及能力，以及實際在施政後的成績無關，亦違背了儒家對政權轉移和政治操作的詮釋方式和所獲得的運作原理，只是單純來自於上天對於個人命運的決定。故此，國家治亂的結果，也只是天意表述個人定命的實際操作結果。就盛世而言，儒家本以為是聖人罨於政事的成果，作為以天下為念勸喻君王的實例，但在《感定命錄》的眼光中，卻是上天已然的決定：

> 太宗誕之三日也，有書生詣高祖曰：「公是貴人，有貴子。」因目太宗曰：「龍鳳之姿，天日之表也，公貴因此

兒，二十必能安民矣。」出《感定錄》[56]

　　由操作文化符號的文人承擔起指陳定命內容的責任，而命定
的對象又是可能將「掌握」大權的皇子，在形式上，和知識份子
以天人交感以喻君主的漢代相類，只是其中給予的訊息唯有依照
其面相所透顯將助高祖，和於二十歲時開創盛世的命定，單向的
按照既有的時地安排讓「國家得治」在太宗的任內發生，就高
祖、太宗而言，只是位居接受成命的地位而未有自主權，也間接
的要求在那時日和中國活動的人民接受此安排，治亂不過是出於
上天的意志而已；在漢代盛說天人交感的風氣下，聖王或明主在
出生、登基及在位間多獲來自上天所降予的祥瑞，應和將來或當
下成就的盛世而類命定，或和《感定命錄》所陳君主在出生後亦
在身體上反應著天對人的預設相類，但漢代所述在於強調上天以
祥瑞乃回應著聖人所具有的道德氣象，及從修德迄乎天下的成人
過程，自和發現扣合個人利益的定命不同。
　　相對於盛世繫於個人而生，變亂的起訖亦然，在上天對於特
定身份在他生命中的預定安排中而發生：

　　會昌四年，劉稹敗。當從諫時，有一人稱石雄七千人至，
　　從諫戮之。至是石雄果七千人入潞州。出《感定錄》[57]

　　劉從諫領潞州時已有自立之心，已有人向從諫進言事將不

56　〔宋〕李昉編，張國風會校：《太平廣記會校》，頁1989。
57　〔宋〕李昉編，張國風會校：《太平廣記會校》，頁2211。

成，並道出「石雄七千人至」確切的領將姓名和兵馬數量，在從
諫不悟下誅殺此人亦讓事件不致於歧出，後由從諫侄劉稹襲刺史
職時石雄果然領七千人平定潞州，讓上天的定命發生。石雄平潞
州獲河陽節度使之定命事已見《雲溪友議》，[58]故晚唐時已傳述
石雄此一故實，至《感定命錄》更簡要的道出人得以感應劉從
諫欲自立必歸於失敗，在於他獲知了石雄個人定命中將平潞州的
訊息，反映出亂事之起迄皆繫於個人被上天操控的生命，未能真
正的自主。那麼即便已獲知上天已決定奪取自我的權力，身為天
子仍難違抗：

> 隋末望氣者云：「乾門有天子氣，連太原甚盛。」故煬帝
> 置離宮，數游汾陽以厭之。後唐高祖起義兵汾陽，遂有天
> 下。出《感定錄》[59]

事已見《大唐創業起居注》，[60]惟《感定命錄》增以高祖起兵得
天下，讓敘事能以相續而完整。望氣者道出上天已形成的意志，
已在太原選出將代煬帝而取天下的繼任者；煬帝與前述李淳風告
知太宗將有女主的處置方式不同，置離宮得以親臨汾陽以合於異
象，卻察天子氣實屬現象、徵兆而非個人前後相續之一的事件，
未能打斷定命前後事件的連續性，煬帝試圖扭轉上天欲將天下轉

58　參〔唐〕范攄撰，陽羨生校點：《雲溪友議》（上海：上海古籍出版
　　社，2000 年，《唐五代筆記小說大觀》），頁 1298-1299。

59　〔宋〕李昉編，張國風會校：《太平廣記會校》，頁 1897。

60　〔唐〕溫大雅：《大唐創業起居注》（京都：中文出版社，1977 年，
　　影印《津逮秘書》本），卷一。

予未知身份者，讓煬帝失去天下／取代者獲得天下的單一事件不
能成就，更歸於徒然。

肆、結論

通過成書於五代《感定命錄》之考察，得以發現儼然成為唐
代主流人生觀的定命說，已然有了進一步的開展與詮解：

其一、在敘事主題上，用人的「感知」作為印證命存在之
方式：《感定命錄》雖沿續唐代命定之舊論，不過於敘事中突
顯「人」在其中應該及如何感知的法式，故先以知解能力分出識
者、未識者對命的詮釋及掌握，進而融攝了屬於社會經驗的識鑒
之能，並道出要事之發生必有前兆，且在知命之下得以獲得轉實
定命的機會，使能知命具有現實中的意義；此外，將個人生活經
驗與文化共同意識融入定命的詮釋裡，用以說明人們關注的人生
目標何以難以掌握的原由，在生成共鳴下，令故事中人與作者、
讀者形成生命的共同體，使「感知」不僅對敘事中的人物具有意
義，對作者與讀者言亦在其中獲知感知的途徑。

其二、就命定內容言，則著眼「利益」獲得作為探討命之
意義：在命定的論題上，《感定命錄》皆以個人利益作為探索
的對象，回應五代時人們最關懷的議題，亦從中能見命定說開展
出感應的原由。由此，此書皆直接拈出命定中的個人壽祿，無論
是表徵切身利益的官職，生命脩短的年壽，抑或是國家治亂直接
干預壽祿的變因，皆是命定所欲扣問的題旨，呈現出五代亂世特
有的關懷題旨，從中知見在此世代人們對自我生命的關懷，與瞭
解和掌握自己人生的期待。

第四章　對於天命之探索
──《北夢瑣言》所表述五代天命之時代性

　　小說在初肇時便與史部有著文類上的牽涉，無論是六朝志怪
抑或志人小說：[1] 志怪是記錄當時被視作發生在天地間真實的異
事，在唐初修《隋志》時便反映了此撰作精神方被置入史部雜傳
類的鬼神中，[2] 志人則蒐集名人逸聞但與大道無關而為史書所
棄，近乎史筆卻為史遺可合於小說原有的定義，目錄自置於小說
家，下亦是傳統目錄中正統小說的代詞。[3] 志怪寄託了文人嗜奇
好異的原始心理，志人能表徵知識階級有別其他職業的社會身

---

[1]　六朝小說分為「志人」及「志怪」雖始自魯迅撰《中國小說史略》，但
　　此名詞不僅頗為反映傳統視篇幅短小且內容無關大道者為小說的觀感
　　外，用「怪」和「人」也甚能標識出兩類作品的差別。所以兩類作品既
　　在形製短小和內容止於小道有共通性，因而在六朝出現後，兩類文體亦
　　習見相互兼容的情形，入唐後歷代皆見的「筆記小說」更反映及佐證志
　　人和志怪在此特質上的聯結。見魯迅：《魯迅小說史論文集》（臺北：
　　里仁書局，1992 年），頁 35-58。

[2]　志怪書的撰者多視神鬼實有，在《隋志》多置於史部的〈雜傳類〉可
　　見。詳考參王國良：《魏晉南北朝志怪小說研究》（臺北：文史哲出版
　　社，1984 年），頁 77、347-351。

[3]　志人小說之淵源和史書關係密切，亦與唐前所定義的「小說」內涵最
　　近，論參寧稼雨：《中國志人小說史》（瀋陽：遼寧人民出版社，1984
　　年），頁 10-11。

份，入唐後即令在唐人傳奇興起後，志人志怪卻仍不乏文人從事
撰寫而不絕，在於功能與性質上仍有鮮明區隔無法替代，進而漸
生只用「小說」的無關大道和「短製」的記述短小，作為撰寫準
則的筆記體，納置了關乎人事和奇異的逸聞而以散筆為之的書
寫，在淵源上可視為六朝小說的嫡親。唐以來筆記小說的特質和
命題，取決於既存於此體中記錄人事為體的敘事方式，並兼容不
經的撰文取向；惟筆記小說在六朝興起後，寄託著文人在經世大
纛之外，心之所繫的想像及關懷，即使與欲立言於後具正統的撰
文趨向相違，卻能作為文人較無隱誨的表述和紓發自我思維和意
見的載體。惟回歸筆記具有「不經」的既有印象（小說）卻仍可
記下「實聞」的文體特徵（筆記），已可規避他人對於撰寫動機
和內容的攻訐，復真實記錄一己的想像與欲表達的命意，孫光憲
在身歷朝代更迭的五代亂世後將入宋代，採取具史遺性質的體載
記過往的見聞而成《北夢瑣言》，自記錄著作者自身的意志與經
歷亂世經驗的思索：以自我作為檢覈的核心，以個人「在場」的
身份連結、評議與載錄洎晚唐進入五代的特定事件，結合了記錄
者和撰述者的兩種身份外更成了事件的參與者，用自身去環結前
後相續亦具流動性的時代遷變，更在其中寄寓著文人在此變動以
及和當時特定的環境間，生成甚而有指導意味的體察和醒悟。此
經歷與思考所映現並非止於孫光憲單純的個人解讀與意志，而是
提供了在此特殊時空下的重要訊息：唐代科舉成為掄才機制亦是
分享政權的主要管道，認識的方法亦和傳統儒家最為相關，但在
文化思維中卻已然將儒釋道不同的信仰和價值觀並陳或已嘗試融
合，和漢代以來用儒家思想作為政治理想，且延展至個人生命價
值的思路脫勾，個人當下的生命價值和趨向，成為可以談論和思

索的命題。權力遷變和自我生命在相對穩定的時代中矛盾並不鮮
明，但在面臨與參與動亂頻繁而總面對死亡的時代時，這些掌握
核心文化的知識階級便不得不去思索自我的身份、生命與定位。

　　入宋以後對於前朝的追憶和撰述亦有他作，[4]惟《北夢瑣
言》不僅在時間和命題扣合著在中華文化定型後所面臨的時代動
盪，更以文人階級特有的自覺和視角，觀察與己有關又扣合著社
會結構與運作的力量，檢討並比較在「常」及「非常」不同的時
空下，參與和操作政治權力的方式，有意識的自脫當下的處境，
採取儒家史官的角度及口吻評議查覈得失；復就在面對與經歷法
治和禮法近於全然崩壞的五代時，生命總受到來自於社會脫序下
不可抗力的威脅，則再由個人權益的立場去認識和詮釋儒教之外
佛道兩教提供的生命定義，孫光憲真實的生活在其中，去思索此
外在困境對於己生命的意義。這些在傳統文論中被摒棄本不具備
書寫價值的生活實況和思索，便如實的在史部遺緒的筆記及小說
中予以載錄。[5]五代標識著中華文化及制度已趨向於定型後，卻
進入社會秩序全然崩解的動亂世代，《北夢瑣言》所收錄的內容

4　尚有錢易《南部新書》、張齊賢《洛陽搢紳舊聞記》等作，然錢易書據
　　梁太濟箋證後得知「作者親歷者絕無，親聞者絕少」，與《北夢瑣言》
　　多有親歷親聞者不同外，張齊賢所撰以五代甚至宋初人物親自聽聞為
　　範圍，但據丁喜霞指出作者「注重描寫人物的個性與神態，在寫法上有
　　一定的誇張與虛構」，近於傳奇，亦和孫光憲撰述有別。引分見〔宋〕
　　錢易撰，梁太濟：《南部新書溯源箋證》（上海：中西書局，2013
　　年），頁 1、〔宋〕張齊賢撰，丁喜霞：《洛陽搢紳舊聞記校注》（北
　　京：中國社會科學出版社，2013 年），頁 2。
5　筆記小說和雜史本質的相通，參嚴杰：《唐五代筆記考論》（北京：中
　　華書局，2009 年），頁 9-10。

乃是當時文人在面臨此世變時,所欲觀察、觀看並由之生成體悟的對象,從中便可抽繹出傳統文人對於時代、變異和自我身份的認識方式及途徑,一個多隱藏不顯的心理活動和價值趨向,為本章所欲剔抉的主要命題。

壹、我的在場——由「史觀」選擇、評議和解讀事件的意義

時代的劃限標識出政治權力的傳遞,也記述著世代治亂的環境,對文人而言卻是自身不可更易的生命境遇。孫光憲(約900-968 年)字孟文,陵州貴平人。世業農畝,惟光憲少好學。游荊渚,南平王高從誨見而重用,署為從事。歷保融、繼沖三世皆在幕府,累官至檢校秘書監兼御史大夫,賜金紫。慕容延釗等奉太祖命救朗州之亂,假道荊南,繼沖開門納延釗,光憲乃勸繼沖獻三州之地。太祖聞之甚悅,授光憲黃州刺史。在郡亦有治聲。乾德六年卒。光憲博通經史,尤勤學,聚書數千卷,或自抄寫,孜孜讎校,老而不廢。好著撰,自號葆光子,撰有《北夢瑣言》三十卷。[6]孫光憲曾面對過唐末、五代的亂世,並在荊南時期終於進入權力團體,獲取養身之資和自我實現,在歷經世變將入承平亦已晚年心境沈澱下,著手整理過往三十六年來所收集的史料,擇選、分門、排序或增以贊語而成《北夢瑣言》,藉此去評議、陳述更回顧了自己一生所獲得的啟悟,以個人作為觀察和

---

6 摘引〔元〕脫脫:《宋史·孫光憲傳》(臺北:鼎文書局,1988年),頁 13956。

活動的核心，以接近在場的身份，作為此書敘事的立場和視角。
據書前序云：「唐自廣明亂離，秘籍亡散，武宗已後，寂寞無
聞，朝野遺芳，莫得傳播。僕生自岷峨，官於荊郢。咸京故事，
每愧面牆，遊處之間，專於博訪。……厥後每聆一事，未敢孤
信，三復參校，然始濡毫。非但垂之空言，亦欲因事勸戒。三紀
收拾筐篋，爰因公退，咸取編連。先以唐朝達賢一言一行列於談
次，其有事類相近，自唐至後唐、梁、蜀、江南諸國所得聞知
者，皆附其末，凡纂得事成三十卷。《禹貢》云：『雲土夢作
乂。』《傳》有『敗於江南之夢』，鄙從事於荊江之北，題曰
《北夢瑣言》，瑣細形言，大即可知也。」[7]此立說道中文人的
心事，撰述不可垂以空言，將自己在南方荊江活動時所聽聞甚至
親見的事件予以詳錄，在公退後著手撰書，意欲達成勸戒社會的
士人職責。即使記述缺後晉迄入宋前二十餘年事，或有躲避政治
上文字禍患的意圖，亦能予以理解。是書約在北宋建隆三年
（962 年）成書後便已流傳，[8]北宋《崇文總目》、南宋《郡齋
讀書志》（袁本）、《直齋書錄解題》皆有著錄作三十卷，今本
《北夢瑣言》書前自序及《宋史》本傳同；但《郡齋讀書志》
（衢本）已著錄為二十卷外，對照敘錄內容皆鈔撮自《郡齋讀書

---

[7]　〔宋〕孫光憲撰，賈二強點校：《北夢瑣言》（北京：中華書局，2002
　　年 6 月），頁 15。

[8]　成書之考證，房銳綜合諸說仍據孫光憲〈序〉中提到由從事荊南（後唐
　　同光四年 926 年）經歷三紀即歷三十六年（北宋建隆三年 962 年）搜集
　　資料而撰書，書成時間或即在此年。由於此書乃依類相從，大約邊收邊
　　修，此年成書，是有可能。文參房銳：《孫光憲與《北夢瑣言》研究》
　　（北京：中華書局，2006 年），頁 71-74。

志》及《直齋書錄解題》的《文獻通考‧經籍考》兼引二書外，亦著錄為二十卷；因今本《解題》乃館臣輯自《永樂大典》而《通考》則鈔自原書，[9]據此可以推知《北夢瑣言》應在南宋時除內廷外所傳即以殘本二十卷為主，宋亡後三十卷本也亡佚僅此二十卷獨傳，致使明清書目收錄此書皆作二十卷，亦為目前所見的傳本系統。北宋時三十卷本得傳，《太平廣記》所引即內廷所藏三十卷本，故迄清代繆荃孫已據《太平廣記》、今人賈二強從《東原錄》、《類說》等宋元明說部補輯佚文，除使此書更近完整外，亦能獲知二十卷本和三卷本的差別。檢所補佚文，以變異妖怪、個人休咎為大宗，而二十卷本主要收和政治攸關的軼事或事件，至於近於志怪的記錄則集中在末二卷，在序文具足佚文同質性甚高下，二十卷本當出於有意刪削三十卷本中不經的記錄，那麼二十卷本的內容自是可靠，其體例及排序亦具有探討的價值。

孫光憲藉著筆記與史書性質相近、復能更直接反映自我思維的文體特質，在《北夢瑣言》中表述身為文人在變異的時空下生成的意見和詮解。今本《北夢瑣言》雖非完書，卻保留了原體例的梗概：前半部集中於書寫評議政治人物的言行得失，至於人所不得理解的異事便置於書末，此敘寫的次序或可表現孫光憲對事物看待的輕重，也意謂他認為人事（社會）與物理（自然）之異皆有當予記錄和觀察的重要性，因而加以記錄及詮釋。在書中孫光憲除了以葆光子的身份參與或解釋事件，用具史官曰的筆法外

9　〔元〕馬端臨：《文獻通考——經籍考》（臺北：新文豐出版公司，1986 年），頁990。

更採行在場的敘事參與其中，時而又在敘事上跳脫近於當事者的身份，嘗試以更客觀的角度用「識者」、「時人」來評議事件的曲折或原由，形成史家與識者同為批評者的敘事方式，形構出參與其中更自許客觀的論述角度。此書在雜有史觀的撰寫態度下，期許自我持守儒家道統的立場，觀看並解釋遽烈變動社會環境的變遷原則，卻又容許逸出知識份子所接受理性教育的想像，此特殊的行文方法和意識，成為筆記小說習見的敘事主題，亦呈現著文人深層而近真實的心理意識與文化傳統，在五代的世變中，更表述著原有知識階級的集體意識和心理焦慮：

一、參與的必然：出於知識份子階級的義務

《北夢瑣言》收錄晚唐和五代看似零散而未有主題的逸聞，實則經過孫光憲選擇與裁錄，記述著在亂世中文人所關懷與焦聚的事件和議題，復由「個人」與外在互動關係的觀點檢覈所錄，隱然傾向政治抑或個人生命兩項的命題：前者代表著對公領域的責任，後者則反映私領域的隱憂，鮮明的呈現屬乎中華文化中文人階級特有的自我意識和詮釋態度。對公領域的態度和想法，本與文人身負國家治亂義務的文化意識有關，來自於發軔自先秦儒家所主張「士」階級入世的自覺，在漢代儒家取得文化的主流地位後，知識分子在精神層次上無不自許達成「志於道」的生命目標。[10]在鑑古知今傳統的思維中，連結起過往和今日的時空：過去已成歷史，在其中發現人在政治活動中行為的得失而稱史評，

---

[10]　余英時：〈古代知識階層的興起與發展〉，余英時著：《中國知識階級史論　古代篇》（臺北：聯經出版事業公司，1980年），頁1-108。

在自己當下空間下便負有批評世事的職責，諍辯古今不變的道德
價值和人生目的。[11]在文人的理解中，社會秩序之維繫倚賴以文
人作為主要群類的政治判斷與決定，因而孫光憲意識到知識份子
在社會階級中的意義和任務，化身近於史官身份的葆光子與文中
習見集合名詞「識者」、「議者」、「時議」、「有識者」等代
詞，自許身為掌握文化核心價值的族類，執行關注及評騭參與權
力來源等核心文人行為的任務，帶引回到社會的核心道統，[12]在
世變中提出見解本屬必然。但是非的評斷和陳述，仍被畫限在得
以掌握文化核心的文人，至於他所認定未能實踐儒家信念的知識
份子則未在其中，因此有著如此的分判：

> 司空圖侍郎撰〈李公磎行狀〉，以公有出倫之才，為時輩
> 妬忌，罹於非橫。其平生著文，有《百家著諸心要文集》
> 三十卷，《品流誌》五卷，《易之心要》三卷、《注論
> 語》一部，《明無為》上下二篇，《義說》一篇。倉卒之
> 辰，焚於賊火，時人無所聞也，惜哉！〈陽春白雪〉，世
> 人寡和，豈虛言也！
> 葆光子曰：「唐代韓愈、柳宗元，洎李翱、李觀、皇甫湜
> 數君子之文，陵轢荀、孟，糠秕顏、謝。其所宗仰者，唯

11　余英時直指中國史學的傳統即在於政治上「古為今用」。依此當能將時
　　間區隔出歷史（過往）和當下（現實政治），在評論史或政治時在立論
　　上實無二致。可參余英時：《史學、史家與時代》（桂林：廣西師範大
　　學出版社，2004 年），頁88。
12　黃光國：《知識與行動——中華文化傳統的社會心理詮釋》（臺北：心
　　理出版社，1995 年），頁283。

梁浩補闕而已，乃諸人之龜鑑。而梁之聲采寂寂，豈〈陽
春白雪〉之流乎！是知俗譽喧喧者，宜鑒其濫吹也。」[13]

孫光憲指出李公礎才德兼備方可撰成以儒學為肌理的著述，惟被
不解和妒忌其才的文人所排擠，意謂著文人必須知文後方得以知
人，由此才可和李公礎互通消息而為同類，所提的「時輩」也
因著才識不足或德行鄙劣以致於李公立場迥異；文末孫光憲回到
文以載道的道統作為立論，以辨正道統的題目和交代文人流別的
差異，將自己、司空圖、李公礎等和歷代若孟荀韓柳等能撰「君
子之文」前後銜接，藉由撰述攸關立德、品評人物等命題的著
作，和得以知悉其中深意者作為準則，建立起道統的特質，也界
分出雅俗、君子小人具差別的文人品質。就此已說明作者不僅自
覺自身階級所當負起的社會責任，由此更生成了持守於道的警惕
與辨分俗流的作為，而此自覺，本出於傳統儒者所接受的集體意
識和使命，在此前所引述若識者、有識者等名詞，就指稱含括作
者在內對事件評斷、理解與掌握得以秉持正統的文人。[14]具有此
特質的文人自許應當身處文化核心，擁有批評過往（史）及今日
（政治）的責任和權力，亦用此具有道德意識的立場詮釋政治上

---

[13] 〔宋〕孫光憲撰，賈二強點校：《北夢瑣言》，頁 139。在《北夢瑣
言》中常出現「士人」、「士族」等詞彙，皆在說明身為此族群的特殊
性質和身份，得見作者對於這身份的著重。

[14] 此自覺乃中華文化的特質，余英時指出：「他們所受的道德和知識訓練
（當然以儒家經典為主）使他們成為唯一有資格治理國家和領導社會的
人選。」即指此。見余英時：〈中國知識份子的邊緣化〉，余英時著：
《中國文化與現代變遷》（臺北：三民書局，1992 年），頁 34。

應有的作為，即孫光憲所以為撰史評、論時事乃有「載述時政，惜忠賢之泯滅，恐善惡之失墜，以日繫月，修其職官」[15]的目的，兼容史評及世議。此文人的自覺含括了德行和文才，並和政治有絕對的關係。易言之，孫光憲所欲辯證才德兼具的價值和意義，僅存在於政治的參與與活動，那麼評論者自身亦屬於參與者：依才德為準則去評論過往則稱史識，當時則為評議外，尚有著理想行為／現實考量的兩種態度。故在評論過去或當下，皆反映出文人意欲客觀卻又切身於實際利益的弔詭立場：

> 唐末，朝廷圍太原不克，以宰相張濬為都統，華帥韓建為副使，澤潞孫揆尚書以本道兵會伐。……。孫尚書為太原所執，詬罵元戎李公克用，以狗豬代之。李公大怒，俾以鋸解。雖加苦楚，而鋸齒不行。八座乃謂曰：「死狗豬，解人須用板夾，然後可得行，汝何以知之！」由此施板而鋸，方行未絕間，罵聲不歇。何乃壯而不怖，斯則君子之儒，必有勇也。

> 王文懿公起，三任節鎮，敭歷省寺，贈守太尉。文宗頗重之，曾為詩，寫於太子之笏以揚之，又畫儀形於便殿。師友目之曰「當代仲尼」。雖歷外鎮，家無餘財。……起昧於理家，俸入其家，盡為僕妾所有，耄年寒餒，故加給焉。于時識者以起不能陳遜，而與伶人分俸，利其苟得，此為短也。葆光子曰：「士人之家，唯恥貨殖，至於荷畚

---

15 〔宋〕孫光憲撰，貫二強點校：《北夢瑣言》，頁23。

執耒，灌園鬻蔬，未有祿以代耕，豈空器而為養，安可忘
甘苦不迨晨昏？今之世祿甚薄，不能撙節，稍豐則飫其狗
彘，少歉則困彼妻孥，而云安貧，吾無所取。唯衣與食，
所謂切身，儻德望名品未若王相國者，得不思儉而足用
乎。」[16]

首則記唐末李克用起兵，尚書孫揆討伐李克用反為所執，對於戰
伐失敗的原因未作評述，只著墨孫揆雖征伐不利卻仍以大唐命官
自居而詬罵李氏，即令施以大刑亦無懼色以表彰孫氏的義行，在
行文上，孫光憲先將此義行繫於孫氏內在的德行，方能在生命受
到外力逼迫仍能持守正道而不更易志節，孫光憲歸結出孫揆實踐
了君子儒的生命目的之結論，此論點合於史書對忠臣行止的關注
及評議；但次則言及有「當代仲尼」稱譽亦有詩才的王文懿，在
德行無虧下卻僅對他的未能持家以致年老迫於飢寒置之微詞。在
敘事策略上，孫光憲先由「識者」引出當時客觀的「公論」，其
後自己再出來詮釋原委，能給予讀者文末論述合於眾說的觀感，
接著點出「思儉足用」即此篇給予文人的啟示。此見解或此文的
留心處，實和君子首重德行的立論不同，即使上述識者確然亦以
此事視作王公的短處，仍存在由微知著的政治見解，從不善持家
推衍出他德行有缺或行政無才，未必聚焦在未能理財一事上。但
孫光憲亦知士人階級本不能以具有取利傾向的「貨殖」為事，[17]

16　〔宋〕孫光憲撰，賈二強點校：《北夢瑣言》，頁 70、39。

17　儒家視貪欲乃社會不安的來源，在生活取向上對取得經濟利益傾向保
　　守，故儒家學者多避談經營與利潤。論參〔澳〕雷金慶（Kam Louie）
　　著，劉婷譯：《男性特質論：中國的社會與性別》（南京：江蘇人民出

他的主張乃須思儉以足用取得衣食的養身之資，乃對應於「今之世祿囂薄」的變異上。此主張透顯著文人在世亂中雖然仍以士人的身份自持，卻不免摻入生命存續微具利己意涵的意識。是書在其中展現士人自我的身份與特質，且已擴展了此特質的內容，不只是要求才德的涵養與社會的職責，更含括了個人在生命上的維繫，而此文人本質的擴大與轉折，孫光憲以為是在政治非常態下必要的權變，進而在政治的主張中置入與再次思考及詮釋「時」在歷史中的意義和定位。

二、時代的本質：由政治環境的良窳而決定

《北夢瑣言》反映文人體認和思索兼顧參政目的與個人生命下，投入政治方式必須改變的現實，已不能只是墨守在個人道德和能力的建立，在動輒得咎的時代中，傳統文人對於足以依循的常法的信心已然鬆動，由此孫光憲便尋繹著世變中當可遵照的軌範，考量的面向就由傳統察驗個人道德意識與施政間的關係，擴展至參與政治的管道、政治權力的結構甚而施政作為的手段，以祈在其中找到在這世代中處世的常軌。外在環境的乖變，更易了文人對自我內涵與作為的要求，也促使文人去詮釋和發現「時」與「變」的內容與意義。亂世是由參政者將自我德行有虧的作為，施行在政治上的結果，在書中最常被評論的對象與例證，皆來自於中華文化中政統來自於儒家道統的主張；[18]此已然成為既成事實的環境，乃文人所當面和理解的對象，成為此書所關懷的

版社，2012 年），頁 77。

18　金耀基：〈中國知識份子的邊緣化〉，金耀基著：《中國社會與文化》（香港：牛津大學出版社，1992 年），頁 112-114。

命題，扣合著政治的解讀和發現。依照文人參與政治的歷程分析，透顯著在此世代所生成的質難及疑問，開展出自我實現和理解生命的兩項命題。對於自我生命的實踐，孫光憲體認到在「屯難之世，君子遭遇不幸，往往有之」[19]的實況，持守志節而為君子，仍須面對外在世代的改變，在書中便陳述、記錄且間接交代此實例存在的原因：

> 唐貞元中，秭歸人覃正夫頃棲廬嶽，帥符載征召為文，竟汩沒於巴巫也。或有以其文數篇示愚，辭韻挺特，風調凜然，真得武都之刀尺也，號《巢居子》，有二十卷。愚因致書於歸州之衙校李玩，俾搜訪之。書未達前三日，里人有家藏全集者，適遇延爇而煨爐之。嗟乎！鄙於覃生，異時也，苟得繕寫流爇布，振彼聲光，而焚如之酷，何不幸之甚也！[20]

就時間以觀乃唐德宗貞元時屬「彼時」，去時未久但作者未參與其中，故無緣得見卻可閱得覃正夫的文章，並從內容斷言此人在政治上具有才能，合於當時人才的需求，卻仍汩沒無聞。以儒家的「立言」傳世的思維看待覃正夫的成就，可得如孫氏知其才能的知音，又未解其著作卻在得見前被燒燬，僅能歸於不幸而已。在此敘事裡，孫光憲已處在被重用並且得見天下將定的時空下，以相當的距離觀看大亂之前文人的處境，獲知個人的才德即令合

19　〔宋〕孫光憲撰，賈二強點校：《北夢瑣言》，頁 109。
20　〔宋〕孫光憲撰，賈二強點校：《北夢瑣言》，頁 115。

於時用，亦未必被當政者所知見；當中更寄寓了若孫光憲者能以
文章便能識得其才，此人之所以未得重用亦和執掌者未能識鑒有
關，而孫氏在政治相對安定的世代中獲得要職，也證明了有才的
士人的用與不用，作品的傳與不傳，乃被個人所處由人所組構成
的政治生態所決定。《北夢瑣言》在敘述事件時，皆從當事者人
的個人立場及視角，詮釋外在環境的意義，在此事件中覃正夫汨
沒一生的境遇就歸結在個人不幸的定命裡，消極的詮釋亦回應著
文人在變動世代中所體認的困境，讓才德之士人及文章皆汨沒無
聞屬於特殊時空，亦為時代的特質。在時間朝向記敘者活動年代
推移時，觀察敘事中人物的重心，則趨向思索實現自我的阻礙與
維繫生命的利益：

> 唐天復中，張道古，滄州蒲臺縣人，擢進士第，拜左補
> 闕，文學甚富，介僻不羣，因上〈五危二亂表〉，左授施
> 掾，爾後入蜀。先是，所陳〈二亂疏〉云：「只今劉備、
> 孫權，已生於世矣。」懼為蜀主所憾，無路棲託。洎逢開
> 創，誠思徵召，為幕僚排擯，卒不齒錄，竟罹非命也。嘗自
> 筮，遇兌卦，預造一穴，題表云「唐左補闕張道古墓」，
> 後果遇害而瘞之。人有獲其上蜀主書遺藁，極言幕寮掩其
> 才學，不為延譽，又非違時變，盤桓取禍之流也。[21]

文中所記正是王建開國、後三年唐朝傾覆進入五代政權更迭的天
復間，在孫光憲的理解中張道古兼有才德也具政治遠識，才能在

21　〔宋〕孫光憲撰，賈二強點校：《北夢瑣言》，頁114。

獲取功名後觀察到群雄已起天下將分的大勢，仍入蜀尋求入世的
機會卻被王建謫貶至死。這位被孫光憲辨識出與其同類能用於世
的文人，即使有識能獲悉天下大勢即環境變化趨向仍然罹禍，係
出於張道古持守理念的性格，導致「不群」的政治結果。藉由對
照有守的張道古，「不群」便意指組成政治勢力的文士階級已偏
離正道，持守正道下，無論當事人張道古抑或記敘者孫光憲皆知
此罹禍屬於必然，成就了持守志節以致不顧性命的前例。張道古
堅守原則本應獲得稱許，但孫光憲卻在此例中給予「非違時變，
盤桓取禍之流」的批評，未能明白時變和一己的關係，以致未能
權變而招得禍患，本來「喪亂以來，冠履顛倒，不幸之事，何可
勝道」[22]是時入五代的親身體驗，讓人生的目的未得實現，亦失
去了自己的性命，從中更引帶出具有全命保身的自私傾向。在成
就德性與保全性命存在公／私相異傾向的論述中，孫光憲所欲和
已然理解時代變化的本質，是由掌握實權者及其所形成若家族、
黨派等既得利益集團所決定，當權力核心定睛在擴展與取得利益
時，便與代表社會良心的知識階級有了區隔，[23]甚至之間產生排
擠及直接衝突，此為孫氏對於時變的理解。當此時變和自己有了
更直接的關聯和影響時，此書所提供的建言就不再只是思索自
我的存在與實質的利益，此不代表文人必須應合此已脫序的政治
力量，而是體認並接受此變化的存在。此想法的生成，與孫氏的
自我體驗有關：他所著成近於史體的著作為宋太祖所忤且被禁

22　〔宋〕孫光憲撰，賈二強點校：《北夢瑣言》，頁 145。

23　余英時將中國知識份子和西方的社會良心加以挽合，可反映文人對自我
　　期許的心理。見余英時：〈中國知識份子的創世紀〉，余英時著：《文
　　化評論與中國情懷》（臺北：允晨文化，2011 年），頁 87-104。

燼，[24]可解釋《北夢瑣言》所錄何以未有宋代有關的人事更遑論入宋後的逸事，那麼毋論在亂世抑或治世，政治衝突的存在本不得避免，在當中尋得「我」的生命價值和處世原則，亦是此書所載負的主要命題。

三、表述的價值：再釋儒家教育對「我」的定位

孫光憲採取接近史官評議的筆法裁剪和論述事件，或立基於入世的精神以論斷是非，此自無需細述，但以此方式記述的內容多集中在制度尚未崩壞的晚唐，入五代後便轉而聚焦表述個人在面對時變所做的抉擇，以及在其中所得到的意義和價值，未有明確或清楚的價值立場。此行文態度的調整，表示當時孫光憲對於時代變異的態度，具有個人歧異性的價值評斷的立場，依照當下的既成事實決定自處原則，有著身負撥亂反正導正失序環境的責任，及尋求自我生命價值及存續的不同傾向，意指孫光憲未以儒家立德為要作為唯一行事的準則，在世變中衡量著其他有關生命價值判斷的思維。

（一）回歸於常的責任

本書亦嘗採行傳統的既有思維，認為政治牽繫著文人的人生目標和生命歷程，相對的，文人也決定著政治的性質和目的，以及整體社會機制的建立與運作。在權力集團外的文人，有評議天下治亂及由之褒貶政治人物的義務，在其中的份子則需負擔國家組織能否有效運作的責任，若此，時變的發生與轉折，文人必為

24　據孫光憲的本傳記云：「又譔《續通歷》，紀事頗失實，太平興國初，詔毀之。」（見〔元〕脫脫：《宋史·孫光憲傳》，頁 13956），所稱「紀事頗失實」乃太祖所認定而被詔毀，自影響其撰述。

當中的樞紐。但孫光憲指出文人多拘執在為文的本事，拋擲當從
歷史政權的興替中理解當中的原理，並明白自己的義務，而引他
人之言以自陳心志：

> ……唐末亂離，渴於救時之術，孔相國緯，每朝士上封
> 事，不暇周覽，但曰：「古今存亡，某知之矣。未審所陳
> 利害，其要如何？」蓋鄙其不達變也。國子司業于晦，曾
> 上崔相國公胤啟事數千字，上至堯、舜，下及隋、唐，一
> 興一替，歷歷可紀，其末散漫，殊非簡略。所以儒生中通
> 變者鮮矣。[25]

世亂欲求治世之術，但朝士上封事皆未中其要旨，故稱「未達時
變」；時變的發生及掌握，乃從歷史中獲悉，然儒生多以操文之
士居多，知通變者恆少。故文人當知變之原由外，亦得明白由變
復常的方法。在王鐸的例證中，得見其中更易的原則：

> 唐王中令鐸，重德名家，位望崇顯，率由文雅，然非定亂
> 之才，鎮渚宮為都統，以禦黃巢。……洎荊州失守，復把
> 潼關。黃巢差人傳語云：「令公儒生，非是我敵，請自退
> 避，無辱鋒刃。」於是棄關，隨僖皇播遷于蜀。再授都
> 統，收復京都，大勳不成，竟罹非命。時議曰：「黃巢過
> 江，高太尉不能拒捍，豈王中令儒懦所能應變乎？」落都
> 統後有詩，其要云：「勑詔已聞來闕下，檄書猶未遍軍

25　〔宋〕孫光憲撰，貫二強點校：《北夢瑣言》，頁 161。

前。」亦志在其中也。[26]

在儒家政治設計與理想得以實踐的常軌中，文武官職本各有所司，依文人的職守而言，有德而文雅便合於常；故此則記述王鐸有德卻無平亂之才，實指謫著黃巢以武凌文以成亂世的悖離常法，其中存在於當時「儒生多懦，恐鈍志相染」[27]的謬說，故王鐸守關在自知不敵黃巢下隨僖宗避難至蜀，合於禮而不虧節操，其後又受王命出兵欲收復京師，在主客觀上皆顯示此任務實屬強人所難，然王鐸仍循儒教承命以致罹難，留下不朽之名完成儒家成仁的生命實踐。此實踐不止於表呈王鐸自我生命意義的完成，在「志在其中」的注解也道出黃巢依恃武力亦無法使像王鐸者屈從，就可推衍出總是憑藉武力奪得和維護的政權，在具有才德的文人拒之更遑論投入陣營，就無法維持政權運作必然敗亡而難以為續。此改變必出於對正道的持守，李侶拒為黃巢撰表而為所害，申言「某骨肉滿朝，世受國恩，腕即可斷，表終不為」的氣節，[28]即使身為婦人，亦能「始能以柔婉之德，制豺虎之心」，一如朱溫的虎狼之心，景伏於魏國夫人張氏的德行下。[29]在未知此政治常法的唐末藩鎮或五代群雄，前後仆起也證明著近於老生常談的政治主張乃顛撲不破的至理，孫光憲的看法反映了隋唐科舉選才致使「貴族人物的人格主義」的實況，和宋代「實務主

26　〔宋〕孫光憲撰，賈二強點校：《北夢瑣言》，頁 50。

27　〔宋〕孫光憲撰，賈二強點校：《北夢瑣言》，頁 337。

28　〔宋〕孫光憲撰，賈二強點校：《北夢瑣言》，頁 222。

29　〔宋〕孫光憲撰，賈二強點校：《北夢瑣言》，頁 315-316。

義」的擢才目的有著鮮明的區隔，[30]也因此孫光憲即使在面臨世道崩壞下，仍然將治世的希望和方式繫於文人的意志和職責，和止於要求文人長於闡釋經書和撰寫文章，不認為在時變中，文人應擴展含括軍事能力在內其他實務的操作能力，未能更現實的思索文人在養成入世的道德感後，與時俱進合於時用的治世能力的養成。[31]就孫光憲言，實際經歷著由極度混亂而終入太平的世代更迭，在漸入承平中目睹了文士在治國上的功能和位階，依照此準則重新再檢視亂世中的文人地位和處境，發覺了亂世不息的核心原因，由亂（非常）回到秩序（常）的關鍵來自於文人對道持守，世代的治亂，文人責無旁貸。

（二）理解處世的常規

儒生在內向超越後從道而不從君，直接趨於「救世」、「經世」，更對執政者「諍諫」而為知識份子傳統的義務，[32]在這政治更迭的世代中，承擔起儒家所賦與的職責時除動輒得咎外尚多因而招致死亡；至於未知政治運作常法卻握有絕對權力的軍閥，在自以為是的心理和個人的特質，只能招引同質的弄文之士至終被他人所凌替，跟隨的文士除了可能觸其逆鱗、陷入政爭中以致亡身，在權利傾覆時也多難免一死。只是保全個人生命出於生物

30　〔日〕谷川道雄著，馬彪譯：《中國中世社會與共同體》（上海：上海古籍出版社，2013 年），頁 327。

31　隋唐時在常舉、制舉等文官科考外，亦有武舉，不過考試時辦又時停，應考人數亦少，可作為反應朝廷和群眾重視文輕武的實例。詳論王小甫等編著：《創新與再造──隋唐至明中葉的政治文明》（北京：北京大學出版社，2009 年），頁 49-66。

32　余英時：〈中國知識人之史的考察〉，余英時著：《知識人與中國文化的價值》（臺北：時報文化出版社，2007 年），頁 162-198。

的本能，況德行有虧的執政者必然敗落亦在意料之中，對尚未參
與權力的文人更需明白自保的方法，在《北夢瑣言》中更留意和
詮釋在這難求自保的政治場域中，得以全德亦得全生的秘訣。在
孫偓的自陳中，孫光憲以為獲知了其中的秘訣，而記云：

> 唐相國孫公偓，寬裕通簡，不事矯異。常語於親友曰：
> 「凡人許己，務在得中，但士行無虧，不必太苦。以我之
> 長，彰彼之短，以我之清，彰彼之濁，辛勿為之。」後謫
> 居衡山，情抱坦然，不以放逐而懷戚戚。每對客座，而廝
> 僕輩紛詬毆曳，仆於面前。相國凝然，似無所睹。謂客
> 曰：「若以怒心逢彼，即方寸自撓矣。」其性度皆此類
> 也。……唐末朝達罹穀水、白馬驛之禍，唯相國獲免焉。[33]

其中清楚地區分出我／他之間對才德要求的區別：對「我」而
言，由「長」、「清」和「短」、「濁」的人我比對下，才德兼
備仍是身為士人自我要求，另外尚需不戚戚於權位和待人寬裕的
處世態度，方可使心境平和；在此原則下，他人是否具有才德，
無論士人抑或奴僕亦皆毋庸要求與措意，由此才能在政權不安的
局勢中求得心身的安穩和安全，就結果來看唐末朝士死於禍亂唯
孫偓得免，證明此原則的合宜。依自我的要求而言，可勉力完成
文人的原來期待，他人尤其已預政權者能否達到此準則本無法掌
控，況賢者多不在其位亦屬亂世的特徵，理解並接受此事實才得
使心中平靜，彼此不生齟齬避免因此貽禍，便可寄此生在這世代

---

33 〔宋〕孫光憲撰，賈二強點校：《北夢瑣言》，頁68。

之中。身負解讀歷史及文化更易權力和職責的文人，在承繼並援用傳統道的運作方式詮釋過往到親自體驗的動盪世代，在理性的觀看中證明了儒家既存政治法則的真實和不易，卻因本身「在場」的原故，復用感性去體諒生命總被威脅時所生成的退怯和質疑，無論與政與否，在處世上都允許權宜的讓步和容讓。

貳、我的啓悟——從「外在」探索、認識與重構自我的人生

在個人與外在社會互動的思辨中，於入世之外尚察驗著自我存在和生命至終的意義。此思辨多能跳脫儒家單純入世利他的精神，採取至少兼及利己的思考進路，一改儒教以入世求得歷史的地位，以另一存在的形式求得永續生命的價值取向。惟此探索本違背儒家對自我身份的認知和定位，卻在自我生命總在被威脅的實況中，更易了以儒家的價值觀，作為文人對人生價值取捨準則的主要傳統，孫光憲記錄下的是含識對保養身體以及身體消散後個人意志存續的關懷，接受「死生亦大」的疑懼，欲求取生存的卑微想望便因此被突顯，單純的以個人生命為本位的表述，詮釋著有別於儒家的人生價值和目的。此生命價值的體驗趨向，仍生成於世道多難的體悟。

一、觀察活動空間與個人生命間的關涉

環境必然對於個人生命產生影響和干預，尤其在政治不穩定的情勢下更易引起人的關注並進一步的去理解，文人在自許負有詮釋過往和評議當下職責的觀念裡，對於外在的結構及性質更需

先予理解和解釋；在傳統的理解中，社會或政治秩序，乃是宇宙體現的一例，[34]在已複加上天人相感的宇宙和人生觀的先設觀念下，思考上除了以具因果關係的架構，聯結由人所形構出的政治實況、社會結構和自然界變化三者關係，代表一切理則「道」的推移中，如何且為何形成當下的環境的解釋，可再從中獲悉身為文人可依從自己的價值觀，找到自處的方法。惟於理解或者詮釋自己和外在世界關係締結的方法上，頗清楚的用傳統的世界觀和物理觀去交代環境的形成，對自我生命的思索，卻又和儒家主張從他人意識中永存極度理智的定義有所悖離，已多向神秘主義靠攏，扣問著生命的究竟與歸往，有了理智與理性的諍辯和對話。

（一）人文環境：政治左右與影響文人心理品質和生命存續

　　政治權力對文人造成的影響，存在著主客立場的差別：加入權力核心後心態的變化，及未預其中單方面接受政治給予個人的對待。孫光憲得以觀看和發現個人特質的轉折，來自來社會不安而關注和分析政治的人物，並嘗試明白在權力外的自己，及相同身份的個人，所會遭遇的生命考驗。就前者來說，社會既已不安，代表了參與其中亦屬於文人階級的個體，已違背了文人所接受成人之美的養成教育。依照孫光憲的觀察，轉變的發生，決定於參與掌握實權者的個人心態：

　　　　亂離以來，官爵過濫，封王作輔，狗尾續貂。天成初，桂
　　　　州節度觀察使馬鄴，即湖南馬殷之弟，本無功德，品秩已

34　〔德〕韋伯（Max Web）著，洪天富譯：《儒教與道教》（南京：江蘇
　　人民出版社，2005 年），頁 126。

高，制詞云：「爾名尊四輔，位冠三師。既非品秩升遷，
難以井田增益。」此要語也。議者以名器假人至此，賈誼
所以長歎息也。[35]

唐亡之後官爵多名實不副，無功德而居高位，晉封後竟未增益俸
祿更證封爵之濫。朝廷已「非常態」意謂著後唐李嗣源對名器的
輕忽與誤解，拒才俊讓無才德者居於左右，由此就影響意欲投入
政治的文人，對於官職的設想和定位，視成攫獲權勢的途徑。而
此紛亂的世局不僅讓具野心者蠢起，也往往導致文人的無行，孫
光憲便以先秦諸國比類唐末五代的分裂局面，提出王霸之辨作為
準則，側寫下韓建、成汭未能勤王竟窺視寶鼎而迫脅昭宗，實助
桀作孽，非忠非義，而得「推之天命，即吾不知，考之人謀，固
無所取」的歎息，[36]至於出現「假譽求售」的文人，[37]不過是物
以類聚的結果。在心性已偏下，致使朝中人或無文才，或無品
行，至終自取滅亡。[38]此「非常」的政治結構否定文治與道德，
並對武力崇拜和倚賴，總再次引動擁有軍事力量的地方權勢屢興
屢起，在此結構不變下社會難以安定。就個人言在此政治環境，
孫光憲指出有才德且有為有守者，仍需留意他人的目光，以免因
此危害自己的生命：

---

[35]　〔宋〕孫光憲撰，賈二強點校：《北夢瑣言》，頁336。

[36]　〔宋〕孫光憲撰，賈二強點校：《北夢瑣言》，頁284-285。

[37]　參〈鄭準譏陳詠〉，〔宋〕孫光憲撰，賈二強點校：《北夢瑣言》，頁
158。

[38]　分見〈座主門生同入翰林〉、〈戲蕭希甫〉條；〔宋〕孫光憲撰，賈二
強點校：《北夢瑣言》，頁347-348。

> 唐晉相李浣，磏相之子也，文學淵奧，迥出輩流。于時公
> 相之子弟，無能及者。應舉時，文卷行〈明易先生書〉，
> 又有〈答明易先生書〉朝士覽之，不測涯涘，即其他文章
> 可知也。然恃才躁進，竟罹非禍。爾後磏相追雪，贈太子
> 太師，諡曰文，司空圖撰行狀，浣贈禮部員外郎。……。[39]

文學卓立於流輩上的李浣恃才躁進，出於性格上對於無才者的輕
蔑，但對崇武輕文亦未知亦未識其才意義的掌權者及黨群而言，
自難容忍而罹禍。李浣的未識時變最後失去了性命，成了和他性
質相類文人的示警，並非指個人當隨波逐流，而是在濁世中當獲
悉社會對己在生命及心理上的影響，就此便不免有「時運將衰，
縱有才智，亦不能康濟，當有玉石俱焚之慮也。時亦然之」[40]的
慨歎；然而被孫光憲視作有治世之才的李浣，在身死後也喪失了
加入政治的機會，無從引領政治得以回歸於常。已從政者多受政
治偏離正道的影響致性心性更加偏頗，未從政者則以利益為尚否
定了之前的成德教育，對於欲持守儒家本色的文士而言，在思索
儒家所應許留名的生命目的，以及認為自然和人文環境皆依循以
道德為本的天道而運作後，不免有所質疑而認為不切實際，自會
進而就所有價值根源的天的內容，再加思考。

（二）自然環境：上天干預與參與個人生活內容及生命歷程

　　從政者所採行的施政策略和世局的治亂本有因果關係，以掌
握權力為中心及環侍在側的與政者，就成了治理成敗的主要關

39　〔宋〕孫光憲撰，賈二強點校：《北夢瑣言》，頁155-156。
40　〔宋〕孫光憲撰，賈二強點校：《北夢瑣言》，頁149。

鍵，這簡易的政治推想亦是中華文化總要求執政者具有德行的主
因，畢竟政策的失敗，多來自個人欲逐私欲的結果。權力來自於
天即稱天命，況「意志天」具有純粹的道德性及最高性，政治秩
序聯結著宇宙秩序，[41]對於殘暴無德的政權自不能忍便會降予懲
罰，即源自先秦而完備於漢代的天人感應說。[42]因而對於唐末在
史評中被歸在無德以致叛亂的黃巢，在《北夢瑣言》中也有著相
同的觀感，除了道出黃巢的殘忍無人道，更指出上天對於造成世
亂的首謀會加以懲治：

> 黃巢自長安遁歸，與其眾屯於陳、蔡間溵河，下寨連絡，
> 號「八山營」。于時蔡州秦宗權懼巢，以城降之。時既饑
> 乏，野無所掠，唯捕人為食。肉盡繼之以骨，或碓擣，或
> 磑磨，咸用充饑。天軍四合，巢軍不利，其黨駭散，頻為
> 雷電大雨淹浸其營，乃與妻孥昆弟奔於太山狼虎谷，為外
> 甥林言斬首送徐州時溥下裨將李師銳，函首送成都行在
> 也。[43]

在敘事中將黃巢攻伐蔡州，和當地因饑乏和戰爭造成捕人為食的
慘況聯結，認定有著直接關係，成了巢眾凶狠無人道對付人民的

---

[41]　金耀基：〈國家社會主義與中國知識分子〉，《中國政治與文化》（香
　　　港：牛津大學出版社，1997 年），頁 101-106。

[42]　〔日〕池田知久著，田人隆譯：〈中國古代的天人相關論──董仲舒的
　　　情況〉，收於〔日〕溝口雄三、小島毅主編：《中國的思維世界》（南
　　　京：江蘇人民出版社，2006 年 8 月），頁 46-97。

[43]　〔宋〕孫光憲撰，賈二強點校：《北夢瑣言》，頁 308-309。

證據；後記電雨天氣的異變助唐軍反撲，致使巢軍敗走外，巢為外甥斬首而亡，結束亂事。對於黃巢勢力的興起和必然敗落，孫光憲尚從《北史》中所記「軍陣之上，龍必先鬥」的說法作為引證，認為「黃巢敗於陳州，李克用脫梁王之難，皆大雨震雷之助」[44]，依此觀文中所記，實明示黃巢無道和天降雷雨有著正相關，天的介入是造成黃巢敗亡的主因。對於逆道、失道的得勢者或在位者，上天便會介入、干預其人生及性命，[45]但在這些變亂之中，一如蔡州的人民自無法自脫也無法干預、改變這世局，只能無奈單方面接受既成事實自己生命的戕害和安排。

二、思索生命價值與存續的可能和價值

當生命不斷被外在威脅下自然生成對於生命究竟的探討：在儒家所規範以入世實現生命價值唯一的標準解答中，找到更貼合、一個得以滿足「自己生命」永續可能的答案。此思考的歧出，本與儒教追求的生命實現過於理性有關，無法滿足個人所關懷亦最期待獲悉自我意識在身體消亡後的歸趣，亦是在亂世中宗教總能廣傳的主因。《北夢瑣言》本以現實為基礎批判古今政治及找尋行為軌則作為探討主軸，故多涉近於信仰的探討，藉著過去和他人的經歷，比照和驗證自己所知見的神秘體驗，從具有聲息時所得獲見的知識，以延展並探索人在死後的處境，明白生命的過程後，更得以在動亂的世代中找到安身立命的法則。

44　〔宋〕孫光憲撰，貫二強點校：《北夢瑣言》，頁438。

45　另如或又在〈仇殷召課〉中，術數精妙的司天監仇殷能見吉凶，畏於梁祖好殺秘而不說，當梁敗時道出「違犯天道，不取仇殷之言也」的歎息。文參〔宋〕孫光憲撰，貫二強點校：《北夢瑣言》，頁312-313。

（一）由理解支配力量體察生命當下的存在

　　若宗教信仰為真，人在具有血氣時本可體察到與生命有關的神秘力量，從孫光憲在書中多記現實中的神術以及窺探生命的操作，若預知官職、境遇或年壽，又常以親身體驗或目見證明術者的靈效和鬼神的真實，[46]得見他接受與關注與生命有關的鬼神示現或未得知解的事物存在。他以為事出必有因，而人得以窺見當中原委：

> 唐天祐中，太原僧惠照因夢鎮州南三十里廢相國寺中埋鐵塔，特往訪之。至界上，為元戎王中令鎔所知，延在衙署供養。衙將任友義慮是鄰道謀人，或致不測，懇要詰而逐之。元戎始疑，惠具以尋塔為對。遽差於府南三十里訪之，果得相國寺古基，掘其殿砌之前，得鐵塔，上刻三千人姓名，悉是見在常山將校親軍，唯任友義一人無名。乃知冥數前定，刻斯塔者，何神異哉！[47]

僧人惠照被看待成能探知人生究竟的有道者，以有預示可能的夢為途徑發現並決定訪察錄有關乎生命消息的鐵塔，包括孫光憲在內王鎔、任友義皆是俗人，卻仍能在得塔後知道人生有定的法則，知所然卻未知其所以然，故以神異形容。此中所稱的「冥數前定」實屬傳統抑或道教既有的生命解讀，人的生命係由司命的冥府組織所預定、管轄並加以著錄，在唐時已為民間佛教所吸收

---

[46] 見〈鄭山古授黃承真陰符〉、〈馬處謙談命奇驗〉，〔宋〕孫光憲撰，賈二強點校：《北夢瑣言》，頁379-380。

[47] 〔宋〕孫光憲撰，賈二強點校：《北夢瑣言》，頁404-405。

與融攝因而此處便由僧人來揭示奧秘，也成了孫光憲理解佛教及
生命的立場，[48]生命的預定，多合於人生中的大事，在唐小說中
習見官職、婚姻皆有定命，乃出於唐人對此人生議題的重視，[49]
在此書中亦視作實例而記錄：

> 唐盛唐縣令李鵬遇桑道茂，曰：「長官只此一邑而已。賢
> 郎二人，大者位極人臣，次者殆於數鎮，子孫百氏。」後
> 如其言。長男名石，出將入相，子孫兩世及第，至今無
> 間。次即諱福，敭歷七鎮，終於使相。凡八男，三人及
> 第，至尚書、給諫、郡牧，見有諸孫皆朱紫，不墜士風。
> 何先見之妙如是？[50]

桑道茂長於命算於唐末頗具名聲，果然言李鵬子孫未來境遇一如
所料，故有「何先見之妙」的讚歎，對照前文所引述僧人知見記
錄個人生命要事鐵塔的能力，實則無別。當中道出孫光憲肯定人

48　代表中國本土信仰的道教對佛教的影響甚鉅，已在佛經（或稱偽經）中
　　已見道教信仰、習俗、方術等內容，尤對生命的理解亦多採用道教的觀
　　點，參蕭登福：《道教與佛教》（臺北：三民書局，1995 年 10 月），
　　頁 171-175；另這些偽經多在宋前已然出現，詳考見蕭登福：《道家道
　　教影響下的佛教經籍》（臺北：新文豐出版公司，2005 年）。

49　王夢鷗指出唐人的「定命」說已視命祿甚於氣壽的特質，至於婚姻又和
　　命祿有關，以致受到文人的重視更視為定命的一例。反映在《太平廣
　　記》中，「定數」便置有「婚姻」一類得二卷，列十二篇唐人作品，足
　　見當時對婚姻的見解。詳參王夢鷗：《唐人小說校釋（下集）》（臺
　　北：正中書局，1985 年），頁 84-87。

50　〔宋〕孫光憲撰，賈二強點校：《北夢瑣言》，頁 209。

生過程已被決定的看法，有道之人由特定的方式而能得知，但此方法或背後的運作常人無法獲悉，卻不能因此認定人生決定的力量並不存在。不過孫光憲已認為命定的決定和發生出於上天的意志，故有未按照上天的預定而生死者則稱非命，則可訴諸於上帝加以處置。[51]

（二）從檢驗宗教說法理解生命本質和歸往

人的生命既被上天所預先決定，存在或死後的歸趨亦然，在此既定的生命觀中，佛道兩教的教義被看待成探索生命奧秘的方式，即令兩教在生命的本質和意涵有著根本性的差別，卻仍在此既有的生命理解中共存。道教鍛鍊肉體與精神欲達到肉身不死，與佛教讓自我解脫相異，求道者多需與人世隔絕以免薰染心神，而在人世中墮落至終亦會如常人死亡。孫光憲接受了仙人存在的設想，書中亦錄下他與當時道教領袖杜光庭的交游及對他仙質的肯定，只是在記錄中孫光憲從不過問成仙的方法、仙人的實有或如何探訪，而是留心人們與這些得道者與人之間的互動與關係：

> 唐劉瞻相公，有清德大名，與弟阿初皆得道，已入仙傳。先婚李氏，生一子，即劉贊也。……數年方歸，子母團聚，且曰：「因入嵩山，遇一白衣叟，謂曰：『與汝開心，將來必保聰明。』」自是日誦一卷，兼有文藻，擢進士第。梁時登朝，充崇政院學士，預時俊之流。……。僕與劉贊猶子愨通熟，自言家世，合有一人得道矣。即白衣

---

51 〔宋〕孫光憲撰，賈二強點校：《北夢瑣言》，頁199。

叟其仿佛乎。[52]

此敘事合於唐時道教靈驗記的敘事進程和目的，肯定仙人的存在和道法的真實，對人有實質的影響和幫助；[53]故事中交代了劉贊與嵩山的白衣叟有著血緣關係因此得遇，經他點化而獲聰明，後果擢進士第而為俊才。劉贊考取功名為事實，至於「遇仙」後方得聰明，此訊息來自於劉贊的親族劉崇所述，所言自然不誣，由此，個人的生命及人生尚且會受到超越的個體所影響。當然在文中並未言及擢進士第事是否本屬命定，卻仍可獲知在人生中仍可能獲得若仙人一個超然力量的援助和改變。而佛教的輪迴觀，正與道教的教義相違，亦同樣可被記錄在此書中：

> 唐四方館主王鄂尚書，自西京亂離，挈家入蜀，沿嘉陵江下至利州百堂寺前。其弟年七歲，忽云：「我曾有經一卷，藏在此寺石龕內。」因令家人相隨訪獲之，木梳亦存。寺僧曰：「此我童子也。」較其所夭之年，與王氏之子所生之歲，果驗也。其前生父母尚存。及長仕蜀，官至令錄數任，即王鄂。近聞歿於雅斜，往往靈語說事如平生。又言我為陰官云云，即記前生不誣也。[54]

52　〔宋〕孫光憲撰，賈二強點校：《北夢瑣言》，頁 208。

53　唐末道教靈驗記的特質，本文採用西波的立論，參周西波：《道教靈驗記考探──經法驗證與宣揚》（臺北：文津出版社，2009 年），頁 45-49，不過《北夢瑣言》所錄道教的靈驗故事，無抑佛的企圖，而與道教靈驗記有了區隔，也就此可見孫光憲接受道教的說法卻非道徒。

54　此書頗記轉世的新聞，如〈顧非熊再生〉即屬之。〔宋〕孫光憲撰，賈

王鄯弟七歲時仍記得前生曾為百堂寺僧及寺中故物，後檢之果然如其所說。然而人既精靈不滅故欲尋得超脫，便與道教以為人死無祀則鬼滅，欲尋得肉體長存以求不死全無交集，[55]卻仍安然存在於《北夢瑣言》中。此矛盾可在孫氏的注解獲知原故：人死魂存而為鬼，在陰府送至輪迴前則可回到原來的居所，已將輪迴視作生命存續的一種機制，至於神仙僅視作超越的個體，忽略或者未識道教尋求肉身不死的原來動機，及由此所開展出的教義。[56]就思考脈絡上，孫光憲的人生主張，仍是傾向於自韓愈所開展迄宋興起的新儒學，卻在世道多難下時而思索了生命的議題。[57]意指是書並無投入佛道兩教對於自我生命永存追尋的企圖，而是就兩教已融入民間或擇選著得以驗證的可能事實，就此即可在不斷更易的世代中，讓自己不再只是定睛在難以實現儒家所教訓的入世目標，開始思索與自我意志更有直接關聯性的生命意義及價值。

二強點校：《北夢瑣言》，頁 357、178。

[55] 道教的尋求肉體不死且主張承負報應觀係回應傳統的鬼神信仰，在造作道經的葛洪前已然是道教的核心思維，參劉笑敢著，陳靜譯：《道教》（臺北：麥田出版社，2002 年），頁 64-76。

[56] 道教以「探求不死」作為信仰的核心，關於此李豐楙有簡要的論述，參李豐楙：《不死的探求：抱朴子》（臺北：時報文化出版社，1981 年），頁 440-441。

[57] 費正清指出唐代後期迄宋代產生了「新儒學」，在保有強調士人入世意義外，尚且「基本上排斥道家的生長之術以及佛教關於神和來世的觀念」，不過此係指文人在階級任務上有高度的共識，並非絕對的對佛道的排斥。引文見〔美〕費正清（John King Fairbank）、賴肖爾（Edwin Reischauer）著，陳仲丹等譯：《中國：傳統與變革》（南京：江蘇人民出版社，2012 年），頁 131。

　　孫光憲依循傳統文化的思考脈絡認識環境，解讀及發現身處時空的狀況與意義，作為辨別個人處境的基礎，俾利進一步決定面對世變的方式以安身立命。也由此，孫光憲先觀察決定世界遷變的政治性質，認定政治結構已經偏離正軌，不止主政者失德導致當時的秩序混亂，更直接讓參與政治的選官、任官制度未能發揮擢才任用的作用，吸引著和主政者性質相類同屬無行的文人，成了惡性循環。就此，孫光憲援用了上天介入處置惡首的新聞，作為天道仍然運作與人應持守正道的實證及結論，卻仍然獲見了含括文人在內的個人，只能單方面接受天下已然失序致使生活流離甚至未能全生而難以違抗。由之，儒家以入世為人近於信仰主張的宗旨，殊乏傳統神鬼信仰、佛教及道教等宗教具利己色彩的意涵，自難孚總是面對死亡亂世中的文人，孫光憲在《北夢瑣言》中對於宗教的扣問，反映了自持儒家人生價值的知識份子，由自我與他人的神秘經驗中，探索、辨證著生命的本質，以期理解個人意識在身體消散後的歸趨和存續。探索生命本質與儒家強調入世精神本無衝突，在孫光憲的敘事裡，亦未去否定實現自我入世的價值和用此作為人生目的之想法，而是在這亂世中在入世無望未得寄託下，又總是面見死亡，導引了文人朝向對生命究竟的探訪。惟孫光憲在這些神秘經驗的敘事中，採取尊重並理解的態度面對，並未有選擇特定的宗教，仍以實現儒家期許的生命價值作為個人至終的目標，《北夢瑣言》陳述了孫氏探尋自我生命的心路歷程，也反映著身為儒生如何思辨入世為人與獨善其身的思考進路。

參、結論

　　《北夢瑣言》開展了筆記小說兼具記錄不經內容和近於史部的特質，記述了經逢政治及社會失序的世代，文人對於此遷變的觀察及理解，反映了自承儒家道統卻在入世以證成自我人生價值的知識份子，在遭逢從政直接的阻礙以及生命總受到政權的威脅時，心理的狀態和意志轉變：

　　一、遵照文人既有的責任加以自省，故在本書中先辨分出自己屬於知識份子的階級，是能以得見世變發生根由的識者，在其中有意識的排除了未能持守正道的文人在此階級中，在文人對己的要求上，孫光憲已將能以養身的能力，列在此世代當有的涵養裡，改變了文人口不言利的姿態；再依照他所接受政治眼光的訓練即史識，去觀看並詮釋世代變化的根由和意義。在立場上，孫光憲對於過往的事件多採行儒家原來的道德準則以為評議，至於和他活動極近甚至在同樣時空下的人事，則有遠離時變以明哲保身的主張，略為更動儒家原來對節操的要求。而此更易，示現著身為文人對世變的兩種觀照：就儒家入世的精神而言，撥亂反正不以性命為念，便可帶引亂世的非常回到常的正軌上，但就個人當遵循的常規來說，既然亂世已為既成事實，如何在其中尋得自保甚而獲得再次實現人生價值的機會，才是當務之急，前者乃就公領域來立說，後者就私領域予以考量，此歧異來自於世變衝擊下所生成具有權變傾向的態度。

　　二、依循尋求生命的本質予以探索，出於社會崩壞個人生命總被威脅的心理驅使，及既有儒家生命價值和運作天道的真實與可信的信念鬆動，令孫光憲總在思索及探尋外在環境與己生命

間連結的關係。社會乃是天道運作下部份的呈現，以具有權力的個人為核心，逐漸影響形成了此政治團體的性質，帶引社會離開或者回歸正道；就亂世而言自屬非常，上天便會採行直接干預權要生命的方式作為示警，亦能產生使人知其警惕讓社會回到常軌的效果，至於活動在其中的個體，則難脫世變的衝擊而受到傷害。也因如此，孫光憲關心著生活中要事發生前的癥兆，雖未知其然亦相信必有其所以然，在確認外在環境中存在著干涉生命的神秘力量，也用此立場去理解佛道兩教的內容，並推得死亡亦非無知，主要意識仍得以存續，獲得心理上的安慰。

由此獲知儒家雖然為傳統中國的主流意識而為文人的主要信念，卻在五代的世變中有所鬆動進而調整甚至轉折，其核心的原因係出於儒家用理性解釋社會構成並詮解人生意義，並將個人的社會實現，視作生命至終的價值，卻未能回應個人貪生惡死，以及對死亡後茫昧無知所生成主體意識消失的恐懼，一個唯有宗教信仰方得以滿足的需求，無怪孫光憲在《北夢瑣言》中總以為已明白自己的身份和意義，卻仍在面臨世變時對上天有著「推之天命，即吾不知」的扣問，不僅是孫光憲在身逢亂世下出於深層心理的質疑，亦是自認俯仰無愧卻身處生命朝不保夕亂世的知識份子，共有的思維及生命困境。

表一、《北夢瑣言》評述對象及準則簡表

評述標準關懷趨向		評議對象	
		文人	在位、掌實權者及地方藩鎮
入世處世	才德評議（正向的賞譽及負面的批評）	〈李太尉英俊〉、〈鄭光免稅〉、〈鄭氏女廬墓〉、〈駁杜預〉、〈李太尉抑白少傅〉、〈令狐滈預拔文解〉、〈劉三復記三生事〉、〈秃角犀〉、〈皮日休獻書〉、〈宰相怙權〉、〈放孤寒三人及第〉、〈盧肇為進士狀元〉、〈李固言相國為柳表所誤〉、〈王中伶鐸拒黃巢〉、〈李勳尚書發憤〉、〈吳行魯溫溲器〉、〈崔侍中省刑獄〉、〈劉蛻山人不祭先祖〉、〈薛保遜輕薄〉、〈陳會螳蜋賦〉、〈劉僕射荔枝圖〉、〈趙大夫號無字碑〉、〈薛氏子具軍儀〉、〈柳琪大夫賞牟麞〉、〈孫揆尚書鋸解〉、〈諸重德好尚〉、〈妖人偽稱陳僕射〉、〈吳融侍郎文筆〉、〈薛澄州弄笏〉、〈柳婢譏蓋巨源〉、〈趙師儒與柳大夫唱和〉、〈祖系圖進士牓〉、〈崔氏女失身為周寶妻〉、〈張曙戲杜荀鶴〉、〈徐相譏成中令〉、〈淮浙解紛詔〉、〈楊晟義母〉、〈裴氏再行〉、〈高測啟事〉、〈符載侯翩歸隱〉、〈裴相生於于闐國事〉、〈韋氏女配劉	〈宣宗稱進士〉、〈再興釋教〉、〈魏文貞公笏〉、〈授任致寇〉、〈杜邠公不恤親戚〉、〈高太尉決禮佛僧〉、〈張濬相破賊〉、〈崔禹昌不識牛〉、〈高太尉機詐〉、〈同昌公主事〉、〈玄德感〉、〈孟私微躁妄〉、〈崔雍食子肉〉、〈嚴軍容猫犬怪〉、〈薛侍郎紙裹餶子〉

	謙事〉、〈侯昌業表〉、〈陸龜蒙追贈〉、〈顏給事墓銘〉、〈內官改創職事〉、〈羅顧昇降〉、〈杜荀鶴入翰林〉、〈樂工關小紅〉、〈孫內子〉、〈盧詩三遇〉、〈鄭準集軍書〉、〈鄭準譏陳詠〉、〈高崇文相國詠雪〉、〈韋杜氣概〉、〈李氏女〉、〈程賀為崔亞持服〉、〈夏侯相以術而殂〉	
自我權益（全生、利祿）	〈牛僧孺奇士〉、〈文宗重王起〉、〈段相踏金蓮〉、〈駱山人告王庭湊〉、〈李氏瑞槐〉、〈韋宙相足穀翁〉、〈李當尚書竹籠〉、〈杜審權斥馮涓〉、〈不肖子三變〉、〈趙令公紅拂子〉、〈孫偓相通簡〉、〈畢舅知分〉、〈楊蔚使君三典洋源〉、〈哭麻劉舍人事〉、〈陸扆相六月及第〉、〈破天荒解〉、〈成令公為蛇繞身〉、〈溫李齊名〉、〈韋尚書鑒盧相〉、〈張濬樂朋龜與田軍容中外事〉、〈薛少師拒中外事〉、〈韋太尉伐西川〉、〈章魯封不幸〉、〈張道古題墓〉、〈敘巢居子〉、〈羅袞不就西川辟〉、〈吳湘事〉、〈李太尉請修狄梁公廟事〉、〈陸相公勸酒事〉、〈裴鄭立襄王事〉、〈朱李驟進〉、〈李群玉輕薄事〉、〈以歌詞自	

		娛〉、〈劉蛻奏令狐相〉、〈李磎行狀〉、〈鄭綮相詩〉、〈李浣行文卷〉、〈王超賤奏〉、〈李商隱草進劍表〉、〈高蟾以詩策名〉、〈裴相國及第後進業〉、〈侯泳忤豆盧相〉、〈盧沆遇宣宗私行〉、〈王給事剛鯁〉、〈裴楊操尚〉、〈張興師決門僧〉、〈狄右丞鄙著紫僧〉、〈張翱輕傲〉、〈蔡畋虛誕〉	
出世傾向	神秘經驗	〈令狐公密狀〉、〈陳陶癖書〉、〈吳融天幸〉、〈成令公和州載〉、〈田布尚書事〉、〈孟浩然趙嘏以詩失意〉、〈來鵬詩〉、〈李學士賦讖〉、〈洞庭湖詩〉、〈梁震無祿〉、〈夏侯生說劉僕射事〉、〈曹相夢剃度〉、〈張仁龜陰責〉、〈張褐尚書無忌諱〉、〈李當尚書亡女魂〉、〈楊收相報楊元价〉、〈韋宰功德驗〉、〈白蓮女惑蘇昌遠〉、〈柳鵬舉誘五絃妓〉、〈雲芳子魂事李茵〉、〈芻靈崇〉、〈高燕公神筆〉、〈馮藻慕名〉、〈穆李非命〉、〈李鵬遇桑道茂〉、〈京兆府鴉挽鈴〉、〈崔樞食龍子〉、〈王迪車輾事〉、〈杜孺休種青蓮花〉、〈寶家酒炙地〉、〈張金吾威勢取術〉	
	宗教信仰	〈西嶽神斃張簹〉、〈李常侍遇道術〉、〈顧非熊再生〉、	

		〈劉山甫題天王〉、〈刺血寫經僧〉、〈成令公擲玹事〉、〈劉李愚甥〉、〈天帝召棋客〉、〈薛準陰誅〉	

說明：本表依照本文的主要章節而分門，亦為本章立論的依據。《北夢瑣言》所收逸事大凡皆具本文所陳的敘事特質，惟在敘事重心上仍存區隔，並依從本文所聚焦的論點作為分類基礎。內容及標目皆據本文所徵引中華書局出版賈二強之點校本，每類下亦依照卷帙先後為序。

參考文獻

一、傳統古籍

〔春秋〕（傳）左丘明撰，楊伯峻注：《春秋左氏傳》（臺北：洪葉出版社，2007 年）。

〔姚秦〕鳩摩羅什譯：《妙法蓮花經》（臺北：新文豐出版公司，《大正新脩大藏經》本第九冊）。

〔北涼〕曇無讖譯：《大方等大集經・寶幢分第九三昧神足品第四》（臺北：新文豐出版公司，1983 年《大正新脩大藏經》第 13 冊）。

〔晉〕孔曄：《會稽記》（北京：人民文學出版社，1999 年《魯迅輯錄古籍叢編》本）。

〔晉〕聶道真譯：《佛說文殊師利般涅槃經》（臺北：新文豐出版公司，1983 年《大正新脩大藏經》第 14 冊）。

〔梁〕釋慧皎撰，湯用彤校注：《高僧傳》（北京：中華書局，1992 年）。

〔六朝〕夏侯曾先：《會稽地志》（北京：人民文學出版社，1999 年《魯迅輯錄古籍叢編》本）。

〔北齊〕魏收：《魏書》（北京：中華書局，2011 年）。

〔北齊〕顏之推撰，王利器集解：《顏氏家訓集解》（北京：中華書局，1993 年）。

〔隋〕智顗：《觀音義疏》（臺北：新文豐出版公司，1983 年《大正新修大藏經》第 34 冊）。

〔唐〕魏徵：《隋書》（臺北：鼎文書局，1987 年）。

〔唐〕唐臨撰，方詩銘輯校：《冥報記》（北京：中華書局，1992 年）。

〔唐〕釋道宣：《集神州三寶感通錄》（臺北：新文豐出版公司，1983 年

《大正新脩大藏經》第 52 冊）。

〔唐〕釋道宣：《大唐內典錄》（臺北：新文豐出版公司，1983 年《大正新脩大藏經》第 55 冊）。

〔唐〕釋道宣撰，郭紹林點校：《續高僧傳》（北京：中華書局，2014年）。

〔唐〕釋道宣：《廣弘明集》（臺北：新文豐出版公司，1983 年《大正新脩大藏經》第 52 冊）。

〔唐〕釋道宣：《道宣律師感通錄》（臺北：新文豐出版公司，1983 年《大正新脩大藏經》第 52 冊）。

〔唐〕釋道宣：《集神州三寶感通錄》（臺北：新文豐出版公司，1983 年影印《大正新脩大藏經》本第 52 冊）。

〔唐〕釋智昇輯：《續集古今佛道論衡》（臺北：新文豐出版公司，1983年《大正新脩大藏經》第 52 冊）。

〔唐〕釋道世撰，周叔迦、蘇晉仁校注：《法苑珠林校注》（北京：中華書局，2003 年）。

〔唐〕劉餗：《隋唐嘉話》（北京：中華書局，1997 年）。

〔唐〕李冗撰，蕭逸點校：《獨異記》（上海：上海古籍出版社，2000年，《唐五代筆記小說大觀》）。

〔唐〕康駢撰，徐凌雲點校：《劇談錄》（合肥：黃山書社，2000 年，《唐宋筆記小說三種》）。

〔唐〕鍾輅：《前定錄》（北京：中華書局，1985 年《叢書集成初編》本）。

〔唐〕芮挺選編，傅璇琮校點：《國秀集》（北京：中華書局，2014 年，傅璇琮、陳尚君、徐俊編：《唐人選唐詩新編（增訂本）》）。

〔唐〕殷璠選編，陳尚君輯點：《河岳英靈集》（北京：中華書局，2014年，傅璇琮、陳尚君、徐俊編：《唐人選唐詩新編（增訂本）》）。

〔唐〕高仲武編，傅璇琮校點：《唐中興間氣集》（北京：中華書局，2014年，傅璇琮、陳尚君、徐俊編：《唐人選唐詩新編（增訂本）》）。

〔唐〕杜牧撰，吳在慶點校：《杜牧集繫年校注》（北京：中華書局，2008 年）。

〔唐〕溫大雅：《大唐創業起居注》（京都：中文出版社，1977 年，影印《津逮秘書》本）。

〔唐〕范攄撰，陽羨生校點：《雲溪友議》（上海：上海古籍出版社，2000 年，《唐五代筆記小說大觀》）。

〔唐〕段成式撰，方南生點校：《酉陽雜俎》（臺北：漢京文化事業有限公司，1983 年）。

〔唐〕孟棨撰，王夢鷗校補：《本事詩校補考釋・本事詩序》（臺北：藝文印書館，1974《唐人小說研究三集》）。

〔唐〕封演撰，趙貞信校注：《封氏聞見記校注》（北京：中華書局，2005 年）。

〔唐〕佚名撰，夏婧輯校：《新輯玉泉子》（北京：中華書局，2014 年）。

〔唐〕杜光庭撰，羅爭鳴輯校：《神仙感遇傳》（北京：中華書局，2013 年，《杜光庭記傳十種輯校》）。

〔唐〕范攄：《雲溪友議》（上海：上海古籍出版社，2000 年《唐五代筆記小說大觀》本）。

〔五代〕劉昫：《舊唐書》（臺北：鼎文書局，1987 年）。

〔五代〕佚名：《鄴侯外傳》（揚州：江蘇廣陵古籍刻印社，1989 年，《歷代小史》）。

〔五代〕後蜀・韋縠編，傅璇琮校點：《才調集》（北京：中華書局，2014 年，傅璇琮、陳尚君、徐俊編：《唐人選唐詩新編（增訂本）》）。

〔南唐〕劉崇遠撰，夏婧點校：《金華子雜編》（北京：中華書局，2014 年）。

〔後唐〕馮贄編，張力偉點校：《雲仙散錄》（北京：中華書局，1998 年）。

〔宋〕孫光憲撰，賈二強點校：《北夢瑣言》（北京：中華書局，2002 年 6 月）。

〔宋〕趙彥衛：《雲麓漫鈔》（北京：中華書局，1996 年）。

〔宋〕錢易撰，梁太濟箋證：《南部新書溯源箋證》（上海：中西書局，2013 年）。

〔宋〕張齊賢撰，丁喜霞校注：《洛陽搢紳舊聞記校注》（北京：中國社會科學出版社，2013 年）。

〔宋〕景煥：《野人閑話》（臺北：新興書局，1963 年影印張宗祥排印元陶宗儀《說郛》）。

〔宋〕李昉編，張國風會校：《太平廣記會校》（北京：燕山出版社，2011 年）。

〔宋〕李昉等編：《文苑英華》（北京：中華書局，1982 年）。

〔宋〕委心子編：《分門古今類事》（臺北：新興書局，1977 年，影印清光緒五年刻本）。

〔宋〕陳振孫：《直齋書錄解題》（臺北：臺灣商務印書館，1978 年）。

〔元〕脫脫：《宋史》（臺北：鼎文書局，1988 年）。

〔元〕馬端臨：《文獻通考——經籍考》（臺北：新文豐出版公司，1986 年）。

〔清〕彭定球等編：《全唐詩》（北京：中華書局，1960 年）。

二、近人專著

王小甫等編著：《創新與再造——隋唐至明中葉的政治文明》（北京：北京大學出版社，2009 年）。

王國良：《魏晉南北朝志怪小說研究》（臺北：文史哲出版社，1984 年）。

王國良：《冥祥記研究》（臺北：文史哲出版社，1999 年）。

王夢鷗：《唐人小說校釋（上集）》（臺北：正中書局，1991 年）。

王夢鷗：《唐人小說校釋（下集）》（臺北：正中書局，1985 年）。

余英時：《中國文化與現代變遷》（臺北：三民書局，1992 年）。

余英時：《中國知識階級史論　古代篇》（臺北：聯經出版事業公司，1980 年）。

余英時：《文化評論與中國情懷》（臺北：允晨文化，2011 年）。

余英時：《史學、史家與時代》（桂林：廣西師範大學出版社，2004 年）。

余英時：《知識人與中國文化的價值》（臺北：時報文化出版社，2007

年）。

李宗為：《唐人傳奇》（北京：中華書局，1985年）。

李昭鴻：《孟棨《本事詩》研究》（臺北：中國文化大學中國文學研究所碩士論文，1999年7月）。

李劍國：《唐五代志怪傳奇敘錄（增訂本）》（北京：中華書局，2017年）。

李劍國：《唐前志怪小說史》（北京：人民文學出版社，2011年）。

李劍國：《唐五代志怪傳奇敘錄（增訂本）》（北京：中華書局，2017年）。

李豐楙：《不死的探求：抱朴子》（臺北：時報文化出版社，1981年）。

杜維明（Tu Wei-ming）著，陳靜譯：《儒教》（臺北：麥田出版社，2002年）。

周紹良：《唐傳奇箋證》（北京：人民文學出版社，2000年）。

房銳：《孫光憲與《北夢瑣言》研究》（北京：中華書局，2006年）。

林淑貞：《尚實與務虛：六朝志怪書寫範式與意蘊》（臺北：里仁書局，2010年）。

邵穎濤：《唐小說集輯校三種》（北京：人民出版社，2017年）。

金耀基：《中國社會與文化》（香港：牛津大學出版社，1992年）。

金耀基：《中國政治與文化》（香港：牛津大學出版社，1997年）。

康韻梅：《唐代小說承衍的敘事研究》（臺北：里仁書局，2005年）。

陳平原：《中國小說敘事模式的轉變》（北京：北京大學出版社，2003年）。

陳登武：《從人間世到幽冥界：唐代的法制、社會與國家》（北京：北京大學出版社，2007年）。

傅璇琮、陳尚君、徐俊編：《唐人選唐詩新編（增訂本）》（北京：中華書局，2014年）。

程毅中：《唐代小說史》（北京：人民文學出版社，2003年）。

逯耀東：《魏晉史學的思想與社會基礎》（臺北：東大圖書公司，2000年）。

黃光國：《知識與行動——中華文化傳統的社會心理詮釋》（臺北：心理

出版社，1995 年）。

寧稼雨：《中國志人小說史》（瀋陽：遼寧人民出版社，1984 年）。

劉亞丁：《佛教靈驗記研究——以晉唐為中心》（成都：巴蜀書社，2006 年）。

劉笑敢著，陳靜譯：《道教》（臺北：麥田出版社，2002 年）。

劉開榮：《唐代小說研究》（臺北：臺灣商務印書館，1966 年）。

鄭阿財：《見證與宣傳——敦煌佛教靈驗記研究》（臺北：新文豐出版公司，2004 年）。

魯迅：《中國小說史略》（臺北：里仁書局，1994 年，《魯迅小說史論文集：中國小說史略及其他》）。

盧建榮：《北魏唐宋死亡文代史》（臺北：麥田出版社，2006 年）。

蕭登福：《道家道教影響下的佛教經籍》（臺北：新文豐出版公司，2005 年）。

嚴杰：《唐五代筆記考論》（北京：中華書局，2009 年）。

釋果燈：《唐釋道宣《續高僧傳》批評思想初探》（臺北：文津出版社，1992 年）。

〔日〕三浦國雄著，王標譯：《不老不死的欲求：三浦國雄道教論集》（成都：四川人民出版社，2017 年）。

〔日〕內山知也撰，益西拉姆等譯：《隋唐小說研究》（上海：復旦大學出版社，2010 年）。

〔日〕谷川道雄著，馬彪譯：《中國中世社會與共同體》（上海：上海古籍出版社，2013 年）。

〔日〕肥田路美著，顏娟英等譯：《雲翔瑞像：初唐佛教美術研究》（臺北：臺大出版中心，2011 年）。

〔日〕礪波護撰，韓昇等譯：《隋唐佛教文化》（上海：上海古籍出版社，2004 年）。

伊利亞德（Mircea Eliade）著，晏可佳、姚蓓琴譯：《神聖的存在：比較宗教的範型》（桂林：廣西師範大學出版社，2008 年）。

伊利亞德（Mircea Eliade）著，楊素娥譯：《聖與俗——宗教的本質》（臺北：桂冠圖書公司，2006 年）。

費正清（John King Fairbank）、賴肖爾（Edwin Reischauer）著，陳仲丹等譯：《中國：傳統與變革》（南京：江蘇人民出版社，2012 年）。

陸威儀（Mark Edward Lewis）撰，張曉東等譯：《世界性的帝國：唐朝》（北京：中信出版社，2016 年 10 月，收於卜正民（Timothy Brook）編：《哈佛中國史》）。

雷金慶（Kam Louie）著，劉婷譯：《男性特質論：中國的社會與性別》（南京：江蘇人民出版社，2012 年）。

韋伯（Max Web）著，洪天富譯：《儒教與道教》（南京：江蘇人民出版社，2005 年）。

斯坦利（Stanley Weinstein）著，張煜譯：《唐代佛教》（上海：上海古籍出版社，2010 年）。

三、單篇論文

江素卿：〈從《漢書・五行志》論西漢春秋學特色〉，《文與哲》第七期（2005 年 12 月）。

何淑宜：〈時代危機與個人抉擇——以晚明士紳劉錫玄的宗教經驗為例〉《新史學》，23：2（2012 年 6 月）。

岑仲勉：〈唐唐臨《冥報記》之復原〉，《中央研究院歷史語言研究所集刊》，第 17 本（1948 年 1 月）。

李豐楙：〈正常與非常：生產、變化說的結構性意義——試論《搜神記》的變化思想〉，收錄於李豐楙撰：《神化與變異：一個常與非常的文化思維》（北京：中華書局，2010 年）。

李豐楙：〈感動、感應與感通、冥通：經、文創典與聖人、文人的譯寫〉，《長庚人文社會學報》，第 1 卷第 2 期，2008 年。

杭侃：〈舍利・舍利容器・天地克〉，收於釋如常、吳棠海編：《佛教地宮還原：佛陀舍利今重現・地宮還原見真身》（高雄：佛光文化發行部，2015 年）。

孫遜：〈釋道「轉世」「謫世」觀念和古代小說結構〉，收於黃子平主編：《中國小說與宗教》（北京：中華書局，1998 年）。

梁麗玲：〈歷代僧傳「感通夢」的書寫與特色〉，《臺大佛學研究》，第

30 期（2015 年 12 月）。

陳尚君：〈《本事詩》作者孟啟家世生平考〉，《新國學》，6 卷第 6 期
（2006 年 11 月）。

陳槃：〈秦漢間之所謂「符應」論略〉，《古讖緯研討及其書錄解題》
（上海：上海古籍出版社，2010 年）。

黃啟書：〈試論《續漢書・五行志》撰作及其體例因革之問題〉，《政大
中文學報》，第十五期（2001 年 6 月）。

劉苑如：〈重繪生命地圖──聖僧劉薩荷形象的多重書寫〉，《中國文哲
研究集刊》，第 34 期（2009 年 3 月）。

劉苑如：〈神遇──論《律相感通錄》中前世今生的跨界書寫〉，《清華
學報》，新 43 卷第 1 期（2013 年 3 月）。

鄭阿財：〈敦煌佛教靈應故事綜論〉，收於氏著《鄭阿財敦煌佛教文獻與
文學研究》（上海：上海古籍出版社，2011 年 10 月）。

〔日〕小南一郎：〈唐臨的佛教信仰和他的《冥報記》〉，收於劉楚華主
編：《唐代文學與宗教》（北京：中華書局，2004 年）。

〔日〕池田知久著，田人隆譯：〈中國古代的天人相關論──董仲舒的情
況〉，收於〔日〕溝口雄三、小島毅主編：《中國的思維世界》
（南京：江蘇人民出版社，2006 年）。

〔韓〕蘇鉉淑：〈政治、祥瑞和復古：南朝阿育王像的形製特徵及其含
意〉，《故宮博物院院刊》，2013 年第 5 期。

國家圖書館出版品預行編目資料

承平與世變——初唐及晚唐五代敘事文體中
所映現文人對生命之省思

黃東陽著. – 初版. – 臺北市：臺灣學生，2021.01
面；公分

ISBN 978-957-15-1844-2 (平裝)

1. 中國文學史 2. 敘事文學 3. 文學評論 4. 唐代

820.904   110000536

承平與世變——初唐及晚唐五代敘事文體中
所映現文人對生命之省思

著　作　者　黃東陽
出　版　者　臺灣學生書局有限公司
發　行　人　楊雲龍
發　行　所　臺灣學生書局有限公司
地　　　址　臺北市和平東路一段 75 巷 11 號
劃 撥 帳 號　00024668
電　　　話　(02)23928185
傳　　　眞　(02)23928105
E - m a i l　student.book@msa.hinet.net
網　　　址　www.studentbook.com.tw
登 記 證 字 號　行政院新聞局局版北市業字第玖捌壹號
定　　　價　新臺幣四五○元
出 版 日 期　二○二一年一月初版
I S B N　978-957-15-1844-2